NÃO LEIA NO ESCURO

O NATAL DOS FANTASMAS

TRADUÇÃO

Regiane Winarski e Adriana Lisboa

1ª edição, 2021

TRADUÇÃO	**REVISÃO**
Regiane Winarski	Yasmine de Lucca
	e Bárbara Parente
Adriana Lisboa, com o conto	
A história da velha ama,	**ILUSTRAÇÃO DE CAPA**
Elizabeth Gaskell	Rafa Cuevas	Holografiki	Chile
PREPARAÇÃO	**AVALIAÇÃO LITERÁRIA**
Camila Fernandes	Mariana Dal Chico
DIAGRAMAÇÃO E TIPOGRAFIA	**TEXTOS DAS BIOGRAFIAS**
Marina Avila	Laura Brand

1ª edição | 2021 | Capa dura | Geográfica

DADOS INTERNACIONAIS DE CATALOGAÇÃO NA PUBLICAÇÃO (CIP)
(Câmara Brasileira do Livro, SP, Brasil)

Catalogação na fonte: Bibliotecária responsável: Ana Lúcia Merege - CRB-7 4667

```
N 271
O Natal dos fantasmas / Charles Dickens [et al.]; tradução de
Regiane Winarski e Adriana Lisboa.
São Caetano do Sul, SP: Wish, 2021
   288 p. : il.
   Vários autores.
   ISBN 978-65-88218-57-0 (Capa dura)
   1. Antologia de ficção 2. Natal - Ficção 3. Contos de suspense
I. Dickens,Charles II. Winarski, Regiane III. Lisboa, Adriana
```

CDD 808.83

ÍNDICE PARA CATÁLOGO SISTEMÁTICO:
1.Antologia de ficção 808.83

EDITORA WISH
www.editorawish.com.br
São Caetano do Sul - SP - Brasil

DIREITOS DE PUBLICAÇÃO ADQUIRIDOS

Rosemary Timperley: Direitos obtidos de The Agency London Ltd
A. M. Burrage: Direitos obtidos de Susannah Burrage
Marjorie Bowen: Direitos obtidos de Mike e Sharon Eden
Algernon Blackwood: United Agents. Copyright © Susan Reeves-Jones

© Copyright 2021. Este livro possui direitos de tradução e projeto gráfico reservados e não pode ser distribuído ou reproduzido, ao todo ou parcialmente, sem prévia autorização por escrito da editora.

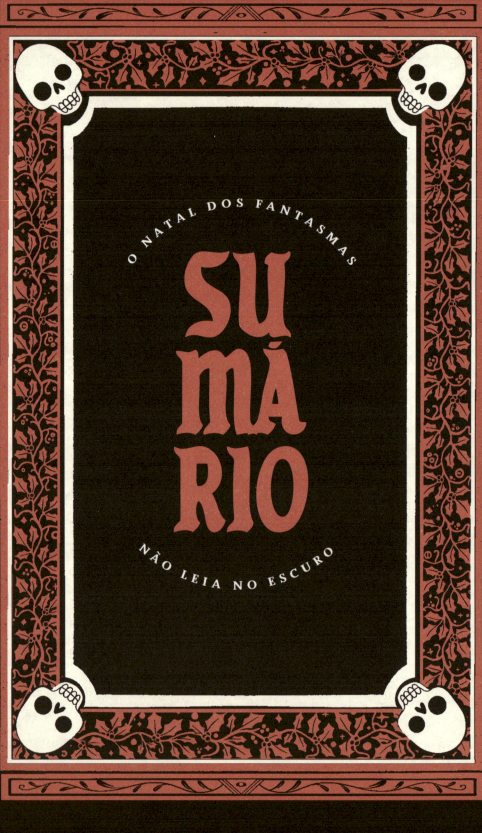

Introdução 08

Ceias fantasmagóricas 14
Jerome K. Jerome

A história dos goblins 24
Charles Dickens

A história da velha ama 42
Elizabeth Gaskell

Smee 78
A. M. Burrage

O fantasma de Irtonwood 98
Elinor Glyn

Horror: Uma história real 130
John Berwick Harwood

Encontro de Natal 168
Rosemary Timperley

Markheim 176
Robert Louis Stevenson

O fantasma da véspera de Natal 204
J. M. Barrie

A história de Natal de Thurlow 212
John Kendrick Bangs

A bolsa de viagem 236
Algernon Blackwood

O prato Crown Derby 256
Marjorie Bowen

Agradecimentos 276

Introdução

FRIO, FESTAS E FOGUEIRAS

De onde surgiu a tradição de contar histórias de fantasmas no Natal

MUITO ANTES DO PERÍODO VITORIANO, época em que Dickens[1] popularizou os contos de fantasmas natalinos na Inglaterra, e mesmo antes desta festa se tornar um dos maiores marcos comerciais do ano, o Solstício de Inverno e o Yule eram comemorados pelos povos pagãos.

O Solstício de Inverno

O solstício de inverno é o dia mais escuro do ano no Hemisfério Norte e, especialmente no Norte da Europa, é o momento em que o sol menos toca a superfície, com noites longas e frias. Algumas nações acreditavam que era o momento no qual os mortos poderiam fazer contato com os vivos. Nesta época, assim como hoje, os natais eram festejos comemorados em grupos, com ceias, fogueiras, frio e bebidas alcoólicas. Sem celulares, televisão ou mesmo a energia elétrica, restava apenas a boa e velha contação de histórias para animar — ou assustar — a noite, e relembrar os que já partiram. Como o frio era um intensificador de doenças, causando muitas mortes, dezembro também era um mês para se imaginar o que nos aguarda no além-túmulo.

O Yule e a *Caçada Selvagem*

Nos países nórdicos, em períodos pré-cristãos, celebrava-se sazonalmente o Yuletide, que também contemplava

---

1 O autor Charles Dickens publicou, em 19 de dezembro de 1843, o livro *A Christmas Carol*, ou "Um Cântico de Natal", que vendeu seis mil cópias em apenas uma semana e hoje é uma das histórias de Natal mais adaptadas e publicadas do mundo.

o solstício de inverno e durava vários dias. Alguns historiadores conectam o Yule ao folclore da *Caçada Selvagem*, uma ocasião em que diversas figuras fantasmagóricas cruzam o céu em procissão, e também aos *draugr*, criaturas mortas-vivas que podiam andar pela Terra.

A cristianização dos costumes

No caso do Natal cristão, comemorado anualmente no dia 25 de dezembro, celebra-se o nascimento de Cristo, embora a data conhecida pelo seu nascimento por historiadores fosse, antes do século V, o dia 6 de janeiro[2]. Quando o Norte da Europa foi cristianizado, muitas das tradições locais foram mantidas e permutadas com os países católicos, tornando este período rico em cultura. A Inglaterra, que teve partes de suas terras invadidas pelos nórdicos e que tinha grande contato com os povos gaélicos, foi um epicentro de diversas culturas. Por terem o hábito da escrita — mesmo que em manuscritos, à época —, puderam registrar e agrupar os seus costumes, formando uma tradição única e nova, mesmo para a religião cristã, que permaneceu em praticamente todos os países da Europa.

A Revolução Industrial

A Inglaterra, tão presente na autoria dos contos de fantasmas de Natal, foi o centro da 1ª Revolução Industrial.

---

2 Dependendo do calendário seguido, a data era comemorada em um dia diferente. De acordo com as pesquisas, o solstício de inverno não foi conectado ao nascimento de Jesus em nenhum texto antigo, e a primeira vez que o dia 25 de dezembro é mencionado é em um almanaque romano do século IV.

Com o grande movimento de migração das pessoas para a capital e o crescimento exponencial de Londres, a população passou a ter "acesso" à alfabetização. Em contraste a isso, é grande também o número de pessoas em situação de rua, alto índice de violência e transmissão de doenças sem tratamento, além das conhecidas péssimas condições de trabalho. Elizabeth Gaskell, autora de "A História da Velha Ama", publicou o romance social *Norte e Sul* em 1854, que fala sobre as consequências da Revolução Industrial. A alfabetização da classe trabalhadora e o interesse por entretenimento, aliada às novas tecnologias de impressão, possibilitaram vias mais acessíveis de contato com os livros. Nesta época, nota-se um maior número de exemplares sendo vendidos — e as histórias de suspense e terror, que estavam em alta no século XIX, fizeram com que vários autores de contos e livros deste gênero fossem publicados durante e após o período vitoriano.

Um Natal tropical

No Brasil, incorporamos diversos elementos da festa norte-hemisférica, como o pinheiro decorado, a farta ceia, a troca de presentes e um Papai Noel com casaco de pele. Embora aqui seja o período do solstício de verão — os dias mais quentes e ensolarados do ano —, que nós possamos emprestar, quase poeticamente, as tradições dos países gélidos da antiguidade, assim como a escuridão de suas noites para podermos, também, conhecer suas histórias de fantasmas. ✳

BIOGRAFIA DO AUTOR

JEROME K. JEROME

INGLATERRA | 1859–1927

Jerome Klapka Jerome teve que lidar com a pobreza e condições financeiras instáveis enquanto crescia. Nasceu na Inglaterra e, como grande parte da classe trabalhadora da época, foi obrigado a deixar a escola aos 14 anos para trabalhar cedo. Começou como trabalhador em estradas de ferro e logo se interessou pelo teatro, ocupando-se como ator e encontrando a escrita logo em seguida.

Seus primeiros trabalhos foram colaborações para jornais locais, mas precisou lidar com diversos textos recusados. Entretanto, sua experiência como ator inspirou seu primeiro romance, *On the Stage—and off*, e suas obras seguintes alavancaram sua carreira como escritor, entre elas *The Idle Thoughts of an Idle Fellow* e *Three Men in a Boat*, uma novela cômica de muito sucesso.

Jerome Klapka Jerome escreveu diversos romances, peças e contos ao longo da vida, incluindo histórias voltadas para o sobrenatural, como a obra *Told after Supper* ("Terror depois da Ceia" no Brasil), de onde foi resgatado o conto *Ceias fantasmagóricas*.

JEROME K. JEROME

Told after Supper **1891**

CEIAS FANTASMAGÓRICAS

É na véspera de Natal que os fantasmas convencionais resolvem dar seu grande baile, com direito a gritos, gemidos e correntes enferrujadas. Jerome K. Jerome faz uma introdução bem-humorada sobre as aparições de fantasmas e sobre os vivos destemidos que desafiaram esses seres do além.

RA VÉSPERA DE NATAL.
Começo assim porque é o jeito apropriado, convencional e respeitável de começar, e fui criado de um jeito apropriado, convencional e respeitável, e fui ensinado a sempre fazer a coisa apropriada, convencional e respeitável; e o hábito permanece em mim.

Claro, apenas a título de informação, é desnecessário mencionar a data. O leitor experiente sabe que era véspera de Natal, sem eu precisar dizer. Sempre é véspera de Natal em uma história de fantasmas, a véspera de Natal é a noite do grande baile dos fantasmas. Na véspera de Natal, eles fazem sua festa anual. Na véspera de Natal, todo mundo da Fantasmalândia que é alguém — ou melhor, falando em fantasmas, acho que devemos dizer todo mundo que é *ninguém* — aparece para se mostrar, para ver e ser visto, para passear e exibir os lençóis ondulantes e as roupas de enterro uns para os outros, para criticar o estilo uns dos outros e para desdenhar do tom de pele uns dos outros.

"O desfile da véspera de Natal", como imagino que eles mesmos o chamem, é uma festividade para a qual todos indubitavelmente se preparam e pela qual anseiam em toda a Fantasmalândia, principalmente o grupo dos metidos a importantes, como os barões assassinados, as condessas maculadas por crimes e os condes que vieram com o Conquistador e assassinaram os parentes e morreram loucos de pedra.

Gemidos profundos e sorrisos malignos são, podemos ter certeza, energicamente praticados. Gritos de gelar o sangue e gestos de paralisar a coluna são provavelmente ensaiados por semanas antes da data. Correntes enferrujadas e adagas ensanguentadas são recuperadas e deixadas em boas condições, e lençóis e mortalhas, guardados cuidadosamente depois do show do ano anterior, são resgatados e sacudidos e remendados e arejados.

Ah, que noite agitada na Fantasmalândia é a de vinte e quatro de dezembro!

Os fantasmas nunca aparecem na noite de Natal, como você já deve ter reparado. A véspera de Natal, desconfiamos, sempre é demais para eles; não estão acostumados a tanta agitação. Por cerca de uma semana depois da véspera de Natal, os fantasmas cavalheiros certamente sentem-se como se só tivessem a cabeça e começam a fazer promessas solenes para si mesmos de que vão parar na véspera de Natal seguinte, enquanto as damas espectrais ficam contraditórias e mal-humoradas, capazes de cair no choro e sair da sala apressadamente se alguém falar com elas, sem causa perceptível nenhuma.

Ocasionalmente, os fantasmas sem posição a manter — meros fantasmas de classe média —, acredito eu, assombram um pouco algumas outras noites: a véspera de Todos os Santos e o solstício de verão; e alguns até participam de simples eventos locais — para comemorar, por exemplo, o aniversário de enforcamento do avô de alguém ou para profetizar um infortúnio.

Ele adora profetizar um infortúnio, o fantasma britânico médio. Mande-o pressagiar problemas para alguém e ele fica feliz. Deixe que ele force entrada em um lar tranquilo e vire a casa de cabeça para baixo prevendo um enterro, predizendo uma falência ou sugerindo uma desgraça futura ou algum outro desastre terrível, do qual ninguém em seu juízo perfeito ia querer saber antes, se pudesse evitar, e cujo conhecimento prévio não tem propósito útil nenhum, e ele sente que está combinando dever com prazer. Ele nunca se perdoaria se alguém da família tivesse um problema e ele não tivesse ido lá uns meses antes, fazendo truques bobos no gramado ou se equilibrando na grade da cama de alguém.

Há também os fantasmas muito jovens ou muito escrupulosos, com um testamento perdido ou um número não descoberto pesando na mente, que assombram regularmente o ano todo; e também o fantasma espalhafatoso, que está indignado por ter sido enterrado na lixeira ou no lago do vilarejo, e que nunca dá uma noite de descanso à paróquia até que alguém pague um enterro de primeira classe para ele.

Mas esses são exceção. Como falei, o fantasma convencional médio faz seu show uma vez por ano, na véspera de Natal, e fica satisfeito.

Por que logo na véspera de Natal, dentre todas as noites do ano, eu nunca consegui entender. É invariavelmente uma das noites mais lúgubres para sair — fria, lamacenta e úmida. Além do mais, na véspera de Natal todo mundo já tem muita coisa para fazer com a casa cheia de parentes vivos, e não quer que os fantasmas dos mortos fiquem rondando o ambiente, tenho certeza.

Deve haver algo fantasmagórico no ar do Natal — algo na atmosfera fechada e abafada que atrai fantasmas, como a umidade das chuvas de verão atrai sapos e lesmas.

E não só os fantasmas em pessoa sempre caminham na véspera de Natal, mas as pessoas vivas sempre se sentam e conversam sobre eles na véspera de Natal. Todas as vezes que cinco ou seis falantes de inglês se encontram em volta de um fogo, na véspera de Natal, eles começam a contar histórias de fantasmas uns para os outros. Na véspera de Natal, nada nos satisfaz mais do que ouvir os outros contando historinhas autênticas sobre espectros. É uma época festiva e animada, e nós adoramos refletir sobre túmulos e cadáveres e assassinatos e sangue.

Há uma grande similaridade nas nossas experiências fantasmagóricas, mas isso, claro, não é culpa nossa, e, sim, dos fantasmas, que nunca experimentam performances novas e sempre repetem as coisas antigas e seguras. A consequência é que, quando já se foi a uma festa de véspera de Natal e se ouviu seis pessoas relatarem suas experiências com espíritos, não é preciso ouvir mais nenhuma história de fantasma. Ouvir mais alguma história de fantasma depois disso seria como ver duas farsas ou ler duas revistas cômicas; a repetição ficaria cansativa.

Sempre tem o jovem que estava, em um determinado ano, passando o Natal em uma casa de campo e, na véspera, foi colocado para dormir na ala oeste. No meio da noite, a porta do quarto se abre silenciosamente e alguém — normalmente uma dama de camisola — entra devagar e se senta na cama. O jovem pensa que deve ser uma das visitantes ou alguma parente da família, embora não se lembre de tê-la visto anteriormente, que, sem conseguir dormir e sentindo-se muito solitária, muito sozinha, foi para o quarto dele conversar. Ele não tem ideia de que é um fantasma, não desconfia de nada. Mas ela não fala; e, quando ele olha de novo, ela sumiu!

O jovem relata o acontecimento aos presentes à mesa do café da manhã no dia seguinte e pergunta a cada uma das damas se foi ela a visitante. Mas elas garantem que não, e o anfitrião, que ficou mortalmente pálido, implora que ele não fale mais sobre a questão, o que parece ao jovem um pedido singular e estranho.

Depois do café da manhã, o anfitrião leva o jovem para um canto e explica: o que ele viu foi o fantasma de uma dama que foi assassinada naquela mesma cama, ou que assassinou outra pessoa lá — na verdade, não importa qual das duas coisas seja: você pode ser um fantasma por ter matado alguém ou por ter sido morto, o que preferir. O fantasma assassinado talvez seja o mais popular; mas você pode botar mais medo nas pessoas se for o assassinado, porque pode mostrar as feridas e soltar gemidos.

E tem o convidado cético — a propósito, sempre é "o convidado" que é escolhido para esse tipo de coisa. Um fantasma nunca pensa muito na própria família; é "o convidado" que ele gosta de assombrar, o que, depois de ouvir a história de fantasmas do anfitrião na véspera de Natal, ri dela e diz que não acredita na existência de fantasmas, e que pode dormir no quarto assombrado naquela noite mesmo, se permitirem.

Todo mundo pede que o convidado não seja imprudente, mas ele insiste na tolice e vai para o Quarto Amarelo (ou qualquer que seja a cor do quarto assombrado) com o coração leve e uma vela, deseja boa-noite a todos e fecha a porta.

Na manhã seguinte, ele está com o cabelo branco como a neve.

Ele não conta para ninguém o que viu: é horrível demais.

Tem também o convidado destemido, que vê um fantasma, sabe que é fantasma e o observa quando ele entra no salão e desaparece pelo lambril, e depois, como parece que o fantasma não vai voltar e, por consequência, não há nada a ganhar ficando acordado, ele vai dormir.

Ele não diz a ninguém que viu o fantasma, por medo de assustar as pessoas — algumas ficam muito nervosas por causa de fantasmas —, mas decide esperar a noite seguinte e ver se a aparição surge de novo.

Ela aparece de novo e, desta vez, ele sai da cama, se veste, penteia o cabelo e vai atrás, e descobre uma passagem secreta que leva do quarto até a adega de cervejas — passagem que, sem dúvida, era usada com frequência no passado cruel.

Depois dele vem o jovem que acordou com uma sensação estranha no meio da noite e encontrou seu tio solteiro e rico parado ao lado da cama. O tio rico sorriu de um jeito estranho e sumiu. O jovem se levantou na mesma hora e olhou o relógio. Tinha parado às quatro e meia, por ele ter se esquecido de dar corda.

Ele fez perguntas no dia seguinte e descobriu que, estranhamente, seu tio rico, cujo único sobrinho era ele mesmo, tinha se casado com uma viúva com onze filhos exatamente às onze e quarenta e cinco, apenas dois dias antes.

O jovem não tenta explicar a circunstância. Só jura que é tudo verdade.

E, para citar outro exemplo, há o cavalheiro que está voltando para casa, tarde da noite, de um jantar dos maçons e que, ao reparar numa luz saindo de uma abadia em ruínas, se aproxima e olha pela fechadura. Ele vê o fantasma de uma "irmã cinzenta" beijando o fantasma de um monge marrom e fica tão inexprimivelmente chocado e assustado que desmaia ali mesmo e é encontrado na manhã seguinte, caído de encontro à porta, ainda sem palavras e com a fiel chave guardada com firmeza na mão.

Todas essas coisas acontecem na véspera de Natal e todas são contadas na véspera de Natal. Pelos regulamentos atuais da sociedade inglesa, seria impossível contar histórias de fantasmas em qualquer outra noite que não fosse a noite de 24 de dezembro. Portanto, ao apresentar as histórias de fantasmas tristes e autênticas que vêm a seguir, sinto que é desnecessário informar o estudante de literatura anglo-saxônica que a data na qual foram contadas e na qual os incidentes aconteceram foi... a véspera de Natal.

Mesmo assim, eu aviso. ✳

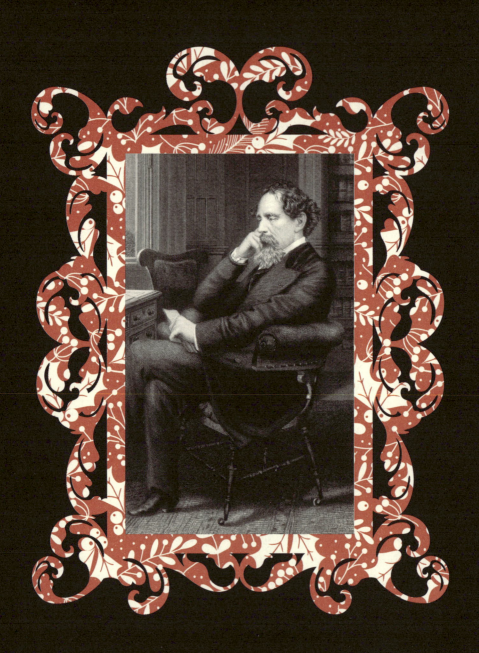

BIOGRAFIA DO AUTOR

CHARLES DICKENS

INGLATERRA | 1812-1870

Charles Dickens é um dos autores mais conhecidos do mundo, o mais popular dos escritores vitorianos e um dos mais importantes romancistas ingleses. Além de histórias como *David Copperfield* e *Oliver Twist*, consideradas clássicos absolutos, Dickens contribuiu para a literatura como um dos primeiros a introduzir a crítica social na ficção da época, na Inglaterra.

Suas obras se tornaram populares entre os leitores que viam, em suas páginas, a pobreza, a violência, as condições de trabalho precárias e outras mazelas da era vitoriana. Uma de suas histórias mais famosas, *Um cântico de Natal*, é um marco na literatura e abriu as portas para um mercado crescente de histórias de fantasmas que se passam no Natal.

Além de ter sido um célebre escritor, Dickens também teve papel fundamental na literatura por meio de seu trabalho como publisher e editor da *Household Words* e dono da *All the Year Around*, ambas revistas dedicadas à produção literária de entretenimento. Com esse trabalho, contribuiu para que outros autores tivessem espaço para compartilhar suas ideias e foi responsável por estreias literárias, incluindo alguns nomes presentes em *O Natal dos Fantasmas*.

CHARLES DICKENS

The Story of the Goblins who Stole a Sexton **1836**

A HISTÓRIA DOS GOBLINS
QUE SEQUESTRARAM UM SACRISTÃO

Gabriel Grub é um sacristão mal-humorado que detesta as festas natalinas. Na véspera de Natal, entre túmulos, na escuridão do cemitério, ele é abordado por goblins e levado para uma caverna imensa embaixo da terra. O que acontecerá ao infeliz Gabriel na caverna dos goblins?

EM UMA VELHA CIDADE EM TORNO DE UMA abadia nesta parte do país, muito, muito tempo atrás — tanto tempo que a história deve ser verdadeira, porque nossos tataravós acreditavam tacitamente nela —, um certo Gabriel Grub trabalhava de sacristão e coveiro do cemitério da igreja. Não procede de forma alguma que, pelo fato de um homem ser sacristão e viver rodeado pelos emblemas da mortalidade, ele deva ser taciturno e melancólico; os coveiros são os sujeitos mais alegres do mundo, e, uma vez, tive a honra de ter amizade com um muito calado que, na vida privada e fora de serviço, era um sujeitinho tão cômico e jocoso quanto o personagem de uma canção alegre, sem falha de memória, que virava um copo de destilado sem nem parar para respirar. Mas, a despeito desses precedentes, Gabriel Grub era um sujeito mal-humorado, irritadiço, rabugento — um homem taciturno e solitário, que não se relacionava com ninguém além dele mesmo e uma velha garrafa de vime que encaixava no bolso fundo do colete — e que olhava para cada rosto feliz, ao passar por ele, com uma carranca tão grande de malícia e mau humor que era difícil ver sem sentir algo ruim.

Um pouco antes do crepúsculo, na véspera de Natal, Gabriel apoiou a pá no ombro, acendeu o lampião e seguiu na direção do velho cemitério da igreja, pois tinha um túmulo para terminar antes da manhã seguinte e, sentindo-se desanimado, achou que talvez pudesse se animar se desse cabo do trabalho de uma vez. Conforme andava pela rua antiga, ele viu a luz alegre dos fogos acesos brilhando através dos velhos caixilhos das janelas e ouviu as gargalhadas altas e os gritos animados dos que estavam reunidos em torno deles; observou os preparativos agitados para a comemoração do dia seguinte e sentiu os numerosos aromas apetitosos resultantes disso, saindo pelas janelas das cozinhas, em nuvens de vapor. Tudo isso era fel e absinto para o coração de Gabriel Grub; e, quando grupos de crianças saíram das casas, atravessaram a rua e se encontraram — antes mesmo de poderem bater na porta em frente — com meia dúzia de pestinhas de cabelos encaracolados que os cercaram, enquanto subiam para passar a noite fazendo as brincadeiras de Natal, Gabriel abriu um sorriso sinistro e segurou o cabo da pá firmemente enquanto pensava em sarampo, escarlatina, sapinho, coqueluche e muitas outras fontes de consolo além dessas.

Com esse estado de espírito feliz, Gabriel seguiu andando, respondendo com um grunhido curto e intratável aos cumprimentos bem-humorados dos vizinhos que de vez em quando passavam por ele, até entrar na via escura que levava ao pátio da igreja. Gabriel estava ansioso para chegar à via escura, porque era, de uma forma geral, um lugar agradável, sombrio, triste, ao qual a população da cidade não gostava de ir, exceto em plena luz do dia e quando o sol estava brilhando; consequentemente, ele ficou indignado, e não foi pouco, quando ouviu um pestinha berrando uma canção alegre sobre um feliz Natal, bem naquele santuário, que era chamado de Travessa do Caixão, desde o tempo da velha abadia e desde a época dos monges de cabeça raspada. Conforme Gabriel seguiu andando e a voz foi chegando mais perto, ele viu que vinha de um garotinho, que se apressava para se juntar a um dos grupinhos na velha rua e que, em parte para não se sentir sozinho e em parte para se preparar para a ocasião, gritava a canção a plenos pulmões. Assim, Gabriel esperou o garoto se aproximar e o encurralou em um canto e bateu na cabeça dele com o lampião umas cinco ou seis vezes, só para ensiná-lo a modular a voz. E, quando o garoto saiu correndo com a mão na cabeça, cantando uma melodia bem diferente, Gabriel Grub riu com gosto e entrou no pátio da igreja, trancando o portão em seguida.

Tirou o casaco, colocou o lampião no chão e, depois de entrar no túmulo meio aberto, trabalhou nele por uma hora mais ou menos, com excelente disposição. Mas a terra estava dura por causa do gelo e não era fácil quebrá-la e tirá-la de dentro; e, embora houvesse lua, era uma lua bem jovem e jogava pouca luz no túmulo, que ficava na sombra da igreja. Em qualquer outra época, esses obstáculos teriam deixado Gabriel Grub bem irritado e infeliz, mas estava tão satisfeito de fazer o garotinho parar de cantar que nem se incomodou com o pouco progresso que tinha feito, e olhou para dentro do túmulo quando terminou o trabalho da noite com uma satisfação austera, murmurando ao recolher suas coisas:

Uma bela moradia, para você e para mim,
Uns palmos de terra fria quando a vida chega ao fim;
Uma lápide na cabeça e, no pé, concreto,
Para as minhocas, um café completo;
Terra úmida ao redor, grama úmida de sereno
Uma bela moradia neste sagrado terreno!

— Ho! Ho! — riu Gabriel Grub enquanto se sentava numa lápide achatada que era um dos seus locais favoritos de descanso e pegava a garrafa de vime. — Um caixão no Natal! Uma caixa de Natal! Ho! Ho! Ho!

— Ho! Ho! Ho! — repetiu uma voz que parecia estar bem perto, atrás dele.

Gabriel, um tanto alarmado, fez uma pausa no ato de levar a garrafa de vime aos lábios, e olhou em volta. O fundo do túmulo mais antigo perto dele estava tão imóvel e quieto quanto o cemitério da igreja ao luar pálido. A geada fria e branca brilhava nas lápides e cintilava como fileiras de pedras preciosas entre os entalhes de pedra da antiga igreja. A neve estava dura e fria no chão, e espalhada nos montinhos de terra, uma cobertura tão branca e lisa que parecia haver cadáveres deitados lá, escondidos apenas pelas mortalhas. Nem o mais leve movimento interrompia a profunda tranquilidade da cena solene. O próprio som parecia congelado, de tão frio e imóvel que tudo estava.

— Foram os ecos — disse Gabriel Grub, levando a garrafa aos lábios de novo.

— NÃO foram — respondeu uma voz grave.

Gabriel se levantou, em um sobressalto, e ficou grudado no chão, cheio de perplexidade e pavor, pois seus olhos encontraram uma forma que deixou seu sangue gelado.

Sentada em uma lápide vertical perto dele estava uma figura estranha, sobrenatural, que Gabriel sentiu na mesma hora que não era deste mundo. As pernas longas e fantásticas, que poderiam alcançar o chão, estavam erguidas e cruzadas de um jeito peculiar e assombroso; os braços finos estavam expostos; e as mãos, apoiadas nos joelhos. No corpo diminuto e redondo, usava um traje justo, ornamentado com pequenos cortes; uma capa curta estava pendurada nas costas; a gola era cortada em pontas curiosas, que serviam ao goblin como rufo ou lenço de pescoço; e os sapatos se curvavam nos dedos em pontas compridas. Na cabeça, ele usava um chapéu pontudo de aba larga, decorado com uma única pena. O chapéu estava coberto de geada branca, e o goblin parecia estar sentado naquela lápide com muito conforto havia duzentos ou trezentos anos. Estava perfeitamente imóvel, com a língua para fora, como se por escárnio, e sorria para Gabriel Grub com um sorriso tal que só um goblin podia dar.

— NÃO foram os ecos — disse o goblin.

Gabriel Grub estava paralisado e não conseguiu responder.

— O que você está fazendo aqui na véspera de Natal? — perguntou o goblin severamente.

— Eu vim cavar um túmulo, senhor — gaguejou Gabriel Grub.

— Que homem perambula entre túmulos e em cemitérios numa noite como esta? — questionou o goblin.

— Gabriel Grub! Gabriel Grub! — gritou um coral desvairado de vozes, que pareceu ocupar o cemitério. Gabriel olhou em volta com temor; não havia nada a ser visto.

— O que tem aí nessa garrafa? — perguntou o goblin.

— Genebra, senhor — respondeu o sacristão, tremendo mais do que nunca, pois tinha comprado a bebida de contrabandistas e achava que talvez seu interrogador pudesse ser do departamento de cobrança de impostos dos goblins.

— Quem bebe genebra sozinho, e em um cemitério, numa noite como esta? — questionou o goblin.

— Gabriel Grub! Gabriel Grub! — exclamaram as vozes desvairadas de novo.

O goblin olhou com malícia para o sacristão apavorado e, erguendo a voz, exclamou:

— E quem, então, é nosso prêmio justo e de direito?

A essa pergunta, o coral invisível respondeu em uma cantoria que pareceu as vozes de muitos coristas cantando com o som poderoso do velho órgão da igreja, uma cantoria que pareceu ser levada aos ouvidos do sacristão por uma ventania e sumir assim que passou, mas o peso da resposta foi o mesmo:

— Gabriel Grub! Gabriel Grub!

O goblin abriu um sorriso ainda mais largo do que antes e falou:

— Bem, Gabriel, o que você diz em resposta?

O sacristão respirou com dificuldade.

— O que acha disso, Gabriel? — perguntou o goblin, balançando os pés no ar, nos dois lados da lápide, e olhando para as pontas dos sapatos com tanta complacência quanto se estivesse contemplando as galochas mais elegantes de toda a rua Bond.

— É... é... muito curioso, senhor — respondeu o sacristão, quase morto de medo. — Muito curioso e muito bonito, mas acho que vou terminar meu trabalho, se o senhor permitir.

— Trabalho! — disse o goblin. — Que trabalho?

— O túmulo, senhor; fazer o túmulo — gaguejou o sacristão.

— Ah, o túmulo, é? Quem faz túmulos em uma hora em que todos os outros homens estão alegres e tem prazer com isso?

Novamente, as vozes misteriosas responderam:

— Gabriel Grub! Gabriel Grub!

— E temo que meus amigos queiram você, Gabriel — disse o goblin, enfiando a língua na bochecha mais do que nunca, e era uma língua impressionante. — Temo que meus amigos queiram você, Gabriel — repetiu.

— Com mil perdões, senhor — respondeu o sacristão horrorizado —, não acredito que seja possível, senhor; eles não me conhecem, senhor; acho que os cavalheiros nunca me viram, senhor.

— Ah, viram, sim — respondeu o goblin. — Nós conhecemos o homem de cara amarrada e expressão carrancuda que veio pela rua esta noite olhando feio para as crianças e segurando a pá com mais força. Conhecemos o homem que bateu no garoto com a maldade invejosa que tem no coração, porque o garoto conseguiu ser feliz e ele não. Nós o conhecemos, conhecemos.

Nessa hora, o goblin soltou uma gargalhada alta e estridente, que os ecos devolveram multiplicada por vinte; e, jogando as pernas no ar, ficou de cabeça para baixo, ou melhor, de chapéu pontudo para baixo, na borda estreita da lápide, e fez uma pirueta com agilidade extraordinária, parando aos pés do sacristão, onde se posicionou com a postura com que os alfaiates costumam se sentar para costurar.

— Eu... eu... vou precisar deixá-lo, senhor — disse o sacristão, fazendo um esforço para se mover.

— Deixar-nos! — exclamou o goblin. — Gabriel Grub vai nos deixar! Ho! Ho! Ho!

Enquanto o goblin ria, o sacristão observou por um instante uma iluminação forte nas janelas da igreja, como se a construção toda estivesse acesa; a luz desapareceu, o órgão ressoou um tom animado e tropas inteiras de goblins, réplicas do primeiro, surgiram no cemitério e começaram a brincar de pular carniça com as lápides, sem parar nem um instante para respirar, mas "pulando" mais alto entre elas, um após o outro, com uma destreza maravilhosa. O primeiro goblin era um saltador impressionante, e nenhum dos outros chegava perto; mesmo no extremo de pavor que sentia, o sacristão não pôde deixar de observar que, enquanto os amigos ficavam satisfeitos de pular sobre lápides de tamanho comum, o primeiro preferia os túmulos de família, as amuradas de ferro e tudo, com a mesma facilidade que teria se fossem as estacas de uma cerca.

A brincadeira finalmente chegou a um ponto animado; o órgão foi tocando cada vez mais rápido, e os goblins pularam também mais rápido, se encolhendo no chão e saltando sobre as lápides como bolas de futebol. O cérebro do sacristão girou com a rapidez do movimento que via, e as pernas bambearam embaixo do tronco, enquanto os espíritos voavam perante seus olhos; e o rei goblin, indo repentinamente na direção dele, o pegou pela gola e afundou com ele na terra.

Quando Gabriel Grub teve tempo de recuperar o fôlego, que a rapidez da descida havia tirado por um momento, ele se viu no que parecia ser uma grande caverna, cercada por todos os lados de multidões de goblins, feios e sinistros; no centro do salão, em um assento elevado, estava seu amigo do cemitério, e, pouco atrás dele, estava o próprio Gabriel Grub, incapaz de se movimentar.

— Está frio hoje — disse o rei dos goblins —, muito frio. Um copo de alguma coisa quente aqui!

Com a ordem dele, meia dúzia de goblins solícitos, com um sorriso perpétuo no rosto, que Gabriel Grub imaginou serem cortesãos por causa disso, desapareceram rapidamente e logo voltaram com um cálice de fogo líquido, que ofereceram ao rei.

— Ah! — exclamou o goblin, cujas bochechas e pescoço ficaram transparentes quando ele bebeu a chama —, isso aquece mesmo! Tragam um copo da mesma bebida para o sr. Grub.

Foi em vão que o infeliz sacristão protestou que não tinha o hábito de tomar coisas quentes à noite; um dos goblins o segurou enquanto o outro derramou o líquido ardente pela garganta dele. O grupo todo gritou de tanto rir enquanto ele tossia e se engasgava e limpava as lágrimas que escorreram em abundância dos olhos depois de engolir a bebida em chamas.

— E agora — disse o rei, cutucando fantasticamente, com a ponta do chapéu, o olho do sacristão e, assim, provocando nele uma dor absurda —, e agora, mostrem ao homem infeliz e melancólico algumas imagens do nosso grande depósito!

Quando o goblin disse isso, uma nuvem densa que obscureceu o fundo mais remoto da caverna foi se deslocando e revelou, aparentemente a grande distância, um aposento pequeno e com pouca mobília, mas arrumado e limpo. Um grupo de crianças pequenas estava reunido em torno de uma lareira, agarrado ao vestido da mãe e brincando em volta da cadeira dela. A mãe se levantava de vez em quando e puxava a cortina da janela, como se procurando um objeto esperado; uma refeição frugal estava servida na mesa, e uma poltrona fora posicionada perto da lareira. Ouviu-se uma batida na porta; a mãe a abriu e as crianças se reuniram em volta dela e bateram palmas de alegria quando o pai entrou. Ele estava molhado e cansado e tirou a neve das roupas, e as crianças o cercaram, pegaram a capa, o chapéu, a bengala e as luvas dele com zelo agitado e correram, com tudo, da sala. Em seguida, quando ele se sentou para fazer a refeição na frente do fogo, as crianças subiram em seus joelhos, e a mãe ficou sentada ao lado dele, e tudo pareceu ser felicidade e conforto.

Mas uma mudança apareceu, quase imperceptível. A cena foi alterada para um quartinho, onde o garotinho mais pálido e mais novo estava deitado, morrendo; o tom rosado tinha sumido das bochechas dele, assim como a luz do olhar; e, enquanto o sacristão o olhava com um interesse que nunca tinha sentido nem conhecido, ele morreu. Os irmãos e irmãs cercaram a caminha e seguraram a mãozinha, tão fria e pesada; mas se encolheram ao sentir o toque e olharam com espanto para o rosto infantil, pois, por mais calmo e tranquilo que estivesse, dormindo em descanso e paz como a linda criança parecia estar, eles viram que estava morto e souberam que era um anjo cuidando deles e os abençoando de um Paraíso luminoso e feliz.

Novamente, a nuvem clara cruzou a imagem, e novamente o cenário mudou. Agora, o pai e a mãe estavam velhos e indefesos, e o número dos filhos em volta tinha diminuído a menos da metade; mas havia satisfação e alegria em todos os rostos, brilhando em todos os olhos, com a família reunida em torno da lareira, contando e ouvindo histórias antigas de dias distantes e passados. Lenta e pacificamente, o pai afundou para o túmulo, e, pouco depois, a companheira de cuidados e preocupações o seguiu até um local de descanso. Os poucos que sobreviveram se ajoelharam junto ao túmulo e molharam a grama verde que o cobria com suas lágrimas; em seguida, se ergueram e se viraram, tristes e em luto, mas não com choro amargo nem lamentos desesperados, pois sabiam que, um dia, todos se encontrariam novamente; e mais uma vez seguiram para o mundo agitado, e sua satisfação e alegria foram restauradas. A nuvem reapareceu na imagem e a escondeu do sacristão.

— O que você acha DISSO? — perguntou o goblin, virando o rosto grande para Gabriel Grub.

Gabriel murmurou algo sobre ser muito bonito e pareceu meio envergonhado quando o goblin voltou os olhos ardentes para ele.

— Seu homem infeliz! — disse o goblin em um tom de desprezo excessivo. — Você! — Ele pareceu disposto a acrescentar mais, mas a indignação sufocou sua fala; ergueu uma das pernas muito flexíveis e, floreando-a um pouco acima da cabeça para garantir a mira, administrou um belo chute em Gabriel Grub. Logo em seguida, todos os goblins da multidão cercaram o miserável sacristão e o chutaram sem pena, de acordo com o costume estabelecido e invariável dos cortesãos da Terra, que chutam quem a realeza chuta e abraçam quem a realeza abraça.

— Mostrem mais! — disse o rei dos goblins.

Depois dessas palavras, a nuvem se dissipou, e uma paisagem rica e linda surgiu; só há outra igual, até hoje, a oitocentos metros da velha cidade da abadia. O sol brilhava no céu azul limpo, a água cintilava embaixo dos raios e as árvores pareciam mais verdes, e as flores, mais coloridas sob essa influência alegre. A água ondulava com um som agradável, as árvores oscilavam no vento fraco que murmurava entre as folhas, as aves cantavam nos galhos e a cotovia entoava alto suas boas-vindas à manhã. Sim, era manhã, a manhã clara e quente do verão; as menores folhas, as menores lâminas de grama vibravam de tanta vida. A formiga seguia para o trabalho diário, a borboleta voava e apreciava os raios quentes de sol; miríades de insetos abriam as asas transparentes e celebravam sua existência breve, mas feliz. Um homem caminhava, exultante com a cena, e tudo era brilho e esplendor.

— VOCÊ é um homem infeliz! — disse o rei dos goblins em um tom de mais desprezo do que antes. E novamente o rei dos goblins fez um floreio com a perna e bateu com ela nos ombros do sacristão, e novamente os outros goblins imitaram o exemplo do superior.

Muitas vezes a nuvem veio e foi, e muitas lições ensinou a Gabriel Grub que, embora estivesse com os ombros doendo pelo frequente contato dos pés dos goblins no local, olhava com um interesse que nada diminuía. Ele viu que homens que trabalhavam arduamente, e ganhavam o pouco sustento com muito esforço, eram alegres e felizes, e que, para os mais ignorantes, o lindo rosto da natureza era uma fonte inesgotável de alegria e prazer. Viu pessoas que foram alimentadas com delicadeza, e criadas com ternura, serem felizes mesmo diante de privações e sofrimentos que teriam esmagado a maioria das pessoas, isso porque traziam dentro do peito os elementos da felicidade, da satisfação e da paz. Viu que as mulheres, as mais delicadas e frágeis de todas as criaturas de Deus, eram frequentemente superiores à dor, à adversidade e à angústia, e viu que era porque elas traziam no coração uma fonte inesgotável de afeto e devoção. Acima de tudo, viu que homens como ele, que rosnavam com a alegria e a felicidade dos outros, eram as ervas daninhas mais horríveis na bela superfície da Terra; e, comparando todo o bem do mundo com o mal, chegou à conclusão de que era um tipo de mundo muito decente e respeitável, afinal. Assim que chegou a essa conclusão, a nuvem, que tinha se fechado sobre a última imagem, pareceu se acomodar em seus sentidos e o fazer repousar. Um a um, os goblins foram sumindo de vista; e, quando o último desapareceu, ele caiu no sono.

O dia tinha amanhecido quando Gabriel Grub acordou e se viu deitado sobre a pedra do túmulo baixo no cemitério, com a garrafa de vime vazia ao lado e o casaco, a pá e o lampião, todos brancos por causa da geada da noite, espalhados no chão. A lápide na qual tinha visto o goblin sentado estava bem na frente dele, e o túmulo onde tinha trabalhado na noite anterior não estava longe. No começo, ele duvidou da realidade das aventuras, mas, quando tentou se levantar, a dor intensa nos ombros garantiu-lhe que os chutes dos goblins não eram coisa da imaginação. Ficou perplexo novamente ao não ver nenhum sinal de pegadas na neve em que os goblins tinham brincado de pular carniça com as lápides, mas explicou rapidamente essa circunstância quando lembrou que, sendo espíritos, eles não deixariam marca visível para trás. Assim, Gabriel Grub se levantou da melhor forma que pôde, com aquela dor nas costas, e, limpando o gelo do casaco, vestiu-o e voltou o rosto na direção da cidade.

Mas era um homem mudado, e não conseguia suportar a ideia de voltar para um lugar em que escarneceriam do seu arrependimento e não creriam na sua mudança. Hesitou por alguns momentos; depois, virou-se para seguir para outro lugar onde fosse possível ganhar seu sustento.

O lampião, a pá e a garrafa de vime foram encontrados naquele dia, no cemitério da igreja. No começo, houve muitas especulações sobre o destino do sacristão, mas logo ficou determinado que ele tinha sido levado pelos goblins, e não faltaram testemunhas muito críveis que o viram ser carregado pelo ar nas costas de um cavalo castanho, cego de um olho, com a traseira de um leão e a cauda de um urso. Com o tempo, passou-se a acreditar nisso ardorosamente, e o novo sacristão exibia aos curiosos, por uma módica quantia, um pedaço grande do cata-vento da igreja que fora chutado acidentalmente pelo citado cavalo em seu voo e recolhido por ele mesmo no cemitério um ou dois anos depois.

Infelizmente, essas histórias foram um tanto abaladas pela reaparição inesperada de Gabriel Grub em pessoa, uns dez anos depois, como um velho maltrapilho, feliz e reumático. Ele contou sua narrativa para o clérigo e também para o prefeito; e, com o tempo, ela passou a ser considerada fato histórico, forma na qual continua sendo contada até hoje. Os crentes no conto do cata-vento, tendo perdido a confiança uma vez, não foram fáceis de persuadir a abrir mão dela novamente, então faziam a melhor cara de sábio que podiam, davam de ombros, tocavam na testa e murmuravam alguma coisa sobre Gabriel Grub ter bebido toda a genebra e pegado no sono na lápide plana, e tentavam explicar o que ele achava que tinha testemunhado na caverna do goblin dizendo que ele tinha visto o mundo e ficado mais sábio. Mas essa opinião, que não foi nada popular em nenhum momento, acabou desaparecendo; e, seja como for, já que Gabriel Grub sofreu de reumatismo até o fim dos seus dias, esta história tem pelo menos uma moral, se não ensinar outra melhor: se um homem ficar mal-humorado e beber sozinho no Natal, ele pode decidir não melhorar nem um pouco por causa disso; que os espíritos nunca sejam tão bons, ou que estejam muito além da prova, como aqueles que Gabriel Grub viu na caverna do goblin. ✳

BIOGRAFIA DA AUTORA

ELIZABETH GASKELL

INGLATERRA | 1810-1865

Em meados da Era Vitoriana, com o conservadorismo inglês em seu auge, uma mulher marcaria a literatura de forma irrevogável, com reflexões à frente de seu tempo.

Sua empatia pela crescente classe trabalhadora — que precisava se submeter a condições precárias de trabalho — acabou se tornando um mote para alguns de seus trabalhos mais emblemáticos. *Mary Barton*, seu primeiro romance, foi publicado de forma anônima em 1848, causando impacto imediato e chamando a atenção de outros escritores da época, como Charles Dickens, que se tornaria um parceiro de trabalho. Suas narrativas geralmente envolvem protagonismo feminino, as relações entre empregadores e trabalhadores, o contexto da Revolução Industrial e suas consequências, como a obra *Norte e Sul*.

Gaskell também foi reconhecida pela biografia que escreveu sobre outra icônica mulher da literatura e amiga íntima: Charlotte Brontë. Enquanto seus romances exploravam assuntos mais densos, suas histórias sobrenaturais abriam portas para outros autores e gêneros. Elizabeth Gaskell inovou dentro das histórias góticas de horror. Ao mesmo tempo em que diversos escritores optavam por narrativas mais realistas, nas quais o elemento sobrenatural podia ser explicado, Gaskell explorava o sobrenatural puro.

A história da velha ama foi uma noveleta escrita em 1852 com a intenção de ser publicada na edição de Natal da *Household Words*, uma revista semanal editada por Charles Dickens na década de 1850, que também seria a casa de diversas outras obras de Gaskell.

41

ELIZABETH GASKELL

The Old Nurse's Story **1852**

A HISTÓRIA DA VELHA AMA

Após a morte dos pais, a pequena Rosamund e sua ama Hester vão para a Mansão Furnivall, de sua família materna, onde, nas noites tempestuosas de inverno, um órgão começa a tocar na sala de estar vazia e eventos estranhos acontecem no entorno da propriedade.

VOCÊS SABEM, MEUS QUERIDOS, QUE SUA mãe era órfã e filha única; devem ter ouvido dizer que seu avô era clérigo em Westmorland, de onde venho. Eu não passava de uma menina na escola da aldeia quando, certo dia, sua avó entrou e perguntou à professora se havia alguma aluna que pudesse trabalhar como ama; fiquei muito orgulhosa, confesso a vocês, quando a professora me chamou e disse que eu era competente com a agulha e a linha, uma garota confiável e honesta, cujos pais eram muito respeitáveis, ainda que pobres. Achei que nada me daria mais prazer do que servir à linda jovem, que corava tanto quanto eu enquanto falava do bebê que estava por vir e qual seria meu serviço para com ele. Vejo, no entanto, que vocês não estão muito interessados nessa parte da minha história, mas, sim, no que acham que está por vir, então vou lhes contar logo. Fui contratada e já estava morando no presbitério antes que a srta. Rosamond (a bebê, que agora é sua mãe) nascesse. Honestamente, tive pouco trabalho com ela quando nasceu, pois nunca saía dos braços da mãe e dormia com ela a noite toda; eu ficava orgulhosa quando a patroa às vezes a confiava a mim. Nunca houve um bebê igual antes ou depois; embora todos vocês tenham sido bonzinhos, não podem ser comparados à sua mãe: ela possuía um encanto irresistível. Puxou à mãe, uma verdadeira dama, de nascimento — a srta. Furnivall, neta de lorde Furnivall, em Northumberland. Acredito que não tivesse irmãos nem irmãs, e havia sido criada com a família do pai até se casar com seu avô, que era apenas um padre, filho de um lojista em Carlisle, mas um cavalheiro inteligente e bom, árduo trabalhador em sua paróquia — que era grande, estendendo-se por toda a região de Westmorland Fells. Quando sua mãe, a pequena srta. Rosamond, tinha quatro ou cinco anos, seus pais morreram, num intervalo de quinze dias um do outro. Ah! Foi uma época triste. Minha linda jovem patroa e eu estávamos aguardando a chegada de outro bebê quando meu patrão voltou para casa de uma de suas longas cavalgadas, molhado e cansado, e desenvolveu a febre de que morreu. Ela, então, nunca mais levantou a cabeça, vivendo apenas para ver seu bebê morto sendo colocado em seu seio, antes de ela suspirar e perder a vida. Minha patroa havia me pedido, em seu leito de morte, para nunca deixar a srta. Rosamond; mesmo que ela não tivesse dito uma palavra, porém, eu teria acompanhado a criança até o fim do mundo.

Em seguida, e antes que tivéssemos acabado de prantear as nossas perdas, os executores testamentários e guardiães vieram pôr em ordem os negócios da família. Eram eles o primo de minha desafortunada jovem patroa, lorde Furnivall, e o sr. Esthwaite, irmão do meu patrão, um lojista em Manchester — não tão abastado então, como veio a ser depois, e com uma grande família crescendo ao seu redor. Bem! Não sei se foi o acordo deles ou se foi por causa de uma carta que minha patroa escreveu em seu leito de morte para o lorde, seu primo; mas de algum modo ficou acertado que a srta. Rosamond e eu iríamos para a Mansão Furnivall, em Northumberland, e lorde Furnivall falou como se fosse desejo da mãe que a menina vivesse com a família dele — e ele não tinha objeções, pois que diferença uma ou duas pessoas a mais poderiam fazer numa família tão grande? Portanto, embora não me agradasse essa atitude diante da chegada do meu animalzinho lindo — ela que era como um raio de sol em qualquer família, mesmo a mais importante —, senti-me bastante satisfeita, porque todos no vale ficariam tomados de admiração quando soubessem que eu seria a empregada da mocinha na residência de lorde Furnivall, na Mansão Furnivall.

Equivoquei-me, porém, ao imaginar que íamos morar com lorde Furnivall. A família, na verdade, deixara a Mansão Furnivall havia pelo menos cinquenta anos. Minha pobre e jovem patroa nunca estivera lá, embora tivesse sido criada no seio da família; eu lamentava esse fato, pois teria preferido que a juventude da srta. Rosamond transcorresse no mesmo lugar da de sua mãe.

O cavalheiro que servia a lorde Furnivall, a quem fiz tantas perguntas quanto me atrevi, disse que a mansão ficava ao pé de Cumberland Fells, e era um lugar imponente; que uma velha srta. Furnivall, tia-avó de lorde Furnivall, morava lá, com apenas alguns poucos criados, mas que era um lugar muito benfazejo, e lorde Furnivall achava que serviria muito bem à srta. Rosamond por alguns anos — e a presença dela talvez pudesse divertir sua velha tia.

Lorde Furnivall requisitou que eu estivesse com as coisas da srta. Rosamond prontas até uma determinada data. Era um homem severo e orgulhoso, como dizem ser todos os lordes Furnivall; e nunca falava uma palavra além do necessário. Corria o boato de que ele amava minha jovem senhora, mas que, por saber que o pai dele haveria de se opor, ela não lhe dera ouvidos e se casara com o sr. Esthwaite; não sei. De todo modo, ele jamais se casou. Mas nunca deu muita atenção à srta. Rosamond — o que, pensei, poderia ter feito se tivesse afeto pela finada mãe da menina. Mandou o cavalheiro, a seu serviço, conosco até a mansão, dizendo-lhe que fosse encontrá-lo em Newcastle naquela mesma noite; portanto, não houve muito tempo para que ele nos apresentasse a todos os estranhos, antes que também nos deixasse. Ali ficamos, duas jovens solitárias (eu ainda não tinha feito dezoito anos), na grande e velha mansão. Parece que foi ontem nossa viagem até lá. Havíamos deixado nosso querido presbitério bem cedo, e ambas choramos como se nossos corações fossem se partir, embora estivéssemos viajando na carruagem do meu senhor, veículo que outrora eu tinha em tão alta consideração. Já passava muito do meio-dia de uma tarde de setembro quando paramos para trocar os cavalos pela última vez numa pequena cidade enfumaçada, cheia de carvoeiros e mineiros. A srta. Rosamond havia adormecido, mas o sr. Henry me disse para acordá-la, a fim de que pudesse ver o parque e a mansão enquanto nos aproximávamos. Achei uma pena, mas fiz o que ele mandava, com medo de que ele reclamasse de mim ao meu senhor. Os menores vestígios de cidades ou mesmo de pequenas aldeias tinham ficado para trás, e estávamos dentro dos portões de um grande parque selvagem, não como os parques aqui no norte, mas com pedras, barulho de água corrente, espinheiros retorcidos e carvalhos velhos, todos esbranquiçados e descascados pelo tempo.

A estrada subiu por cerca de três quilômetros, e então vimos uma grande e imponente casa, com muitas árvores ao redor, tão próximas que, em alguns lugares, seus galhos roçavam nas paredes quando o vento soprava; alguns estavam pendurados ou quebrados, pois ninguém parecia se preocupar muito com a poda das árvores naquele lugar, ou com a manutenção da carruagem, coberta de musgo. Só na frente da casa tudo estava limpo. Não havia mato na grande entrada oval das carruagens, e nem árvores ou trepadeiras cresciam ao longo da comprida fachada de muitas janelas. Em ambos os lados da fachada, uma ala sobressaía; cada ala era a extremidade das outras fachadas laterais — pois a casa, embora tão desolada, era ainda mais grandiosa do que eu esperava. Atrás dela, erguia-se o vale, que parecia bastante aberto e nu; do lado esquerdo da casa, se ficássemos de frente para ela, havia um antiquado jardinzinho de flores, como descobri depois. Uma porta se abria para ele na fachada oeste; fora como que arrancado da densa mata escura por alguma velha lady Furnivall, mas os galhos das grandes árvores da floresta haviam crescido e encoberto o jardim outra vez, e havia muito poucas flores capazes de sobreviver ali, naquela época.

Quando a carruagem nos levou até a grande entrada principal e ingressamos no salão, achei que devíamos estar perdidos — era tão grande, vasto e imponente. Havia um candelabro todo de bronze, pendurado no meio do teto; eu nunca tinha visto um candelabro daqueles antes, e olhava para tudo com admiração. Numa das extremidades do salão, havia uma enorme lareira, do tamanho das paredes laterais das casas em minha terra natal, com enormes grelhas e suportes para a lenha; ao lado, havia sofás pesados e antiquados. Na extremidade oposta do salão, à esquerda de quem entrava pelo lado oeste, havia um órgão embutido, tão grande que ocupava quase a totalidade dessa parede. Atrás dele, do mesmo lado, havia uma porta; do lado oposto, ladeando a lareira, também havia portas que se abriam para a fachada leste — mas por elas nunca passei enquanto estive ali, de modo que não sei dizer o que há do outro lado.

A tarde caía e o salão, cuja lareira não estava acesa, tinha um aspecto escuro e sombrio, mas não nos demoramos ali. O velho criado que havia aberto a porta fez uma mesura diante do sr. Henry e nos levou pela porta que ficava do outro lado do grande órgão, conduzindo-nos por vários salões menores e corredores até a sala de estar oeste, onde disse que a srta. Furnivall se encontrava.

A pobre srta. Rosamond ficava o tempo todo bem perto de mim, como se estivesse assustada e perdida naquele lugar imenso; quanto a mim, não me sentia muito melhor. A sala de estar oeste tinha um aspecto bastante alegre, com uma lareira acesa e muitos móveis bons e confortáveis. A srta. Furnivall era uma senhora idosa, não muito longe dos oitenta anos, creio eu, mas não sei dizer com certeza. Era magra e alta, e tinha o rosto cheio de rugas, tão finas que era como se tivessem sido desenhadas com a ponta de uma agulha. Seus olhos eram muito vigilantes — para compensar, suponho, o fato de ser tão surda a ponto de ter que usar uma trombeta de ouvido. Sentada ao seu lado, trabalhando na mesma grande peça de tapeçaria, estava a sra. Stark, sua criada e companheira, e quase tão velha quanto ela. Vivia com a srta. Furnivall desde que as duas eram jovens, e agora parecia mais uma amiga do que uma criada; sua aparência era tão fria e cinzenta e severa que dava a impressão de nunca ter amado ou estimado alguém. Suponho que ela não gostasse de ninguém, exceto de sua patroa; e, devido à avançada surdez desta, a sra. Stark a tratava como se fosse uma criança. O sr. Henry transmitiu uma mensagem do meu senhor e depois se despediu de todas nós com uma mesura — sem notar a mão estendida da minha doce srta. Rosamond —, deixando-nos ali, paradas, sendo avaliadas pelas duas velhas senhoras por trás dos seus óculos.

Fiquei muito contente quando elas chamaram o velho lacaio que nos levara até ali e lhe disseram que nos conduzisse aos nossos aposentos. Deixamos então aquela grande sala de estar e entramos em outra, depois saímos dessa também, e logo subimos um grande lance de escadas, e percorremos uma ampla galeria que parecia uma biblioteca, com livros ocupando um lado e janelas e escrivaninhas do outro, até chegarmos aos nossos aposentos, que não lamentei saber que ficavam logo acima da cozinha, pois começava a pensar que ia me perder na vastidão daquela casa. Havia um antigo cômodo para crianças que fora usado por todos os pequenos senhores e senhoras muito tempo antes, com um fogo agradável queimando na lareira, a chaleira fervendo no fogão e apetrechos para o chá dispostos sobre a mesa; contíguo àquele cômodo ficava o quarto de dormir, com um pequeno berço para a srta. Rosamond perto da minha cama. E o velho James chamou Dorothy, sua esposa, para nos dar as boas-vindas; tanto ele quanto ela foram tão hospitaleiros e gentis que, aos poucos, a srta. Rosamond e eu nos sentimos em casa. Quando terminamos o chá, ela já estava sentada no colo de Dorothy, tagarelando o mais rápido que sua linguinha conseguia. Logo descobri que Dorothy era de Westmorland, e isso nos unia, por assim dizer; nunca conheci pessoas mais gentis do que o velho James e sua esposa. James tinha passado quase toda a vida trabalhando para a família de lorde Furnivall, e achava que não havia ninguém tão importante quanto eles. Chegava a menosprezar um pouco a própria esposa, pois, até se casarem, ela só tinha vivido na casa de um fazendeiro. Mas gostava muito dela, como devia ser. Tinham uma criada sob suas ordens, para fazer o trabalho pesado. Chamavam-na de Agnes; ela e eu, e James e Dorothy, mais a srta. Furnivall e a sra. Stark constituíamos a família; sem deixar de lado minha doce srta. Rosamond! Eu costumava me perguntar o que eles faziam antes de sua chegada, de tanto que se ocupavam dela agora. Na cozinha ou na sala de estar, era a mesma coisa. A dura e triste srta. Furnivall e a fria sra. Stark pareciam satisfeitas quando ela entrava esvoaçando como um passarinho, brincando e gracejando de um lado para o outro e tagarelando alegremente sem parar. Tenho certeza de que muitas vezes lamentavam quando ela fugia para a cozinha, embora fossem orgulhosas demais para pedir que ficasse, e se surpreendessem com o gosto da menina — porém, como a sra. Stark dizia, não era de se admirar, recordando as origens do pai dela. A velha e grande mansão era um lugar esplêndido para a pequena srta. Rosamond. Ela fazia expedições por toda parte, comigo em seus calcanhares; por toda parte exceto a ala leste, que nunca era aberta, e aonde nunca pensamos em ir. Mas nas alas oeste e norte havia muitos cômodos agradáveis, cheios de objetos que eram curiosidades para nós duas, embora talvez não fossem para pessoas que já tinham visto muito mais. As janelas estavam escurecidas pelos galhos das árvores e pela hera que as recobria; na penumbra verde, porém, ainda conseguíamos ver antigos jarros de porcelana e caixas de marfim entalhado, e grandes livros pesados e, acima de tudo, os quadros antigos!

Lembro-me de que certa vez minha querida pediu que Dorothy nos acompanhasse a fim de nos contar quem eram; tratava-se de retratos de alguns membros da família do meu senhor, embora Dorothy não soubesse nos dizer o nome de todos. Tínhamos percorrido a maior parte dos aposentos, quando chegamos à velha sala de visitas que dava para o salão, e ali havia um quadro da srta. Furnivall; ou, como era chamada naquela época, srta. Grace, pois era a irmã mais nova. Ela devia ter sido muito bonita! Mas tinha uma expressão tão rígida e orgulhosa, e havia tanto desprezo transparecendo em seus belos olhos, as sobrancelhas um pouco levantadas, como se estivesse se perguntando como alguém poderia ter a impertinência de fitá-la; seus lábios se curvavam para nós enquanto ficávamos ali, olhando. Ela usava um vestido como eu nunca tinha visto antes, mas que estava na moda quando ela era jovem: um chapéu de feltro branco e macio, feito de pele de castor, puxado um pouco sobre as sobrancelhas, e uma bela pluma de penas para o lado; seu vestido de cetim azul se abria na frente para um peitilho branco acolchoado.

— Ora, é bem verdade que toda carne é erva, como dizem — comentei, depois de ter ficado olhando por um bom tempo —, mas, ao vê-la agora, quem haveria de imaginar que a srta. Furnivall tenha sido uma beldade como essa?

— Sim — disse Dorothy. — As pessoas mudam, infelizmente. Mas se o que o pai do meu patrão costumava dizer era verdade, a srta. Furnivall, a irmã mais velha, era mais bonita do que a srta. Grace. O retrato dela está aqui em algum lugar; mas se eu mostrar a você, nunca deve revelar que o viu, nem mesmo para James. Será que a mocinha consegue segurar a língua? — perguntou ela.

Eu não tinha tanta certeza, pois ela era uma criança doce, ousada e franca, então mandei que fosse se esconder; ajudei Dorothy a virar um grande quadro, que ficava com a face voltada para a parede, e não estava pendurado como os outros. Com certeza, era mais bonita do que a srta. Grace; creio, também, que tinha mais daquele orgulho desdenhoso, embora nesse quesito fosse difícil decidir. Eu poderia ter ficado contemplando o retrato por uma hora, mas Dorothy parecia um tanto assustada por tê-lo mostrado, e virou-o depressa de costas outra vez, mandando-me ir correndo encontrar a srta. Rosamond, pois havia alguns lugares feios pela casa, aonde ela não gostaria que a menina fosse. Eu era uma moça corajosa e bem-humorada, e pouca importância dava ao que a velha dizia, pois gostava de esconde-esconde tanto quanto qualquer criança da paróquia; saí correndo, então, em busca da minha mocinha.

À medida que o inverno se aproximava e os dias ficavam mais curtos, às vezes eu tinha quase certeza de ouvir um som, como se alguém estivesse tocando o grande órgão do salão. Não o ouvia todas as noites; mas, certamente, acontecia com muita frequência, em geral quando estava sentada com a srta. Rosamond, depois de colocá-la na cama, e ficava quieta e silenciosa no quarto. Então, costumava ouvir o barulho se avolumando ao longe. Na primeira noite, quando desci para jantar, perguntei a Dorothy quem estava tocando, e James disse logo que eu era uma boba por confundir o vento sussurrando entre as árvores com música. Mas vi Dorothy olhar para ele com muito medo, e Bessy, a criada que cuidava da cozinha, disse algo baixinho e empalideceu. Percebi que eles não gostaram da minha pergunta, então me calei até me encontrar sozinha com Dorothy, pois sabia que assim poderia fazer com que me contasse muita coisa. No dia seguinte, então, aguardei o momento correto e perguntei a ela quem tocava o órgão; pois eu sabia muito bem que era o órgão e não o vento, por mais que tivesse mantido silêncio diante de James. Mas Dorothy tinha aprendido sua lição, posso garantir, e não consegui que me dissesse uma palavra. Então, tentei Bessy, embora dela sempre tivesse mantido uma distância superior, pois eu estava em igualdade de condições com James e Dorothy, e ela era pouco mais do que sua criada. Então ela disse que eu nunca, nunca deveria contar a ninguém; se alguma vez contasse, nunca deveria dizer que ela me contara. Mas era um ruído muito estranho, e ela o ouvira muitas vezes, principalmente nas noites de inverno e antes das tempestades; as pessoas diziam que era o velho senhor tocando o grande órgão do salão, exatamente como costumava fazer quando estava vivo — mas quem era o velho senhor, ou por que ele tocava, e por que tocava nas noites tempestuosas de inverno em particular, ela não sabia ou não queria me dizer. Bem! Eu lhes disse que tinha um coração valente; achava bastante agradável ter aquela música grandiosa ecoando pela casa, fosse quem fosse a tocá-la — pois às vezes ela se elevava acima das grandes rajadas de vento, e gemia e triunfava como uma criatura viva, e então se recolhia à suavidade mais completa; mas era sempre música, então seria um absurdo chamá-la de vento. A princípio, pensei que poderia ser a srta. Furnivall quem tocava, sem o conhecimento de Bessy; mas um dia, quando eu estava sozinha no salão, abri o órgão e espiei por toda parte dentro e fora dele, como fizera com o órgão na igreja de Crosthwaite uma vez, e vi que estava todo quebrado e destruído internamente, apesar de parecer em tão bom estado. Então, embora fosse meio-dia, minha pele começou a se arrepiar, e eu fechei o órgão e fugi depressa para o meu próprio quarto bem iluminado; não me agradou ouvir a música por algum tempo depois disso, não mais do que James e Dorothy. Ao longo de todo esse período, a srta. Rosamond se tornava cada vez mais amada. As velhas gostavam que ela as acompanhasse no jantar, refeição que faziam cedo; James ficava atrás da cadeira da srta. Furnivall, e eu atrás da cadeira da srta. Rosamond, com grande formalidade. Depois do jantar, ela brincava num canto da ampla sala, quietinha, enquanto a srta. Furnivall dormia e eu jantava na cozinha. Mas se alegrava ao vir ficar comigo no quarto das crianças, depois; porque, como ela dizia, a srta. Furnivall era muito triste, e a sra. Stark, muito chata. Nós duas, porém, éramos felizes, e aos poucos passei a não me importar mais com aquela música estranha que corria pela casa, mas não fazia mal a ninguém, ainda que não soubéssemos de onde vinha.

Aquele inverno foi muito frio. Em meados de outubro, as geadas começaram e duraram muitas e muitas semanas. Lembro-me de que um dia, durante o jantar, a srta. Furnivall ergueu seus olhos tristes e pesados e disse à sra. Stark, de uma forma estranha:

— Receio que tenhamos um inverno terrível.

Mas a sra. Stark fingiu não ouvir e falou muito alto de outra coisa. Minha pequena senhora e eu não nos importávamos com a geada; nós, não! Contanto que o clima estivesse seco, escalávamos as colinas íngremes atrás da casa, e subíamos até o vale, que era desolado e deserto, e ali corríamos ao ar fresco e cortante. Uma vez descemos por uma nova trilha e seguimos para além dos dois velhos azevinhos retorcidos que cresciam mais ou menos na metade do caminho, junto do lado leste da casa. Mas os dias foram ficando cada vez mais curtos; e o velho senhor, se fosse ele, tocava o grande órgão de forma cada vez mais tempestuosa e triste. Numa tarde de domingo — deve ter sido no final de novembro —, pedi a Dorothy que se encarregasse da pequena senhorita quando ela viesse da sala, depois que a srta. Furnivall tivesse tirado uma soneca, pois estava muito frio para levá-la comigo até a igreja, mas mesmo assim eu queria ir. Dorothy me prometeu fazê-lo, satisfeita, e gostava tanto da criança que tudo me pareceu bem. Bessy e eu partimos depressa, embora o céu pendesse negro e pesado sobre a terra branca, como se a noite nunca tivesse acabado por completo; e o ar, embora parado, fosse muito cortante e gelado.

— Vai nevar — disse-me Bessy.

E foi o que aconteceu: enquanto estávamos na igreja, a neve caiu espessa, em grandes flocos, tão cerrada que quase escureceu as janelas. Tinha parado de nevar antes de sairmos, mas a neve estava macia, espessa e profunda sob nossos pés, enquanto caminhávamos para casa. Antes de chegarmos ao salão, a lua nasceu, e acho que estava mais claro — com a lua e com a ofuscante neve branca — do que quando saímos para a igreja, entre duas e três horas da tarde. Não lhes contei que a srta. Furnivall e a sra. Stark nunca iam à igreja; costumavam ler as orações juntas, ao seu modo silencioso e sombrio; pareciam achar o domingo muito comprido sem a tapeçaria com que se ocupar. Então, quando fui ter com Dorothy na cozinha para buscar a srta. Rosamond e levá-la comigo para cima, não me surpreendi muito quando a velha me disse que as senhoras tinham ficado com a menina, e que ela não tinha ido para a cozinha, como eu lhe dizia que fizesse quando se cansava de se comportar bem na sala. Então, tirei meus agasalhos e fui buscá-la para jantar no quarto das crianças. Quando entrei na sala de estar, porém, deparei-me com as duas velhas muito quietas e caladas, deixando escapar uma palavra de vez em quando, mas sem dar a impressão de que alguém tão animada e alegre quanto a srta. Rosamond tivesse passado por ali. Mesmo assim, pensei que ela poderia estar se escondendo de mim — era uma de suas divertidas brincadeiras — e que as persuadira a fingir que nada sabiam. Então, fui espiar afetuosamente embaixo de um sofá aqui e atrás de uma cadeira ali, fingindo que estava com muito medo de não a encontrar.

— Qual é o problema, Hester? — disse a sra. Stark, com brusquidão.

Não sei se a srta. Furnivall me viu, pois, como disse, ela era completamente surda e estava sentada, imóvel, olhando distraída para o fogo, com seu rosto desanimado.

— Só estou procurando minha pequena florzinha — respondi, ainda pensando que a menina estava ali, e perto de mim, embora não pudesse vê-la.

— A srta. Rosamond não está aqui — disse a sra. Stark. — Ela foi há mais de uma hora ficar com Dorothy.

E ela também se virou e continuou olhando para o fogo.

Meu coração afundou, com isso, e comecei a desejar nunca ter deixado minha querida. Voltei para junto de Dorothy e contei a ela. James tinha saído naquele dia, mas ela, eu e Bessy pegamos lamparinas e subimos primeiro até o quarto das crianças, e depois percorremos toda a mansão, chamando e implorando à srta. Rosamond que saísse de seu esconderijo, e não nos matasse de preocupação daquela maneira. Mas não houve resposta; ruído nenhum.

— Ah! — disse eu, por fim. — Será que ela pode ter ido para a ala leste e se escondido lá?

Mas Dorothy disse que não era possível, pois ela própria nunca tinha estado ali; as portas estavam sempre trancadas e o mordomo do meu senhor tinha as chaves, ela acreditava; de qualquer forma, nem ela nem James jamais as tinham visto. Eu disse, então, que voltaria e veria se afinal ela não estava escondida na sala, sem que as velhas soubessem. Se a encontrasse lá, eu disse, ia dar-lhe uma boa surra de chicote por conta daquele susto — mas não tinha a intenção de fazer isso. Bem, voltei para a sala de estar oeste, disse à sra. Stark que não tínhamos conseguido encontrá-la em lugar algum e pedi licença para examinar entre todos os móveis que havia ali, pois pensava agora que ela poderia ter adormecido em algum canto escondido; mas não! Procuramos, a srta. Furnivall se levantou e procurou, tremendo inteira, e ela não estava em parte alguma por ali. Então saímos em sua busca novamente, todas as pessoas que havia na casa, e procuramos em cada um dos lugares onde havíamos procurado antes, mas não a encontramos. A srta. Furnivall tremia tanto que a sra. Stark a levou de volta para a sala de estar aquecida, mas não antes que me fizessem prometer levá-la até elas quando fosse encontrada. Ai de mim! Comecei a pensar que ela nunca seria encontrada, quando me ocorreu procurar no grande pátio da frente, todo coberto de neve. Eu estava no andar de cima quando olhei lá para fora; mas o luar era tão claro que consegui ver, com bastante clareza, duas pequenas pegadas, que podiam ser rastreadas saindo pela porta do salão e dobrando a quina da ala leste. Não sei como desci, mas abri a grande e rígida porta do salão e, jogando a saia do meu vestido sobre a cabeça à guisa de manto, fui correndo lá para fora. Dobrei a quina da ala leste, e ali uma sombra negra caía sobre a neve; mas quando voltei à área iluminada pelo luar, havia pequenas pegadas subindo até o vale. Estava muito frio; tão frio que o ar quase arrancava a pele do meu rosto enquanto eu corria, mas continuei correndo, chorando apavorada ao pensar que minha pobre queridinha devia ter morrido. Já podia divisar os azevinhos quando vi um pastor descendo a colina, carregando nos braços algo envolto em seu capote. Ele gritou para mim e me perguntou se eu tinha perdido uma criança; como eu não conseguia falar de tanto chorar, ele se aproximou de mim e vi minha menininha deitada, imóvel, branca e rígida em seus braços, como se estivesse morta. Ele me disse que tinha ido até o vale reunir suas ovelhas antes que o frio profundo da noite chegasse e que, sob os azevinhos (marcas pretas na encosta da colina, onde não havia qualquer outro arbusto em quilômetros), tinha encontrado minha pequena senhora, meu cordeiro, minha rainha, minha querida, rígida e fria, no sono terrível que é provocado pela geada. Ah! A alegria e as lágrimas por tê-la em meus braços mais uma vez! Pois não o deixei carregá-la; tomei-a, capote e tudo, em meus próprios braços, e a segurei junto ao meu próprio colo quente, e senti a vida regressando devagar aos seus delicados braços e pernas. Mas ela ainda estava inconsciente quando chegamos ao salão, e eu não tinha fôlego para falar. Entramos pela porta da cozinha.

— Tragam o aquecedor — eu disse; carreguei-a escada acima e comecei a despi-la perto da lareira do berçário, que Bessy tinha mantido acesa.

Chamei minha pequena de todos os nomes doces e brincalhões em que pude pensar, mesmo meus olhos estando cegos com as lágrimas; e por fim, ah!, por fim ela abriu seus grandes olhos azuis. Então, coloquei-a em sua cama quentinha e mandei Dorothy descer e dizer à srta. Furnivall que tudo estava bem; decidi ficar sentada ao lado da cama da minha querida durante toda a noite. Ela caiu num sono suave assim que sua linda cabeça tocou o travesseiro, e eu velei até o raiar da manhã, quando ela acordou animada e cheia de vida — ou assim pensei, a princípio — e, meus queridos, assim penso agora.

Ela disse que sentira vontade de ir ficar com Dorothy, pois as duas velhas estavam dormindo, e tudo estava muito chato ali na sala; ao passar pelo vestíbulo oeste, viu, através da janela alta, a neve caindo, caindo, suave e constante; mas queria vê-la estendida no chão, branca e bonita. Dirigiu-se, assim, ao grande salão; indo até a janela, viu a neve clara e suave no caminho de entrada. Enquanto estava ali, porém, viu uma garotinha, um pouco mais nova do que ela.

— Mas tão bonita — disse minha querida —, e essa garotinha me chamou para sair; e ah, ela era tão bonita e tão delicada, eu não pude deixar de ir.

E então essa outra garotinha a pegou pela mão e, lado a lado, as duas dobraram a quina da ala leste.

— Ora, você é uma menininha travessa e está inventando histórias — disse eu. — O que diria a sua boa mãezinha, que está no céu, e nunca contou uma mentira na vida, à sua pequena Rosamond, se a ouvisse, e acredito que possa ouvi-la mesmo, inventando histórias!

— Estou dizendo a verdade, Hester — soluçou minha menina —, a verdade. Estou mesmo.

— Não me diga! — exclamei, muito severa. — Consegui encontrar você graças às suas pegadas na neve; só havia as suas à vista: e se houvesse uma garotinha acompanhando-a colina acima, não acha que as pegadas estariam junto às suas?

— Não é culpa minha se não estavam, minha querida Hester — disse ela, chorando. — Não cheguei a olhar para os pés dela, mas ela segurou minha mão com força e firmeza em sua mãozinha, que estava muito, muito fria. Ela me levou pelo caminho do vale até os arbustos de azevinho; e lá eu vi uma senhora chorando sem parar. Mas quando ela me viu, interrompeu o choro, sorriu muito orgulhosa e imponente, me colocou sobre seus joelhos e começou a me embalar para dormir. E isso é tudo, Hester, e é verdade; e minha querida mamãe sabe que é — disse ela, chorando.

Então pensei que a menina estivesse com febre e fingi acreditar nela, enquanto ela contava a história outra vez, e mais outra, sempre a mesma. Por fim, Dorothy bateu na porta com o café da manhã da srta. Rosamond; disse-me que as senhoras estavam lá embaixo na saleta do café e que queriam falar comigo. As duas haviam ido ao quarto das crianças na noite anterior, mas a srta. Rosamond já estava dormindo; então, só olharam para ela — não me fizeram perguntas.

Vou levar uma descompostura, pensei, com meus botões, enquanto caminhava pela galeria norte. *Porém*, pensei, tomando coragem, *eu havia deixado a menina aos seus cuidados; são elas as culpadas por deixá-la sair sem que ninguém soubesse ou a vigiasse*. Então, entrei com ousadia e contei minha história. Contei tudo à srta. Furnivall, gritando bem perto de seu ouvido; mas quando cheguei à menção da outra garotinha na neve, chamando-a e persuadindo-a a sair, e tentando levá-la para junto da imponente bela senhora perto do azevinho, ela jogou os braços para cima — seus braços velhos e mirrados — e gritou em voz alta:

— Ah! Pelos céus, perdão! Tenha piedade!

A sra. Stark a segurou, e com firmeza, pensei; mas ela já não se deixava conter pela sra. Stark e falava comigo, numa espécie de advertência arrebatada e com autoridade.

— Hester! Mantenha-a longe daquela criança! Vai atraí-la para a morte! Aquela criança malvada! Diga a ela que é uma criança perversa e travessa.

Então a sra. Stark me levou afobada para fora da sala; fiquei satisfeita de ir embora dali, mas a srta. Furnivall continuava gritando:

— Ah! Tenha piedade! Você nunca há de perdoar! Já se passaram tantos anos...

Depois disso, fiquei muito inquieta. Não me atrevia a deixar a srta. Rosamond, à noite ou de dia, com medo de que ela pudesse escapar novamente, atrás de alguma fantasia; e ainda mais porque suspeitava que a srta. Furnivall fosse louca, por seu comportamento estranho, e temia que algo do mesmo tipo (poderia estar na família, vocês sabem) pairasse sobre minha querida. A intensa geada não parou durante todo esse tempo, e sempre que a noite era mais tempestuosa do que o normal, ouvíamos, entre as rajadas e em meio ao vento, o velho senhor tocando o grande órgão. Mas, velho senhor ou não, onde quer que a srta. Rosamond fosse eu a seguia, pois meu amor por ela, órfã indefesa, era mais forte do que meu medo do grandioso e terrível som. Além disso, cabia a mim que ela estivesse sempre alegre e contente, conforme era adequado à sua idade. Assim, brincávamos juntas e andávamos juntas por toda parte; pois nunca mais ousei perdê-la de vista naquela casa grande e estranha. E assim aconteceu que, certa tarde, não muito antes do dia de Natal, estávamos jogando na mesa de bilhar do grande salão (não que soubéssemos jogar, mas ela gostava de fazer rolar as bolas lisas de marfim com suas lindas mãozinhas, e eu gostava de fazer tudo o que ela fazia); e, aos poucos, sem que percebêssemos, escureceu dentro de casa, embora ainda estivesse claro ao ar livre, e eu estava pensando em levá-la de volta para o quarto das crianças, quando, de repente, ela gritou:

— Olhe, Hester! Olhe! Lá está minha pobre garotinha na neve!

Virei-me para as janelas compridas e estreitas, e ali, de fato, vi uma garotinha, menor do que minha srta. Rosamond — vestida de modo totalmente inadequado para estar fora de casa numa noite tão fria — chorando e batendo nas vidraças, como se quisesse que a deixassem entrar. Parecia soluçar e choramingar, até que a srta. Rosamond não aguentou mais e estava correndo para a porta a fim de abri-la; foi quando, de repente, bem perto de nós, o grande órgão repicou tão forte e trovejante que me fez tremer — ainda mais quando me lembrei de que, mesmo na quietude daquele clima gélido, eu não ouvira qualquer ruído de mãozinhas batendo no vidro da janela, embora a Criança-Fantasma parecesse usar toda a sua força; ainda que eu a tivesse visto se lamentar e chorar, nem o menor barulho chegara aos meus ouvidos. Se me lembrei de tudo isso naquele momento, não sei; o som do grande órgão me deixou aterrorizada. O que sei é que alcancei a srta. Rosamond antes que ela conseguisse abrir a porta do salão, agarrei-a e a levei, debatendo-se e gritando, para a grande cozinha iluminada, onde Dorothy e Agnes estavam ocupadas com suas tortas de carne.

— Qual é o problema com a minha queridinha? — exclamou Dorothy, enquanto eu segurava a srta. Rosamond, que soluçava como se seu coração fosse se partir.

— Ela não quer me deixar abrir a porta para a menininha entrar, e ela vai morrer se ficar no vale a noite toda. Hester cruel e malvada — disse ela, dando-me um tapa; mas poderia ter batido com mais força, pois eu tinha visto no rosto de Dorothy uma expressão tão assombrosa de terror que fez meu próprio sangue gelar.

— Feche bem a porta dos fundos da cozinha e passe a tranca — disse ela a Agnes.

Não disse mais nada; deu-me passas e amêndoas para acalmar a srta. Rosamond; mas ela chorava por causa da garotinha na neve e não tocou em nenhuma daquelas delícias. Fiquei grata quando pegou no sono de tanto chorar, na cama. Então, desci furtivamente para a cozinha e disse a Dorothy que tomara uma decisão. Levaria minha querida de volta para a casa de meu pai em Applethwaite — onde, embora vivêssemos de maneira humilde, vivíamos em paz. Disse que já tinha ficado assustada o suficiente com o velho senhor tocando órgão; mas agora que tinha visto com meus próprios olhos aquela criancinha gemendo, toda bem vestida, como nenhuma criança da vizinhança poderia estar, batendo e esmurrando para entrar, mas sem fazer qualquer som ou ruído — com a ferida escura em seu ombro direito; e que a srta. Rosamond reconhecera-a como o fantasma que quase a atraíra para a morte (o que Dorothy sabia que era verdade), agora eu não toleraria mais.

Vi Dorothy mudar de cor uma ou duas vezes. Quando terminei de falar, ela me disse achar improvável que eu pudesse levar a srta. Rosamond comigo, pois ela estava sob a tutela do meu senhor e eu não tinha direitos sobre ela. Perguntou-me se eu deixaria a criança de quem tanto gostava só por causa de sons e visões que não poderiam me fazer mal, e aos quais todos eles tinham tido que se acostumar, por sua vez. Eu estava arrebatada e trêmula; disse que era muito fácil para ela falar, já que sabia o que aquelas visões e ruídos indicavam, e que talvez tivesse algo a ver com a Criança-Fantasma enquanto ela ainda vivia. Provoquei-a tanto que ela acabou me contando tudo que sabia, e então desejei nunca ter ouvido nada daquilo, pois só me fez sentir mais medo do que nunca.

Ela disse ter ouvido a história de velhos vizinhos, ainda vivos quando se casara; quando as pessoas costumavam vir ao salão, às vezes, antes que ele adquirisse tão má reputação por ali: poderia ou não ser verdade o que lhe fora dito.

O velho lorde era o pai da srta. Furnivall — srta. Grace, como Dorothy a chamava, pois a srta. Maude era a mais velha, e srta. Furnivall por direito. O velho senhor era consumido pelo orgulho. Nunca se viu ou se ouviu falar de um homem tão orgulhoso, e suas filhas eram como ele. Ninguém era bom o suficiente para se casar com elas, embora escolha não faltasse, pois elas eram as grandes beldades de sua época, como eu tinha visto em seus retratos, pendurados na sala de estar. Mas, como diz o velho ditado, "tudo o que sobe, desce". Essas duas beldades arrogantes se apaixonaram pelo mesmo homem — que era, ainda por cima, um músico estrangeiro, trazido de Londres por seu pai para tocar com ele na mansão. Pois, acima de tudo, lado a lado com seu orgulho, o velho senhor amava a música. Sabia tocar quase todos os instrumentos de que já se ouviu falar: e era estranho que isso não o amolecesse, mas era um velho muito severo que havia partido o coração de sua pobre esposa com sua crueldade, dizia-se. Era louco por música e pagava por ela qualquer quantia. Então, convidou o tal estrangeiro; ele tocava uma música tão bonita, diziam, que os próprios pássaros nas árvores paravam de cantar para ouvir. E, aos poucos, esse cavalheiro estrangeiro obteve tal domínio sobre o velho senhor que agora era só ele quem vinha, todos os anos; e foi ele quem mandou trazer da Holanda o grande órgão e instalar no salão, onde estava agora. Ensinou o velho senhor a tocá-lo; mas muitas e muitas vezes, quando lorde Furnivall não pensava em nada a não ser em seu belo órgão e em sua música mais bela ainda, o estrangeiro de pele escura caminhava pela floresta com uma das jovens; ora a srta. Maude, ora a srta. Grace.

A srta. Maude ganhou o dia e levou o prêmio: casaram-se, às escondidas de todos; e antes que ele fizesse sua próxima visita anual, ela dera à luz uma garotinha numa casa de fazenda na charneca, enquanto seu pai e a srta. Grace pensavam que ela estava nas corridas de cavalos em Doncaster. Mas apesar de agora ser esposa e mãe, não amoleceu nem um pouco, e continuava arrogante e arrebatada como sempre; talvez ainda mais, pois tinha ciúmes da srta. Grace, a quem seu marido estrangeiro cortejava — para que Grace não suspeitasse de nada, era o que ele dizia à esposa. Mas a srta. Grace triunfou sobre a srta. Maude, e a srta. Maude foi ficando cada vez mais agressiva, tanto com o marido quanto com a irmã. O primeiro — que podia facilmente se livrar do que era desagradável e se esconder em países estrangeiros — partiu um mês antes do habitual naquele verão e fez ameaças veladas de nunca mais voltar. Enquanto isso, a garotinha ficava na casa da fazenda, e sua mãe costumava selar o cavalo e galopar loucamente pelas colinas para vê-la uma vez por semana, pois quando ela amava, amava; e quando odiava, odiava. E o velho senhor continuou tocando seu órgão; e os servos pensaram que a doce música que ele tocava havia acalmado seu péssimo temperamento, sobre o qual (disse Dorothy) algumas histórias terríveis podiam ser contadas. Ele também ficou doente e teve que começar a andar com uma muleta; seu filho — o pai do atual lorde Furnivall — estava com o Exército na América, e o outro filho, no mar; então a srta. Maude fazia as coisas do seu jeito, e ela e a srta. Grace se tornavam mais frias e amargas uma com a outra a cada dia; até que por fim já quase nunca se falavam, exceto quando o velho senhor estava por perto. O músico estrangeiro voltou no verão seguinte, mas foi pela última vez; elas o infernizaram de tal modo com seus ciúmes e arrebatamentos que ele se cansou e foi embora, e nunca mais se ouviu falar dele. E a srta. Maude, que sempre quisera que seu casamento fosse reconhecido depois que o pai morresse, tornou-se uma esposa abandonada que ninguém sabia ter sido casada, mãe de uma filha que não ousava reconhecer, embora a amasse profundamente, morando com um pai a quem temia e uma irmã a quem odiava. Quando o verão seguinte passou e o estrangeiro de pele escura não apareceu, tanto a srta. Maude quanto a srta. Grace ficaram tristes e sombrias; tinham uma aparência abatida, embora estivessem bonitas como sempre. Com o tempo, porém, a srta. Maude se animou, pois seu pai ficava cada vez mais enfermo e mais do que nunca se abandonava à música; e ela e a srta. Grace viviam quase inteiramente separadas, em aposentos apartados, Grace, no lado oeste, e a srta. Maude, no leste, aqueles aposentos que agora estavam fechados. Ela acreditou, então, que poderia ter sua filhinha junto a si, e ninguém precisaria saber, exceto aqueles que não ousariam falar do assunto, e eram obrigados a acreditar que se tratava, como ela dizia, da filha de uma aldeã por quem tinha se afeiçoado. Tudo isso, disse Dorothy, era bastante conhecido; mas do que veio depois ninguém sabia, exceto a srta. Grace e a sra. Stark, que já era sua empregada, e muito mais amiga dela do que sua irmã jamais fora. Mas os criados supuseram, a partir de palavras ditas aqui e ali, que a srta. Maude havia triunfado sobre a srta. Grace, e dito a ela que durante todo aquele tempo o estrangeiro de pele escura zombava dela com amor fingido — afinal, ele era seu próprio marido. A cor deixou o rosto e os lábios da srta. Grace naquele mesmo dia e para sempre, e ela foi ouvida muitas vezes dizer que, mais cedo ou mais tarde, obteria sua vingança; a sra. Stark estava sempre espionando os aposentos da ala leste.

Certa noite terrível, logo após o Ano-Novo, quando a neve estava espessa e profunda, e os flocos ainda caíam — depressa o suficiente para cegar qualquer um que se encontrasse fora de casa —, ouviu-se um barulho forte e violento, e a voz do velho senhor dominando tudo, xingando e praguejando terrivelmente — e os gritos de uma criança — e o desafio orgulhoso de uma mulher feroz — e o som de um golpe — e um silêncio mortal — e gemidos e lamentos desaparecendo na encosta da colina! Então o velho senhor convocou todos os seus servos e disse-lhes, com terríveis juramentos e palavras ainda mais terríveis, que sua filha havia se desonrado e que ele a expulsara de casa — ela e a filha — e que se, em algum momento, lhe dessem ajuda — ou comida — ou abrigo —, ele rogava a Deus que nunca entrassem no Céu. A srta. Grace ficou ao lado dele o tempo todo, pálida e imóvel como uma pedra; quando ele terminou, ela deu um profundo suspiro, como que para dizer que seu trabalho tinha se cumprido, e seu objetivo, sido alcançado. Mas o velho senhor nunca mais tocou seu órgão e morreu antes que se passasse um ano; e não é de se admirar! Pois, no dia seguinte àquela noite selvagem e terrível, os pastores, descendo a encosta do vale, encontraram a srta. Maude sentada, louca e sorridente, sob os azevinhos, amamentando uma criança morta — com uma marca terrível no ombro direito.

— Mas não foi isso que a matou — disse Dorothy —, foi a geada e o frio; todas as criaturas selvagens estavam em sua toca, e todos os animais em seu rebanho, enquanto a criança e sua mãe foram expulsas para vagar pelo vale! E agora você sabe tudo! E eu me pergunto se está menos apavorada.

Eu estava mais apavorada do que nunca, mas disse que não. Desejei ir embora para sempre, com a srta. Rosamond, daquela casa horrível; mas não ia deixá-la, e não ousava levá-la embora. Mas, ah!, como eu a vigiava e protegia! Trancávamos as portas e fechávamos as venezianas bem fechadas uma hora ou mais antes de escurecer, em vez de deixá-las abertas cinco minutos depois. Minha pequena senhora ainda ouvia, porém, a criança estranha chorando e se lamentando; e nada do que pudéssemos fazer ou dizer seria capaz de impedi-la de querer ir ao seu encontro e deixá-la entrar, para que se protegesse do vento cruel e da neve. Durante todo esse tempo, mantive distância, tanto quanto pude, da srta. Furnivall e da sra. Stark; eu as temia — sabia que não havia nada de bom nelas, com seus rostos cinzentos e duros, e seus olhos sonhadores, olhando para trás, para os anos horríveis que tinham se passado. Mas, mesmo com medo, eu sentia certa pena da srta. Furnivall, pelo menos. Aqueles que desceram ao fundo do poço dificilmente podem ter uma aparência mais desesperançada do que a que estava fixa em seu rosto. Por fim, cheguei a ficar com tanta pena da velha senhora — que nunca dizia uma palavra, a não ser quando obrigada — que orei por ela. E ensinei a srta. Rosamond a orar por alguém que cometeu um pecado mortal; mas, muitas vezes, quando chegava a essas palavras, ela parava para escutar, levantava-se e dizia:

— Estou ouvindo a garotinha reclamando e chorando, ela está muito triste... Ah!, deixe-a entrar, ou ela vai morrer!

Uma noite — logo depois que o dia de Ano-Novo tinha finalmente chegado e o longo inverno começaria a amainar, como eu esperava —, ouvi o sino da sala oeste tocar três vezes, o que era um sinal para mim. Eu não deixaria a srta. Rosamond sozinha, pois ela estava dormindo — e o velho lorde, tocando de modo mais arrebatado do que nunca —, e eu temia que minha querida acordasse e ouvisse a menina fantasma; vê-la eu sabia que não poderia: eu tinha fechado bem as janelas para impedir. Então, tirei-a da cama e a envolvi com as roupas que estavam à mão, levando-a para a sala de estar, onde as senhoras se sentavam com seu trabalho de tapeçaria, como de costume. Ergueram os olhos quando eu entrei, e a sra. Stark perguntou, bastante surpresa, por que eu tinha levado a srta. Rosamond, tirando-a de sua cama quente. Eu começava a sussurrar, "Porque estava com medo de ela ser tentada a sair, enquanto eu não estivesse ali, por aquela criança desvairada na neve", quando ela me interrompeu (lançando um olhar para a srta. Furnivall) e disse que a srta. Furnivall queria que eu desmanchasse um trabalho que ela errara, e que nenhuma das duas conseguia enxergar para desmanchar. Então, deitei minha linda querida no sofá, sentei-me num banquinho ao lado delas e endureci meu coração, enquanto ouvia o vento soprando e uivando.

A srta. Rosamond dormia profundamente, apesar de toda a ventania; a srta. Furnivall não dizia uma palavra, nem olhava em volta quando as rajadas de vento sacudiam as janelas. De repente, ela se pôs de pé e ergueu uma das mãos, como se nos mandasse prestar atenção.

— Ouço vozes! — disse ela. — Ouço gritos terríveis, ouço a voz do meu pai!

Nesse exato momento, minha querida acordou com um sobressalto repentino:

— A menininha está chorando, ah, ela está chorando tanto!

Tentou se levantar e ir até ela, mas prendeu os pés no cobertor, e eu a segurei; tinha começado a ficar arrepiada com esses ruídos, que elas ouviam enquanto nós não escutávamos som algum. Em um ou dois minutos, o barulho começou, aumentou rapidamente e encheu nossos ouvidos; nós também distinguíamos vozes e gritos, e não ouvíamos mais o vento do inverno que soprava forte lá fora. A sra. Stark olhou para mim e eu para ela, mas não ousamos dizer nada. De repente, a srta. Furnivall foi em direção à porta, saiu para a antessala, atravessou o saguão oeste e abriu a porta para o grande salão. A sra. Stark a seguiu, e eu não tinha coragem de ficar para trás, embora meu coração quase tivesse parado de bater de tanto medo. Envolvi minha querida com força em meus braços e saí com elas. No salão, os gritos estavam mais fortes do que nunca; pareciam vir da ala leste — estavam cada vez mais perto — bem atrás das portas trancadas — bem ali, do outro lado. Então notei que o grande candelabro de bronze parecia estar aceso, embora o salão estivesse escuro, e que o fogo ardia na vasta lareira, embora não fornecesse calor. Estremeci de terror e apertei minha querida ainda mais junto ao peito. Mas quando fiz isso, a porta leste foi sacudida, e ela, lutando de repente para se livrar de mim, gritou:

— Hester! Eu tenho que ir! Minha garotinha está lá; posso ouvi-la. Ela está vindo! Hester, preciso ir!

Eu a segurei com todas as minhas forças; segurei-a com uma determinação inabalável. Se eu morresse, minhas mãos iam continuar segurando-a, de tão decidida que estava. A srta. Furnivall ficou parada escutando, sem dar atenção à minha querida, que tinha descido do meu colo e a quem eu, de joelhos agora, segurava com os dois braços em volta do pescoço; ela ainda chorava e lutava para se libertar. De repente, a porta leste cedeu com um estrondo trovejante, como se aberta num arrebatamento, e, naquela luz difusa e misteriosa, apareceu o vulto de um velho alto, com cabelos grisalhos e olhos brilhantes. Ele conduzia, à sua frente, com gestos implacáveis de repulsa, uma mulher severa e bela com uma criança agarrada ao vestido.

— Ah, Hester! Hester! — exclamou srta. Rosamond. — É a senhora! A senhora que fica debaixo das árvores de azevinho, e minha menininha está com ela. Hester! Hester! Deixe-me ir até ela; elas estão me chamando. Posso senti-las, posso senti-las. Tenho que ir!

Mais uma vez, ela quase teve convulsões com seus esforços para fugir, mas eu a segurei com mais força, a ponto de temer acabar machucando-a; melhor isso, porém, do que deixá-la ir em direção àqueles terríveis fantasmas. Elas seguiram em direção à grande porta do salão, onde os ventos uivavam e rugiam, chamando por sua presa. Antes de chegarem ali, a senhora se virou; pude ver que ela desafiou o velho de modo feroz e orgulhoso; mas depois se encolheu — e jogou para cima os braços de forma arrebatada e plangente para salvar sua filha — sua filhinha — de um golpe da muleta erguida.

E a srta. Rosamond foi dilacerada como que por um poder mais forte do que o meu, e se contorceu em meus braços, e soluçou (pois a essa altura a pobre querida estava ficando fraca).

— Elas querem que eu vá com elas para o vale, estão me atraindo para junto delas. Ah, minha garotinha! Eu iria, mas a cruel e perversa Hester me segura com força.

Quando viu a muleta erguida, porém, ela desmaiou, e eu agradeci a Deus por isso. Exatamente neste momento — quando o velho alto, o cabelo esvoaçando como na explosão de uma fornalha, ia golpear a menininha encolhida —, a srta. Furnivall, a velha ao meu lado, gritou:

— Ah, pai! Pai! Poupe a criança inocente!

Mas só então eu vi — todas nós vimos — um outro fantasma tomar forma, e crescer claramente na luz azul e enevoada que enchia o salão; não a tínhamos visto até agora, pois era outra senhora que estava ao lado do velho, com uma expressão de ódio implacável e desprezo triunfante. Essa figura era muito bonita, com um chapéu branco macio puxado para baixo sobre as sobrancelhas orgulhosas e um lábio vermelho e curvado. Usava uma túnica aberta de cetim azul. Eu já tinha visto essa figura antes. Era a imagem da srta. Furnivall em sua juventude; e os terríveis fantasmas seguiram em frente, indiferentes à súplica selvagem da velha srta. Furnivall — e a muleta erguida caiu sobre o ombro direito da criança, e a irmã mais nova continuou olhando, pétrea, mortalmente serena. Mas, naquele momento, as luzes fracas e o fogo que não dava calor apagaram-se por conta própria, e a srta. Furnivall prostrou-se aos nossos pés, atingida pela paralisia — mortalmente atingida.

Sim! Ela foi levada para a cama naquela noite e nunca mais se levantou. Ficou deitada com o rosto voltado para a parede, resmungando baixinho, sem cessar:

— Ai de mim! Ai de mim! O que é feito na juventude nunca pode ser desfeito com a idade! O que é feito na juventude nunca pode ser desfeito com a idade! ✳

BIOGRAFIA DO AUTOR

A. M. BURRAGE

INGLATERRA | 1889-1956

A virada do século XVIII e o começo do século XIX foram anos dourados para as revistas de literatura. As técnicas de impressão mais baratas e o crescente acesso às publicações por parte da população fizeram com que surgissem vários periódicos que atendessem a diversos nichos. Entre eles estava a ficção voltada para o que se acreditava ser o interesse do público masculino, chamada de *boys fiction* (ficção para garotos) nas publicações inglesas.

Um dos nomes mais fortes do gênero é Alfred McLelland Burrage, mais conhecido como A.M. Burrage. A paixão pela escrita corria em seu sangue, seu pai e seu tio foram escritores, e Alfred logo seguiu os passos dos familiares.

Com 16 anos, publicou sua primeira história na revista *Chums*, um periódico com muito prestígio entre os leitores de *boys fiction*. Seguindo os passos dos familiares, investiu na carreira de escritor e, quando a Primeira Guerra Mundial teve início, A.M. Burrage usou a escrita como arma para registrar os horrores do período.

Com o término da guerra, as publicações voltaram a crescer e Burrage consolidou sua carreira. Suas histórias de guerra, narrativas de ficção e horror sobrenatural são aclamadas por gerações.

A. M. BURRAGE

Smee 1931

SMEE

Smee é um jogo sinistro que consiste em descobrir qual dos jogadores pegou um pedaço de papel com a inscrição "Smee" enquanto os outros estão em branco. Ninguém sabe qual participante é o "Smee" da vez. Contudo, no meio da brincadeira, pode acontecer de algum desconhecido entrar no jogo sem ser convidado.

—NÃO — DISSE JACKSON COM UM sorriso de reprovação. — Me desculpem. Não quero atrapalhar o jogo. Não vou fazer isso porque vocês podem se divertir sem mim. Mas não vou participar de nenhum joguinho de pique-esconde.

Era véspera de Natal e éramos um grupo de quatorze com a energia própria da juventude. Tínhamos jantado bem, era a época de jogos infantis e todos estávamos com vontade de jogá-los; isto é, todos, menos Jackson. Quando alguém sugeriu pique-esconde, houve aprovação arrebatadora e quase unânime. A voz dele foi a única dissidente.

Não era a cara do Jackson ser estraga-prazeres ou se recusar a fazer o que os outros queriam. Alguém perguntou se ele estava se sentindo mal.

— Não — respondeu. — Estou me sentindo perfeitamente bem, obrigado. Mas — acrescentou com um sorriso que aliviou, sem anular, a recusa seca — não vou brincar de pique-esconde.

Um de nós perguntou por quê. Ele hesitou por uns segundos antes de responder.

— Às vezes, fico em uma casa onde uma garota morreu brincando de pique-esconde no escuro. Ela não conhecia a casa muito bem. Havia uma escada de empregados com uma porta. Quando foi perseguida, ela abriu a porta e pulou no que deve ter pensado que era um dos quartos... e quebrou o pescoço no pé da escada.

Todos ficamos com expressões preocupadas, e a sra. Femley disse:

— Que horror! E você estava lá quando aconteceu?

Jackson balançou a cabeça muito gravemente.

— Não, mas eu estava lá quando outra coisa aconteceu — disse ele. — Uma coisa pior.

— Eu não achava que pudesse haver algo pior.

— Pois isso foi — declarou Jackson, e tremeu visivelmente. — Ou foi o que me pareceu.

Acho que ele queria contar a história e estava procurando incentivo. Alguns pedidos, que podem ter parecido desprovidos de urgência, ele fingiu ignorar e saiu pela tangente.

— Algum de vocês já brincou de um jogo chamado "Smee"? É uma versão muito melhor do jogo de pique-esconde. O nome vem da aglutinação de *It's me*, "sou eu" em inglês. Se vocês vão fazer esse tipo de brincadeira, talvez queiram experimentar essa. Vou explicar as regras.

"Cada jogador recebe um pedaço de papel. Todos estão em branco, menos um, onde se lê 'Smee'. Ninguém sabe quem é 'Smee', só o próprio 'Smee'... ou a própria, dependendo do caso. As luzes são apagadas e 'Smee' sai da sala e vai se esconder, e, depois de um intervalo, os outros jogadores saem para procurar, mas sem saber quem estão procurando. Um jogador, ao encontrar outro, o desafia com a palavra 'Smee', e o outro jogador, se não for a pessoa em questão, responde 'Smee'.

"O verdadeiro 'Smee' não responde ao ser desafiado, e o segundo jogador fica em silêncio ao lado dele. Eles serão descobertos por um terceiro jogador que, depois de ter feito o desafio e não obter resposta, vai se juntar aos dois primeiros. Isso continua até todos os jogadores terem formado uma corrente, e o último a se juntar tem que pagar uma prenda. É um jogo bom, barulhento e animado, e, numa casa grande, costuma demorar para completar a corrente. Vocês podem querer experimentar; e eu vou pagar minha prenda e fumar um dos charutos excelentes do Tim aqui, ao lado da lareira, até vocês se cansarem."

Comentei que o jogo parecia bom e perguntei a Jackson se ele tinha jogado.

— Sim — respondeu ele. — Joguei na casa sobre a qual contei para vocês.

— E *ela* estava lá? A garota que quebrou...

— Não, não — disse a sra. Femley, interrompendo. — Ele falou que não estava lá quando aconteceu.

Jackson pensou.

— Não sei se ela estava lá. Acho que talvez sim. Sei que éramos treze e que só devia haver doze. E juro que não sabia o nome dela, senão, acho que teria ficado louco quando ouvi aquele sussurro no escuro. Não, vocês não vão mais me ver participando dessa brincadeira, nem de nenhuma parecida. Acabou com a minha coragem, e não posso me dar ao luxo de tirar longas férias para me recuperar. Além do mais, poupa muitos problemas e inconveniências admitir de cara que sou covarde.

Tim Vouce, o melhor dos anfitriões, sorriu para nós, e, naquele sorriso, havia um significado que é às vezes expresso vulgarmente pelo piscar lento de um olho.

— Tem uma história a caminho — anunciou ele.

— Tem mesmo uma espécie de história — disse Jackson —, mas, se vem ou não...

Ele fez uma pausa e deu de ombros.

— Bem, você vai pagar uma prenda em vez de brincar?

— Sim, por favor. Mas tenha coração e seja generoso comigo. Não é pura maldade da minha parte.

— O pagamento adiantado garante a honestidade e promove bons sentimentos — disse Tim. — Você está, portanto, condenado a contar a história aqui e agora.

E aqui segue a história de Jackson, não revisada por mim e transmitida sem comentários para um público mais amplo:

Alguns de vocês, eu sei, já cruzaram com os Sangstons. Christopher Sangston e sua esposa, quero dizer. São meus parentes distantes... pelo menos, Violet Sangston é. Há cerca de oito anos, eles compraram uma casa entre North Downs e South Downs, na fronteira entre

Surrey e Sussex, e, cinco anos atrás, convidaram-me para passar o Natal com eles.

Era uma casa bem velha, não sei dizer exatamente de que época, e certamente merecia o epíteto de "labiríntica". Não era uma casa particularmente grande, mas o arquiteto original, quem quer que tenha sido, não se preocupou em economizar espaço e, no início, era muito fácil se perder dentro dela.

Bem, fui passar aquele Natal lá, tendo a garantia, pela carta de Violet, de que eu conhecia a maioria dos outros convidados e que os dois ou três que podiam ser estranhos para mim eram todos "gente boa e simples". Infelizmente, sou um dos trabalhadores do mundo, e só pude fugir na véspera de Natal, embora os outros membros do grupo tenham se reunido no dia anterior. Mesmo assim, tive que me apressar para estar lá a tempo de jantar na minha primeira noite. Estavam todos se vestindo quando cheguei e tive que ir direto para o quarto e não perder tempo. Posso até ter atrasado um pouco o jantar, pois fui o último a descer, e foi anunciado que seria servido um minuto depois de eu entrar na sala de estar. Só tive tempo de dizer "oi" a todos que conhecia, de ser brevemente apresentado aos dois ou três que não conhecia, e tive que dar o braço à sra. Gorman.

Cito isso para explicar por que não peguei o nome de uma garota alta, morena e bonita que eu não conhecia. Tudo foi um pouco apressado e sempre sou péssimo em lembrar o nome das pessoas. Ela parecia fria, inteligente e um tanto severa, o tipo de garota que dá a impressão de saber tudo sobre os homens e quanto mais os conhece menos gosta deles. Senti que não ia me dar bem com aquela pessoa "boa e simples" de Violet, mas mesmo assim ela parecia interessante, e fiquei imaginando quem era. Não perguntei a ninguém porque tinha certeza de que ouviria alguém se dirigir a ela pelo nome em algum momento.

Mas, infelizmente, fiquei longe dela na mesa, e, como a sra. Gorman estava em plena forma naquela noite, logo me esqueci de me preocupar com quem a desconhecida poderia ser. A sra. Gorman é uma das mulheres mais divertidas que conheço, uma namoradeira descarada, porém inocente, com uma inteligência muito vivaz que nem sempre é cruel. Ela consegue pensar meia dúzia de passos à frente em uma conversa, assim como um especialista em um jogo de xadrez. Logo estávamos lutando, ou melhor, eu estava "me protegendo" nas cordas do ringue, e me esqueci de perguntar em voz baixa o nome da beleza fria e orgulhosa. A senhora do meu outro lado era uma estranha, ou tinha sido até alguns minutos antes, e não pensei em buscar informações ali.

Éramos doze, incluindo os próprios Sangstons, e éramos todos jovens, ou estávamos tentando ser. Os Sangstons eram os membros mais velhos do grupo, e seu filho Reggie, no último ano de Marlborough, devia ser o mais jovem. Quando se falou em jogar depois do jantar, foi ele quem sugeriu "Smee". Explicou como jogar da forma que descrevi para vocês.

O pai dele se manifestou assim que todos entendemos o que precisávamos fazer.

— Se acontecer algum jogo desse tipo na casa — disse ele —, pelo amor de Deus, tomem cuidado com a escada dos fundos no patamar do primeiro piso. Há uma porta para ela e eu sempre quis derrubá-la. No escuro, qualquer pessoa que não conheça a casa muito bem pode pensar que está entrando em uma sala. Uma garota quebrou o pescoço naquela escada há cerca de dez anos, quando os Ainsties moravam aqui.

Perguntei como aquilo aconteceu.

— Ah, houve uma festa aqui na época de Natal e estavam brincando de pique-esconde, como você propõe — disse Sangston. — A garota era uma das pessoas que se esconderam. Ela ouviu alguém se aproximando, correu pelo corredor para fugir e abriu a porta do que ela pensava ser um quarto, evidentemente com a intenção de se esconder atrás dela enquanto o perseguidor passava. Infelizmente, era a porta que dava para a escada dos fundos, e essa escada é tão reta e quase tão íngreme quanto um poço. Ela estava morta quando a tiraram de lá.

Todos prometemos, para nosso próprio bem, ter cuidado. A sra. Gorman disse que tinha certeza de que nada poderia acontecer com ela, já que tinha seguro de três companhias diferentes e seu parente mais próximo era um irmão cujo azar constante era famoso na família. Vejam bem, nenhum de nós conhecia a infeliz garota, e, como a tragédia tinha dez anos, não havia necessidade de fazer cara de tristeza.

Bem, nós começamos o jogo quase imediatamente após o jantar. Os homens se permitiram apenas cinco minutos antes de se juntarem às mulheres, e o jovem Reggie Sangston deu uma volta para se certificar de que as luzes estavam apagadas em toda a casa, exceto nos aposentos dos empregados e na sala de estar, onde estávamos reunidos. Ele então se ocupou com doze pedaços de papel, que amassou em bolinhas e sacudiu entre as mãos antes de distribuí-las. Onze delas estavam em branco, e "Smee" foi escrito na décima segunda. Quem tirasse esta última era quem deveria se esconder. Abri a minha e vi que estava em branco. Um momento depois, apagaram-se as luzes, e, na escuridão, ouvi alguém se levantar e se esgueirar até a porta.

Depois de mais ou menos um minuto, alguém deu um sinal e corremos para a porta. Eu, pelo menos, não tinha a menor ideia de quem era "Smee". Passamos de cinco a dez minutos correndo para lá e para cá nas passagens, entrando e saindo dos aposentos, desafiando uns aos outros e respondendo: "Smee?", "Smee!".

Depois de um tempo, os alarmes e as andanças diminuíram, e imaginei que "Smee" tinha sido encontrado. Acabei me deparando com um grupo de pessoas sentadas e imóveis prendendo a respiração em uma escada estreita que levava a uma fileira de sótãos. Juntei-me a elas apressadamente, depois de ter feito o desafio e recebido o silêncio como resposta, e, logo, mais dois retardatários chegaram, um correndo contra o outro para evitar ser o último. Sangston era um deles, e foi ele o condenado a pagar uma prenda, e depois de um tempo comentou em voz baixa:

— Acho que agora estamos todos aqui, não é?

Ele riscou um fósforo, olhou para a escada e começou a contar. Não foi difícil, embora quase tenhamos enchido a escada, pois cada um estava sentado um ou dois degraus acima do outro, e todas as nossas cabeças estavam visíveis.

— ... nove, dez, onze, doze... *treze* — concluiu, e riu. — Ora essa, tem um a mais!

O fósforo tinha se apagado, e ele acendeu outro e começou a contar novamente.

Chegou a doze e soltou uma exclamação:

— Há treze pessoas aqui! Eu ainda não me contei.

— Ah, que bobagem! — Eu ri. — Você deve ter começado consigo mesmo e agora quer se contar duas vezes.

A lanterna do filho dele se acendeu, fornecendo uma luz mais brilhante e estável, e todos começamos a contar. É claro que contamos doze. Sangston riu.

— Bem, eu poderia jurar que contei treze duas vezes — disse ele.

Do meio da escada veio a voz de Violet Sangston, com um leve toque nervoso.

— Achei que havia alguém sentado dois degraus acima de mim. O senhor subiu, capitão Ransome?

Ransome respondeu que não, e também disse que achava que havia alguém sentado entre Violet e ele. Por um momento, houve algo incômodo no ar, uma ondulação fria que nos tocou a todos. Por aquele breve momento, pareceu a todos nós, acho, que algo estranho e desagradável havia acontecido e poderia acontecer novamente. Depois, rimos de nós mesmos e uns dos outros e ficamos à vontade mais uma vez. Éramos apenas doze, *sim*, e *só poderia* haver doze, e não houve discussão a respeito. Ainda rindo, voltamos à sala de estar para começar de novo.

Desta vez eu fui "Smee", e Violet Sangston me descobriu enquanto eu ainda procurava um esconderijo.

Essa rodada não durou muito, e formamos uma cadeia de doze em dois ou três minutos. Depois, houve um breve intervalo. Violet queria que trouxessem um xale para ela, e seu marido subiu para pegá-lo no quarto. Mal ele se foi, Reggie me puxou pela manga. Vi que ele estava pálido e nauseado.

— Rápido! — sussurrou ele. — Enquanto meu pai está longe. Me leve até a sala de fumar e me dê um conhaque ou um uísque ou algo assim. Você sabe o tipo de dose que um sujeito precisa tomar.

Fora da sala, perguntei qual era o problema, mas a princípio ele não respondeu, e achei melhor dar-lhe a bebida primeiro e perguntar depois. Preparei um conhaque bem escuro misturado com refrigerante, que ele bebeu de um gole só, e começou a bufar, como se tivesse corrido.

— Eu me senti muito mal — disse ele com um sorriso tímido.

— O que houve?

— Não sei. Você era "Smee" agora há pouco, não era? Bem, é claro que eu não sabia quem era "Smee" e, enquanto a minha mãe e os outros corriam para a ala oeste e encontravam você, eu fui para o leste. Há um armário de roupas fundo no meu quarto; eu o tinha como um bom lugar para me esconder quando fosse minha vez, e achei que "Smee" pudesse estar lá. Abri a porta no escuro, tateei e toquei na mão de alguém. "Smee?", sussurrei, e, como não obtive resposta, pensei ter encontrado "Smee". Bem, não sei como foi, mas uma sensação estranha e assustadora tomou conta de mim. Não consigo descrever, mas senti que algo estava errado. Acendi minha lanterna e não havia ninguém lá. Juro que toquei naquela mão, e eu estava bloqueando a porta do armário na hora, e ninguém poderia ter saído e passado por mim. — Ele bufou mais uma vez. — O que você acha disso?

— Você imaginou que tocou na mão de alguém — respondi, naturalmente.

Ele soltou uma risada curta.

— É claro que eu sabia que você ia dizer isso — disse ele. — Devo ter imaginado, não é? — Fez uma pausa e engoliu em seco. — Quer dizer, não pode ter sido *outra coisa* senão imaginação, não é?

Assegurei-lhe que não, falando com sinceridade, e ele aceitou, mas com a filosofia de quem sabe que tem razão, mas não espera que acreditem. Voltamos juntos para a sala, onde, àquela altura, todos nos esperavam, prontos para recomeçar.

Pode ter sido minha imaginação, embora eu tenha quase certeza de que não, mas me pareceu que todo o entusiasmo pelo jogo havia sumido de repente como uma geada branca sob a forte luz do sol. Se alguém tivesse sugerido outro jogo, tenho certeza de que todos teríamos ficado gratos e abandonado "Smee". Só que ninguém fez isso. Ninguém pareceu querer. Eu, por exemplo, e posso falar por alguns dos outros também, fiquei oprimido pela sensação de que havia algo errado. Não saberia dizer o que achei que estava errado; na verdade, não pensei nisso, mas, de alguma forma, todo o brilho da diversão se apagou, e pairando sobre minha mente como uma sombra estava o aviso de algum sexto sentido que me dizia haver uma influência na casa que não era sã, nem sólida, nem saudável. Por que me senti assim? Porque Sangston contou treze de nós em vez de doze, e o filho dele pensou que havia tocado em alguém em um armário vazio. Não, havia mais do que apenas isso. Numa situação normal, qualquer um teria rido de coisas assim, e foi apenas aquela sensação de que algo estava errado que me impediu de rir.

Bem, nós começamos de novo e, quando fomos em busca do desconhecido "Smee", estávamos tão barulhentos quanto antes, mas pareceu que a maioria de nós estava fingindo. Francamente, sem nenhum outro motivo além do que eu dei a vocês, nós paramos de apreciar o jogo. Tive o instinto de caçar com o bando principal, mas, depois de alguns minutos, durante os quais nenhum "Smee" foi encontrado, meu instinto de vencer jogos e ser o primeiro, se possível, me fez procurar por conta própria. E, no primeiro andar da ala oeste, seguindo a parede que na verdade era o limite externo da casa, eu tropecei em um par de joelhos humanos.

Estiquei a mão e toquei numa cortina macia e pesada. Assim, entendi onde estava. Havia janelas altas e recuadas, com assentos ao longo do patamar e cortinas que iam até o chão. Alguém estava sentado em um canto do assento da janela atrás da cortina.

Aha, eu tinha encontrado "Smee"! Puxei a cortina de lado, entrei e toquei no braço exposto de uma mulher.

Era uma noite escura lá fora e, além disso, a janela não só tinha cortina, mas também uma persiana que ia até onde as vidraças de baixo se juntavam à moldura. Entre a cortina e a janela estava tão escuro quanto a peste do Egito. Eu não teria conseguido ver a minha mão quinze centímetros diante do meu rosto, muito menos a mulher sentada no canto.

— "Smee?" — sussurrei.

Não obtive resposta. "Smee", quando desafiado, não responde. Então, me sentei ao lado dela, o primeiro, para esperar os outros. Depois de me acomodar, inclinei-me na direção dela e sussurrei:

— Quem é? Qual é o seu nome, "Smee"?

E da escuridão ao meu lado veio um sussurro:

— Brenda Ford.

Eu não conhecia o nome, mas, como não sabia, deduzi imediatamente quem era. A garota alta, pálida e morena era a única pessoa na casa que eu não conhecia pelo nome. Logo, minha companheira era a garota alta, pálida e morena. Foi um tanto intrigante estar ali com ela, fechado entre uma cortina pesada e uma janela, e imaginei se ela estava gostando do jogo que todos estávamos jogando. De alguma forma, ela não me parecera ser do tipo brincalhão. Murmurei uma ou duas perguntas triviais para ela e não tive resposta.

"Smee" é um jogo de silêncio. "Smee" e a pessoa ou pessoas que encontraram "Smee" devem ficar quietas para dificultar as coisas para os outros. Mas não havia mais ninguém por perto, e me ocorreu que ela estava jogando um pouco demais ao pé da letra. Falei de novo e não obtive resposta, e comecei a ficar irritado. Ela era daquele tipo frio e "superior" que finge desprezar os homens, não gostava de mim e estava se protegendo atrás das regras de um jogo para crianças para ser indelicada. Bem, se ela não gostava de ficar sentada ali comigo, eu que não queria ficar sentado ali com ela! Meio que me afastei dela e comecei a esperar que fôssemos descobertos sem mais demora.

Depois de perceber que não estava gostando de ficar ali sozinho com ela, foi estranho como logo comecei a detestar a situação, e por um motivo muito diferente daquele que a princípio despertou meu aborrecimento. A garota que conheci antes do jantar e que vi diagonalmente do outro lado da mesa tinha uma espécie de encanto frio que me atraiu ao mesmo tempo que me irritou. Pela garota que estava comigo, aprisionada na escuridão opaca entre a cortina e a janela, eu não sentia atração nenhuma. Era tanto o contrário que eu deveria ter me perguntado se, após o primeiro choque da descoberta de que ela havia se tornado subitamente repelente, eu não tinha espaço na minha mente para nada além da consciência de que sua presença próxima era um crescente horror para mim.

Aconteceu comigo tão rápido quanto pronunciei as palavras. Minha pele encolheu repentinamente, afastando-se dela, da mesma forma que se vê um pedaço de gelatina encolher e murchar diante do calor de uma fogueira. Aquela sensação de que algo estava errado tinha voltado a mim, mas se multiplicou a tal ponto que transformou um pressentimento em terror real. Acredito firmemente que deveria ter me levantado e corrido se não tivesse sentido que ao primeiro movimento ela teria adivinhado minha intenção e me obrigado a ficar, por algum meio em que eu não suportaria pensar. A lembrança de ter tocado em seu braço exposto me fez estremecer e repuxar os lábios. Rezei para que outra pessoa aparecesse em breve.

Minha oração foi atendida. Passos leves soaram no patamar. Alguém do outro lado da cortina roçou meus joelhos. A cortina foi puxada de lado e a mão de uma mulher, tateando na escuridão, pousou no meu ombro.

— "Smee"? — sussurrou a voz que reconheci imediatamente como a da sra. Gorman.

Claro que ela não recebeu resposta. Entrou e se acomodou ao meu lado com um sussurro, e não consigo descrever a sensação de alívio que me trouxe.

— É Tony, não é? — sussurrou ela.

— Sim — sussurrei em resposta.

— Você não é "Smee", é?

— Não, ela está do meu outro lado.

Ela estendeu a mão na minha frente e ouvi uma de suas unhas arranhar a superfície do vestido de seda de uma mulher.

— Olá, "Smee"! Como está? *Quem* é você? Ah, é contra as regras falar? Deixe para lá. Tony, nós vamos violar as regras. Sabe, Tony, este jogo está começando a me irritar um pouco. Espero que não resolvam jogar a noite toda. Eu gostaria de jogar algum jogo em que possamos estar todos juntos na mesma sala com um belo fogo aceso.

— Eu também — concordei com fervor.

— Não pode fazer uma sugestão quando descermos? Tem alguma coisa estranha nesta brincadeira. Não consigo me livrar da sensação de que há alguém no jogo que não deveria estar participando dele.

Era exatamente o que eu sentia, mas não falei. Porém, da minha parte, o pior dos incômodos havia desaparecido; a chegada da sra. Gorman o dissipara. Continuamos conversando, imaginando ocasionalmente quando o resto do grupo chegaria.

Não sei quanto tempo se passou até ouvirmos um barulho de passos no patamar e a voz do jovem Reggie gritando:

— Olá! Ei! Alguém aí?

— Sim — respondi.

— A sra. Gorman está com você?

— Está.

— Bem, vocês formam um belo par! Os dois perderam. Estamos esperando vocês há horas.

— Ora, vocês ainda não encontraram "Smee" — objetei.

— *Vocês* não encontraram, você quer dizer. "Smee" era eu.

— Mas "Smee" está aqui conosco! — exclamei.

— Isso mesmo — concordou a sra. Gorman.

A cortina foi puxada de lado, e, em um momento, estávamos piscando à luz da lanterna de Reggie. Olhei para a sra. Gorman e depois para o meu outro lado. Entre mim e a parede havia um espaço vazio no assento da janela. Levantei-me imediatamente e desejei não ter feito isso, pois me senti enjoado e tonto.

— *Havia* alguém ali — argumentei. — Eu toquei nela.

— Eu também — disse a sra. Gorman com uma voz que havia perdido a firmeza. — E não sei como ela poderia ter se levantado e ido embora sem que soubéssemos.

Reggie soltou uma risada estranha e abalada. Ele também tivera uma experiência desagradável naquela noite.

— Alguém está de brincadeira — comentou. — Vamos descer?

Não fomos muito bem recebidos quando chegamos à sala de estar. Reggie disse, sem muito tato, que nos encontrara sentados em um assento de janela, atrás de uma cortina. Acusei a garota alta e morena de ter fingido ser "Smee" e depois escapulir. Ela negou. Depois disso, nos acomodamos e jogamos outras coisas. Não haveria mais "Smee" naquela noite, e eu, pelo menos, fiquei feliz com isso.

Algum tempo depois, durante um intervalo, Sangston me disse, se eu quisesse um drinque, para ir à sala de fumar e me servir. Fui, e ele logo me seguiu. Percebi que ele estava um tanto irritado comigo, e o motivo veio à tona nos minutos seguintes. Parecia que, em sua opinião, se eu queria me sentar e flertar com a sra. Gorman — em circunstâncias que teriam sido consideradas altamente comprometedoras em sua juventude —, eu não precisava fazer isso durante um jogo em grupo e deixar todo mundo nos esperando.

— Mas havia outra pessoa lá — protestei —, alguém fingindo ser "Smee". Acredito que tenha sido aquela garota alta e morena, a srta. Ford, embora ela negue. Ela até sussurrou o nome para mim.

Sangston me encarou e quase deixou cair o copo.

— Senhorita *quem*? — gritou ele.

— Brenda Ford. Esse foi o nome que ela me disse.

Sangston botou o copo na mesa e colocou a mão no meu ombro.

— Olha aqui, meu velho — disse ele —, não me incomodo com uma piada, mas não deixe ir longe demais. Não queremos que todas as mulheres da casa fiquem histéricas. Brenda Ford é o nome da garota que quebrou o pescoço na escada, brincando de pique-esconde, aqui, há dez anos. ✳

BIOGRAFIA DA AUTORA

ELINOR GLYN

INGLATERRA | 1864-1943

Em uma época em que se esperava o comportamento mais puritano e recatado de uma mulher, Elinor Glyn ajudou a mudar paradigmas e abriu as portas para que a literatura nunca mais fosse a mesma. A britânica foi uma das precursoras da ficção erótica para mulheres. Sua escrita ousada e enredos inesperados fizeram de Glyn um acontecimento na literatura escrita por mulheres.

A britânica tinha na biblioteca de sua família um local de refúgio. Sem uma educação tradicional, ela recorreu aos livros como fonte de aprendizado e contou com a ajuda da avó em sua formação.

Seu primeiro livro, *The Visits of Elizabeth*, publicado em 1900, era uma narrativa epistolar e, acredita-se, inspirado em sua mãe. Grande parte de suas obras desperta interesse nos leitores não apenas pela temática considerada adulta, mas pelo conteúdo supostamente autobiográfico.

Elinor Glyn desafiou os costumes da época e deixou sua marca não apenas na literatura, mas na cultura pop. *It*, publicada em 1927, é uma de suas obras-primas e ganhou uma adaptação de sucesso para o cinema em 1927. Glyn mostrou que era possível que mulheres saíssem do lugar comum e moldassem a literatura da forma que quisessem. Não era conhecida por suas obras de suspense e, por isso, *O Fantasma de Irtonwood* é considerado um conto raro.

97

ELINOR GLYN

The Irtonwood Ghost **1913**

O FANTASMA DE IRTONWOOD

Convidada para uma festa de Natal em Irtonwood Manor, uma casa antiga alugada por conhecidos, Esther Charters fica no quarto de Cedro, assombrado pela Dama Branca, e passa a ter sonhos perturbadores com um pergaminho e gotas de sangue.

Capítulo I

A SRA. CHARTERS CHEGOU A EUSTON COM tempo de sobra até a partida do trem para Ileton. Era uma mulher abastada, e seu lacaio já tinha providenciado tudo que ela queria, e ela se recolheu com um jornal no lado extremo do compartimento.

— Não precisa esperar, Thomas — disse ela. — É provável que ninguém mais entre, e este é um trem expresso.

Thomas tocou no chapéu e saiu.

Pouco antes de o guarda dar o sinal para a partida, um homem, evidentemente um cavalheiro, abriu a porta do vagão e entrou.

Ele estivera andando tranquilamente de um lado para o outro da plataforma, e, se ela tivesse prestado atenção, teria visto que ele havia observado a camareira e o lacaio dela, olhado a bagagem e verificado o destino. Era o mesmo lugar aonde ele ia, Irtonwood Manor, aquela casa antiga e encantadoramente romântica que Ada Hardress e seu obediente marido tinham alugado dos Walworths por um ano.

"É exoticamente fantasmagórica, querida", escrevera ela para Esther Charters. "Tábuas que rangem, passagens subterrâneas, uma biblioteca assombrada e um quarto grande de cedro onde a Dama Branca aparece. Não tem luz elétrica, e uma pessoa com as suas sensibilidades pode ter certeza de que sentirá muitas emoções! Venha passar o Natal conosco!"

E a sra. Charters tinha aceitado, conquistada por essa descrição atraente! E estava agora, no dia anterior à véspera de Natal, a caminho de lá.

Era uma mulher alta e magra de vinte e oito ou trinta anos, talvez. Não era bonita, mas cada coisa que usava parecia incrementar sua graça. Seu refinamento meio melancólico e distinto parecia ser o aspecto que chamava a atenção dos estranhos.

Aquele chato, Algernon Alexander Charters, tinha se juntado aos amigos no outro mundo uns três anos antes daquela véspera de Natal, deixando a viúva em situação bem confortável. Só que um acontecimento desagradável ocorrera no máximo uma semana antes. O advogado da família tinha escrito para informar Esther que talvez houvesse problemas sérios à frente, e que poderiam até levá-la a perder a maior parte do dinheiro de Algernon Alexander se uma certa certidão de casamento não pudesse ser encontrada. A fortuna toda estava sendo reivindicada por um descendente do trisavô, alegando que o próprio Algernon obtivera seus dez ou doze mil por ano de forma ilegal.

Parecia que, em algum ponto de 1795, o filho do rico Alderman Charter, pelo prazer de transitar por círculos acima dele, tinha contraído casamento secretamente com a filha de um nobre em decadência que não queria saber dele. E a moça, lamentando o erro tarde demais, negara qualquer ligação com ele e, renunciando por vontade própria ao filho, cuja existência havia escondido e de quem tinha vergonha, mudara-se com o pai para a Itália. Lá, um ano ou dois depois, ela havia morrido, esposa de um conde italiano!

O marido rico abandonado na cidade, aparentemente, aceitara o comportamento casual da nobre dama com espírito filosófico, cuidando do filho dela, para quem, embora ele tivesse se casado de novo e tido vários outros filhos, deixou a maior parte de sua grande fortuna.

Essa segunda família pareceu ter sido complacente e aceitado seu destino. Mas, agora, um dos descendentes tinha aparecido e alegado que, como o testamento de John Charters declarava expressamente "Para meu filho legítimo mais velho e seus herdeiros", sem citar nomes, a propriedade devia ser dele como representante direto do filho mais velho da segunda família, por não haver prova em lugar nenhum do primeiro casamento com lady Marjory Wildacre.

A sra. Charters pensou em todas essas coisas sentada no trem. Sua atenção mal tinha se afastado desses pensamentos enquanto ela olhava para o intruso no vagão, mas reparou casualmente que ele era um homem magro e moreno com um certo ar atraente. Depois de um tempo, ela ficou consciente de que os olhos dele estavam grudados nela e se sentiu compelida a olhar.

Eram próximos demais os dois globos oculares que se encontraram com os seus, concluiu ela, embora o tamanho e o formato não deixassem nada a desejar. Sentiu um tremor tolo de pressentimento e aversão quando se virou e deixou a mente voltar à pergunta incessante de em que parte da face da Terra aquela certidão poderia estar e como ela a encontraria.

No momento, o estranho se inclinou para a frente e disse em um tom refinado, mas com um sotaque estrangeiro esgueirando-se ao fundo:

— É a sra. Charters, não é? Nós dois estamos indo para a mesma casa. Posso me apresentar? Sou Ambrose Duval. Temo não ser inglês!

O sorriso dele foi tão agradável que a fez esquecer a impressão sinistra deixada pelos olhos.

A sra. Charters era do mundo e não se desconcertava com facilidade.

Ela se curvou educadamente e uma conversa se iniciou. Ao longo dela, ficou óbvio que o sr. Ambrose Duval (que nome, lembra *"Claude"*, pensou ela!) conhecera os Hardresses no exterior, retomara contato recentemente e estava indo para a festa de Natal deles.

Nada podia ser mais polido e suave do que os modos dele, com aquele jeito fácil de seguir de um assunto para outro que torna uma pessoa tão agradável de conversar. Ele passou por todo tipo de assunto interessante e finalmente chegou à arquitetura inglesa.

— Irtonwood é uma casa muito antiga e romântica, a sra. Hardress disse — observou ele. — Um belo exemplo do estilo Tudor, com acréscimos jacobinos. Estou ansioso por estudá-la. A senhora conhece a história?

— Nem um pouco — respondeu Esther. — Minha amiga Ada Hardress só escreveu que eu poderia ter a certeza de que veria fantasmas! Adoro a ideia de haver fantasmas, embora nunca tenha tido a sorte de encontrar um. O senhor já encontrou? — E ela abriu seu sorriso fascinante e esquivo que era metade melancolia e metade alegria.

Sir George Seafield, que já tinha chegado a Irtonwood mais cedo no mesmo dia, achava o sorriso de Esther Charters a coisa mais divina do mundo, mas ele estava apaixonado! De forma ressentida no começo, depois resignada e agora degradante!

Ambrose Duval, ao contrário, refletiu: *Ela não é tola, mesmo com tanta gentileza. É uma boca capaz; talvez a inocência dela sobre Irtonwood seja puro blefe e ela esteja na mesma missão que eu. Não posso perder tempo.*

Às quatro horas, quando eles chegaram a Ileton, um já tinha avaliado o outro.

Ele provoca um arrepio na minha espinha, foi o pensamento da sra. Charters, *embora eu o ache atraente.*

Alguns hóspedes saíram de outro vagão, e houve cumprimentos e pilhérias, e o grupo todo entrou em carros e foi levado para o destino.

O local estava cheio de azevinho e visco e de tudo que fazia um autêntico Natal inglês: troncos enormes ardiam em todas as lareiras, e múltiplas velas tentavam compensar a falta de luz elétrica.

Nada poderia corresponder mais à descrição de um livro infantil de como as coisas eram antigamente.

Ada Hardress deu à amiga esfuziantes boas-vindas e planejou que sir George Seafield tivesse uma chance de dar uma palavrinha com ela em um adequado assento próximo à janela enquanto tomavam chá.

— Você foi cruel comigo — disse ele, olhando devotadamente para a dona do seu coração, com os olhos azuis penetrantes — ao me prometer estar na estação, mas não embarcar naquele trem. Vim da Escócia com esse propósito e achei que teria a permissão de cuidar de você a partir de Crewe até aqui.

— Eu sei me cuidar — protestou ela delicadamente — e acabei querendo fazer compras hoje de manhã antes de partir.

— Você sempre acha que é capaz de se cuidar, sob qualquer circunstância, imagino — repreendeu ele.

— Mas, claro, quando eu sentir que não sou capaz, direi a você. — Ela sorriu.

— Peço que o Destino traga essa chance mais cedo do que imaginamos! — declarou ele com fervor.

Mas, depois dessa esperança dedicada, a sra. Charters só fez uma expressão de doce desdém e mudou a conversa para assuntos menos pessoais.

— Querida, você não vai ser tola de esnobar sir George até a morte, vai? — perguntou Ada Hardress enquanto levava a amiga para o andar de cima. — Você é tão provocante com seu jeito distraído, e agora quer descansar até o jantar quando ele está louco para conversar com você!

Mas a sra. Charters não se impressionou.

— Estou muito cansada, Ada, e faz bem aos ingleses serem obrigados a esperar. Aprendi isso nos Estados Unidos — disse ela. — Algernon me levou lá quando eu queria ir para Roma, mas nunca me arrependi de ter ido. Aprendi tantas coisas com aquelas mulheres inteligentes. Ah, que lugar maravilhoso! — acrescentou ela quando as duas chegaram ao quarto de Cedro que tinha sido reservado para ela. — É um milagre não ter sido estragado nesta época moderna! — Pois era todo coberto de painéis de madeira, e tinha seda laranja desbotada pendurada na frente das três janelas altas e na grandiosa cama de dossel.

E, em seguida, quando a sra. Charters se acomodou no sofá meio duro, preparando-se para fazer uma sesta antes do jantar, ela se sentiu em paz com o mundo. Não demorou para adormecer profundamente, e acabou tendo um sonho estranho.

Sentia-se inexplicavelmente emocionada e perturbada. Teve uma sensação de falta de ar, de tensa expectativa, enquanto estava em um lugar escuro, e de repente pareceu que só um ponto na escuridão ficou iluminado, e ela viu uma antiga escrivaninha; não havia mais nada, nem móveis nem aposento — nada além daquela antiga mesa de escrita parada no espaço, e, em cima dela, estava aberto um pergaminho amarelo, sobre o qual pareciam ter caído algumas gotas de sangue fresco!

Esther acordou com uma sensação de agitação e medo sobrenaturais, e argumentou consigo mesma. Poderia haver algo mais tolo? Um sonho sem incidente, sem personagens, sem ação provocar um sentimento desses! Mas havia algo de misterioso. E se o quarto fosse mesmo assombrado? No fim, ela não sabia ao certo se gostava da ideia!

Levantou-se rapidamente e chamou a camareira, feliz por ter companhia e luzes. Mas, enquanto se vestia, só via a escrivaninha, o pergaminho e as três gotas de sangue.

— Sua aparência está pálida e tocante — disse sir George Seafield, com uma ansiedade carinhosa na voz, quando eles desceram para jantar. — O que houve? Eu quero saber!

Mas foi só quando a primeira entrada chegou que ele conseguiu convencê-la a contar o sonho.

A pessoa do seu outro lado era o belo meio-estrangeiro que viajara no trem com ela e que não tinha intenção de permitir que seu parceiro legítimo monopolizasse a conversa. Ele ouviu com atenção enquanto ela descrevia em detalhes o estranho incidente para sir George, inclinando-se para não perder nenhuma palavra, para o desgosto do cavalheiro.

Odeio esse cretino!, pensou ele. *Por que ele não pode dar atenção à mulher colocada como par dele?*

— Que sonho estranho! — disse o sr. Ambrose Duval. — E onde estava essa escrivaninha? A senhora não faz ideia?

— Nenhuma — respondeu Esther. — Estava tudo no espaço. Mas por que o sangue? — Um pensamento lhe ocorreu. — Claro! — exclamou. — É uma visão para me dizer onde vou encontrar um documento de suma importância. Que idiotice minha não ter pensado nisso antes!

— Documento? — perguntaram os dois homens, mas, enquanto os olhos de sir George só expressaram uma profunda admiração pela dama, os do sr. Ambrose Duval tinham uma avidez concentrada em ouvir as palavras que foi impressionante.

Por que isso interessaria tanto a ele?, questionou-se sir George, o que o deixou intrigado e irritado.

A sra. Charters não era faladeira e não tinha o hábito de compartilhar suas questões particulares com estranhos, então riu e mudou a conversa para assuntos mais leves, dividindo o tempo igualmente entre os dois homens até as damas se levantarem para sair da sala.

Sir George Seafield estava exasperado. Por que sua boa amiga Ada Hardress tinha convidado aquele estrangeiro para Irtonwood e por que o colocara ao lado de Esther, a dona do seu coração?

Acho que ela se sente atraída pelo sujeitinho arrogante, pensou com irritação, e teve dificuldade de se segurar para não brigar com ele enquanto eles tomavam vinho do Porto.

— Ada, onde você conheceu o sr. Duval? — perguntou a sra. Charters quando um grupo de mulheres se reuniu em volta da grande lareira da sala de estar. — Ele parece uma criatura interessante.

— Não é? — disseram várias delas.

— Misterioso e encantador — afirmou uma.

— Tão bonito — declarou outra.

— Os olhos dele são muito próximos um do outro — disse a velha srta. Harcourt de forma sentenciosa. — Eu não vou jogar bridge com ele.

— Nós o conhecemos na Hungria no verão passado — contou a anfitriã. — Parece absurdo, mas ele era apenas um conhecido do hotel, só que se relacionava com tanta gente do nosso convívio que parecia um velho amigo, e nós o víamos com frequência e ele sempre foi alegre e gentil. Veio visitar parentes na Inglaterra. Fico muito feliz que vocês o achem atraente. Eu acho! Ele foi um encanto duas semanas atrás, quando fomos à cidade fazer as compras de Natal. Tinha acabado de chegar de Paris e eu nunca tive companhia mais agradável, por isso o convidei para passar o Natal aqui. Ele disse que ficaria sozinho, e se dedica muito ao estudo de casas antigas.

Alguém começou a tocar piano e o grupo se separou, e logo os cavalheiros se juntaram a elas, e uma movimentação geral para o grande salão com painéis de carvalho começou, quando os mais jovens começaram uma valsa enquanto os "três rabequistas" que tinham ido de Londres entreter os hóspedes de Natal tocavam alegremente.

Sir George Seafield foi detido pelo anfitrião por um segundo e teve a infelicidade de ver a sra. Charters girando nos braços do estrangeiro! Ele firmou a mandíbula com um estalo ameaçador.

— Eu que não vou tolerar isso — murmurou ele, e foi pedir a próxima dança assim que o par parou para respirar.

— Como parece irritado hoje, sir George! — disse a sra. Charters enquanto eles dançavam. — Meu parceiro anterior foi tão agradável e simpático!

— Eu quero torcer o pescoço dele. — Essa foi a única resposta que ela teve! E ele acrescentou, quando eles pararam e foram até um sofá distante na galeria: — Tenho certeza de que ele não está tramando nada de bom. Se eu fosse Jack Hardress, ficaria de olho na prataria!

— É impressionante o tamanho do ressentimento que os homens sentem uns pelos outros. — Esther riu quando eles se sentaram. — Nenhuma mulher seria tão transparente, e só porque o sr. Duval é estrangeiro e tem bons modos e não demonstra... mau humor! — E ela se encostou de forma provocativa nas almofadas.

— Você gosta dele? — perguntou sir George com indignação; e depois, irritado: — Mas qualquer um percebe isso!

— Se você vai ser desagradável, vou deixá-lo e dançar com ele de novo; ele valsa divinamente.

Os olhos de sir George arderam.

— Se você for, eu *vou* torcer o pescoço dele. Seria fácil — declarou ele.

— Pura força bruta! — Ela sorriu melancolicamente. — Os ingleses são tão brutos.

— Como você me provoca, Esther — disse sir George, mas parou de repente.

— Quem disse que você pode me chamar assim? — A sra. Charters franziu a testa. — Que impertinência! — Mas a voz dela falhou nesse momento, pois viu que seu companheiro não estava mais ouvindo. Os olhos dele estavam fixados com interesse intenso em um quadro pendurado na parede em frente a eles, o retrato de uma dama com um vestido do fim do século XVIII, com a cintura bem alta e saias brancas esvoaçantes, enquanto o cabelo caía em cachos desgrenhados e desarrumados. Não era obra de nenhum artista renomado, mas era um retrato agradável, e, quando Esther o observou, entendeu por que sir George estava tão absorto: havia uma semelhança impressionante com ela!

— Por Deus! — Isso foi tudo que ele disse.

— Eu poderia ter sido a modelo dessa pintura — admitiu ela. — Quem será ela?

Mas não conseguiram descobrir. O anfitrião, a quem perguntaram, não sabia. Ele estava passando naquele momento e se juntou aos dois com o hóspede estrangeiro. Eles só tinham alugado a casa dos Walworths por um ano, ele disse, e os Walworths a tinham comprado, como estava, de outra pessoa. Tinha mudado de mãos uma ou duas vezes, e ele não conseguia lembrar agora quem eram os donos originais.

— Dizem que é o retrato do fantasma, acredito — disse ele. — Algum empregado antigo informou Ada quando viemos. A Dama Branca, que assombra a biblioteca e o quarto de Cedro...

— Onde eu durmo! — exclamou Esther com um tom angustiado. — Ah! Jack, acho que estou com um pouco de medo.

— Posso ficar de vigia à sua porta — disse sir George. — Assim, você pode me chamar se sentir medo à noite. Eu derrubo qualquer fantasma por você! Será uma glória fazer isso!

— Não duvido! — comentou o anfitrião, rindo, e se afastou discretamente.

Mas o sr. Ambrose Duval ficou, examinando cada pincelada do retrato com olhar crítico.

Esther tinha ficado bem quieta, e sir George reparou. De repente, foi tomada por aquela estranha emoção, uma sensação fria e desagradável de tensão e medo, e olhou para o rosto dele com um par suplicante de olhos cinzentos e suaves.

— Vamos dançar de novo — disse ela. — Quero voltar a ficar aquecida. Estou com frio.

E sir George envolveu com alegria a cintura fina e a segurou bem perto enquanto eles se juntavam aos dançarinos e giravam pelo salão.

— Quem dorme no quarto ao lado do meu? — perguntou a sra. Charters quando um grupo risonho de mulheres subiu para a cama cerca de uma da manhã. Mas ouviu, com consternação secreta, que o único outro aposento naquela exótica ala quadrada era uma sala de estar com um pequeno oratório adjacente.

— Você sempre disse que adorava fantasmas e coisas estranhas — disse a sra. Hardress. — Senão, eu não a teria colocado no quarto de Cedro, querida.

— Eu gosto, claro — respondeu Esther com pouco ânimo. Era uma mulher orgulhosa e tinha vergonha de demonstrar seus medos.

Tudo estava iluminado e confortável quando ela chegou ao quarto, e sua devota camareira idosa a tinha esperado acordada, e então a botou na cama com todo cuidado. Assim, cansada da dança, Esther esqueceu a sensação de inquietude e logo adormeceu entre os lençóis macios e escorregadios, enquanto o fogo quase extinto deixava a iluminação tremeluzente no amplo quarto.

Mas, na aurora cinzenta, ela despertou com pavor mortal, pois tinha sonhado de novo com o espaço escuro, a escrivaninha, o pergaminho e as gotas de sangue fresco.

Capítulo II

O DIA SEGUINTE ERA VÉSPERA DE NATAL, E EStava muito agitado com todos os tipos de atividades tradicionais, dentre as quais houve a montagem de uma árvore de Natal para as crianças no fim da tarde. Todos estavam alegres e felizes, só Esther Charters se sentia pesada como chumbo. O sonho a assombrava; tinha que ter algum significado; era a segunda vez que ela o tinha, e a certidão, cuja perda poderia fazer tanta diferença para ela, podia muito bem ser como o pergaminho na mesa. Mas por que haveria conexão com ela e com aquela casa, da qual nunca tinha ouvido falar até seus amigos a terem alugado, ela não conseguia imaginar. E, se havia alguma ligação estranha entre todas essas coisas, por que o retrato do fantasma era parecido com ela? O dinheiro do qual poderia ser privada era o dinheiro de Algernon, e não tinha chegado a ela pela própria família, então seria mais sensato e aparentemente lógico se o fantasma se parecesse com ele ou com uma de suas cunhadas!

Mas não conseguia se livrar da depressão inexplicável que tinha se apossado dela, e tentou se distrair com a conversa estimulante do sr. Ambrose Duval, para a fúria de sir George, que tinha deixado a Escócia de propósito para estar presente naquela festa e fazer-lhe a corte, com grande esperança de cair nas graças dela. Mas, por algum motivo, tudo entre eles foi confuso, e aquele estrangeiro detestável parecia ser a causa.

Perto do fim do dia, sir George perdeu a paciência e finalmente foi falar com outra mulher, com ressentimento e repulsa.

E, assim, uma nova noite chegou, e Esther ficou sozinha no quarto de Cedro.

Além de fúria, a conduta do hóspede estrangeiro tinha gerado desconfiança no peito de sir George, e ele o havia observado inconscientemente durante a maior parte do dia.

"O cretino" tinha ido para Irtonwood com algum propósito. Agora, ele tinha certeza disso.

O interesse extremo em todos os aposentos e móveis era exagerado, isso se fosse mesmo interesse inocente por coisas antigas. A biblioteca em particular parecia tê-lo atraído, e ele até fez com que lhe mostrassem o famoso quarto de Cedro, enquanto dizia as coisas mais insinuantes e admiradoras para a ocupante atual. Eles foram lá, um grupo de quatro ou cinco, depois do almoço, a velha srta. Harcourt entre eles, arrancada do jogo de bridge.

— Eu não dormiria aqui por nada neste mundo — disse ela. — Queria saber como você consegue, Esther; deve ter nervos de aço e uma consciência de pureza branca como a neve. Fico arrepiada até em plena luz do dia!

— Não tenho medo — afirmou a sra. Charters, erguendo a cabeça.

De lá, o grupo voltou à biblioteca, e ali o sr. Duval apontou para uma velha escrivaninha que ficava junto a uma janela e que já não era usada para escrita. A superfície parecia bem torta pela incidência da luz do sol, que caía nela provavelmente havia muitos anos.

— Essa poderia ser a do seu sonho, de que a senhora nos contou — disse o sr. Duval, observando furtivamente o rosto dela.

E Esther reconheceu que era, de fato, a mesma, com uma emoção intensa. Mas riu com um certo nervosismo enquanto se esquivava de uma resposta direta.

O sr. Duval examinava a escrivaninha com atenção, passando dedos delicados em movimentos suaves por todos os lados e pelo tampo.

— Deve haver um mecanismo secreto — disse ele. — Seria divertido se seu sonho virasse realidade e ela revelasse o pergaminho e as gotas de sangue.

Mas, por algum motivo, Esther não queria encontrar, caso houvesse algum mecanismo. Ela a examinaria em outra hora apenas na companhia de Ada.

E sir George, agora observando com atenção, acabou com várias ideias estranhas na cabeça.

Quando se despediram, a sensação de que havia algo acontecendo ficou tão forte que ele decidiu não se despir nem ir para a cama.

— Aposto que ele vai tentar abrir aquela escrivaninha — disse ele para si mesmo. — E vou atrapalhar se puder e descobrir o que está havendo.

Assim, ele fingiu estar cansado e ir para o quarto quando os outros homens foram para a sala de fumo, que ficava em uma ala lateral, depois que as damas se retiraram, mas na realidade esperou até achar que o mordomo já teria apagado as luzes na biblioteca e na parte do meio da casa; então, acendeu sua vela, seguiu sorrateiramente e se deitou em um sofá atrás de um biombo enquanto as brasas da lareira emitiam um brilho sinistro por todo o aposento.

E, no quarto de Cedro, Esther, cansada e meio entristecida pelo distanciamento que sentia ter crescido ao longo do dia entre ela e seu até então ardente candidato a amante, foi rapidamente para a cama.

A culpa era dela, ela sabia; tinha sido caprichosa e conversado demais com o estrangeiro, de quem percebia agora que não gostava muito, na verdade. Tinha passado o dia sendo tola e nervosa e assustadiça, e sentia uma certa vergonha de si mesma.

Mas dentro de bem pouco tempo ficou sonolenta e tudo se apagou, até que, com vividez surpreendente, pela terceira vez o sonho voltou, e a ele acrescentou-se uma figura indistinta que parecia chamá-la e compeli-la a se levantar e sair da cama macia e quente.

Pareceu que ela atravessou o quarto até um painel ao lado da lareira, fascinada, mas sem medo, seguindo a forma fantasmagórica que, quando virou o rosto, parecia-se estranhamente com ela mesma. E o painel deslizou, revelando uma abertura escura, e ela continuou incitada a entrar nas profundezas sombrias, e, o tempo todo, enquanto se sentia descendo uma escada estreita, uma iridescência indistinta parecia, como um halo, envolver a cabeça do espectro débil que a guiava. Para onde?

Enquanto isso, na biblioteca, sir George estava quase pegando no sono no sofá, na sombra do biombo. O relógio tinha batido as duas horas, e o fogo estava tão baixo que quase nenhuma luz iluminava o aposento, mas um raio amplo de luar entrava pela parte de cima da vidraça, aonde a madeira da janela não chegava. Era composta de pequenos painéis com um brasão no centro, e os raios da lua geravam formas estranhas no chão e na antiga escrivaninha, que por acaso estava no caminho da luz.

Sir George pensou que talvez tivesse se enganado, afinal; o estrangeiro devia ter ido para a cama assim como os outros, e ele também iria. Mas, quando suas meditações chegaram àquele ponto, ele ouviu o ruído baixo da porta se abrindo e alguém, com passos sorrateiros, avançando cautelosamente pela sala.

Quando se levantou, ele mais sentiu do que viu que era Ambrose Duval. Estava escondido com segurança na sombra escura do biombo.

O homem foi com cuidado até a veneziana da janela iluminada pelo luar e, com mãos silenciosas e nervosas, soltou o trinco antiquado, deixando entrar um raio de luz ainda mais amplo, que agora permitia que cada detalhe da escrivaninha fosse visto. Em seguida, foi avidamente para a lateral, e sir George prendeu o ar e se inclinou para a frente para não perder nada do que poderia acontecer.

O sr. Duval parecia estar tateando a tampa, que abriu com cuidado, e uma busca pelo mecanismo secreto começou. E, uma ou duas vezes, quando olhou para cima como se em busca de inspiração, seu rosto pareceu o de um demônio no luar pálido.

Finalmente, ele pareceu descobrir alguma coisa. Uma gaveta se abriu com um tremor, e ele soltou uma exclamação intensa de dor; alguma parte da mola de aço tinha machucado sua mão, evidentemente. Mas a hesitação foi momentânea. Com avidez frenética, ele tirou um rolo do lugar secreto. Aos olhos de sir George, parecia um pergaminho velho e amarelado, e, quando Ambrose Duval se curvou para observá-lo, com uma satisfação demoníaca no rosto, do corte na mão dele pingaram algumas gotas de sangue.

A cena era uma reprodução exata do sonho da sra. Charters.

Sir George sentiu que aquele era o momento de interferir, mas, antes que pudesse dar um passo que fosse, ficou paralisado ao ver o ladrão erguer a cabeça, levar um susto e ficar pálido, tremendo de pavor abjeto, ao olhar para um canto distante, o pergaminho caindo das mãos inertes de volta à escrivaninha.

E sir George, seguindo a direção do olhar dele, também sentiu uma emoção que, mesmo nele, não deixou de se misturar com uma coisa semelhante ao medo.

Pois os dois homens puderam distinguir, avançando lenta e silenciosamente na direção deles, vinda das sombras de uma parte da sala onde não havia porta, a figura alta e magra de uma mulher, com um traje branco de cintura alta e cachos desgrenhados de cabelo ao natural.

Ela parecia etérea e irreal, mas, quando passou sob o luar, a semelhança foi inconfundível. O rosto era o mesmo do retrato na galeria que o anfitrião dissera representar o fantasma de Irtonwood.

Os grandes olhos cinzentos estavam arregalados e vidrados, como os de um cadáver, e a figura toda avançava lentamente com um movimento deslizante que não parecia vivo.

Meu Deus, é Esther?, pensou sir George, ofegante.

Se fosse sua amada, devia estar sonâmbula. Se fosse uma habitante de outro mundo, algo estranho e horrível poderia acontecer quando ela chegasse à escrivaninha.

De qualquer modo, seu melhor rumo seria ver e estar pronto para agir. Pois percebeu, sem a menor dúvida, que pegar o pergaminho era para Ambrose Duval, por algum motivo, questão de necessidade desesperada.

A figura avançou, ficando mais clara ao chegar perto do objetivo. Agora, Duval estava agachado, uma massa quase inerte, alguns passos para trás, com medo mortal.

A dama, fosse quem ou o que fosse, esticou a mão transparente no luar, pegou o pergaminho e deslizou de volta para o lugar de onde tinha vindo; mas Ambrose Duval sibilou como uma cobra ao ver o precioso papel ser tirado do seu alcance, e, com um grito parcialmente articulado de fúria e terror, avançou.

Mas sir George foi mais rápido do que ele, e, antes que Duval pudesse chegar ao fantasma, ou mulher, viu-se preso nos braços fortes do inglês.

Os dois homens lutaram: Ambrose Duval com medo louco no peito por causa desse novo inimigo, e sir George com a determinação fria de frustrar o objetivo do oponente.

Enquanto brigavam, os dois viram com emoção indescritível a figura desaparecer como antes, perante os olhos deles, na escuridão da parede. E entenderam que estavam sozinhos.

Ela era um fantasma ou era real, de carne e osso? Essa era uma pergunta a que nenhum dos dois conseguia responder.

Porém, agora que não havia mais motivo para proteger Esther — se fosse ela —, sir George soltou o sr. Duval.

Ele estava sem fôlego, de raiva e medo, e cambaleou até uma cadeira.

— Como ousa me atacar assim! — exclamou furiosamente, puxando um revólver do bolso e apontando para o rosto do inimigo.

Mas sir George, bem mais perturbado com a ideia do que poderia ter acontecido com sua amada, não deu atenção. Ele andou até a lareira e cutucou as brasas quase extintas, que geraram uma última chama pequena, oferecendo luz suficiente para ele encontrar a vela que tinha sido deixada ao lado do sofá, na escuridão, fora do alcance do raio de luar. O sr. Duval o seguiu, ainda pálido de medo do sobrenatural e furioso com seu fracasso e sua perda.

— Você responderá por isso, agora, com sua vida! — rosnou ele.

— Nesse caso, você será enforcado por assassinato — retorquiu sir George, frio. — É melhor fugir discretamente de manhã, antes que eu o denuncie como ladrão.

— Eu não sou ladrão! — protestou o sr. Duval violentamente. — Como ousa atacar um convidado na casa do seu amigo desse jeito assassino? Sou eu que posso denunciá-lo. Você precisa me dar satisfações!

— Não farei nada disso — disse sir George. — Eu jamais pensaria em duelar com um ladrão! Siga meu conselho e vá embora de manhã, sem escândalo, para executar seus truques malignos em outro lugar. Eu vi tudo que você fez, lembre-se, e posso descrever bem!

Os dois homens se olharam de cara feia na antiga biblioteca, a única vela iluminando seus rostos, e o grande raio de luar iluminando a escrivaninha remexida. Sir George se acalmou.

— Pode seguir o caminho que quiser — disse ele. — Eu também estou armado. — Tirou a pequena Derringer do bolso, onde a mantivera. — Tenho boa mira às vezes, e pode ser que nós dois acertemos o outro, mas não vai adiantar, e ratos como você gostam da vida.

Essa reflexão pareceu pesar para o sr. Duval, por mais que não fosse nada lisonjeira. Pois uma coisa é atirar em um homem desarmado, mas outra bem diferente é descobrir que ele também tem uma pistola!

Com a dignidade que pôde, o sr. Duval se empertigou e se preparou para sair da sala.

— Você venceu desta vez — disse ele entre dentes —, mas um dia vou acertar as contas.

— Isso não faz a menor diferença para mim — respondeu sir George, apressadamente. — Saia daqui agora e pegue o primeiro trem. Vou dar essa vantagem a você; agora, tenho outras questões mais importantes para resolver. Vá!

E ele quase empurrou Duval pela porta, até o quarto. Em seguida, quando o viu fechado lá dentro, em segurança, parou para pensar em qual seria seu próximo passo.

Acordar Jack Hardress e a esposa e garantir que Esther estava em segurança no quarto de Cedro era a melhor decisão. Portanto, depois de uma certa dificuldade, ele encontrou o quarto do anfitrião e bateu com firmeza na porta.

— Sim, o que é? — gritou Jack Hardress, sonolento.

— Ah! Quem está aí? — perguntou a voz assustada de Ada.

Sir George explicou em poucas palavras, da forma que pôde, quando o anfitrião e a anfitriã, ambos de roupão, apareceram no corredor, e os três, carregando velas, seguiram para o quarto de Cedro.

Mas o silêncio foi mortal, não houve resposta às batidas, e eles não conseguiram entrar. A porta estava trancada por dentro.

Garras geladas e horríveis apertaram o coração de sir George. O que tinha acontecido? Algum mal havia acometido Esther!

— Se nós dois empurrarmos a porta juntos, podemos quebrar o trinco, Jack — disse ele em desespero. — Não podemos esperar mais. Agora!

E os dois se jogaram nos painéis robustos que, embora tremessem, não cederam. Com a força do desespero, sir George se jogou na porta sozinho, o trinco cedeu e ele caiu no quarto.

Mas, ora! As duas velas de Ada, que ela segurou bem alto, revelaram que não havia ocupante no quarto. A cama tinha sido usada e abandonada às pressas, as roupas estavam jogadas, mas não havia sinal de Esther.

As três pessoas se olharam com rostos pálidos. Que mistério era aquele?

Sir George começou a examinar rapidamente as paredes. Fazia sentido, seu bom senso dizia, que, se a porta estava trancada por dentro, sua amada tivesse saído dos aposentos por outro meio. As janelas estavam fora de questão; eram altas demais e, além disso, estavam fechadas e com as cortinas puxadas. Devia haver algum painel secreto, e Esther devia ter andado durante o sono; mas tudo era muito estranho, e ele foi tomado de temor e mau pressentimento enquanto tateava cada parte da parede.

— Nós *temos* que descobrir a entrada, Jack — disse ele. — Eu vi a sra. Charters com meus próprios olhos na biblioteca, ou o fantasma dela, e ela desapareceu no canto do aposento.

Agora, com ansiedade apavorada, os três começaram a trabalhar juntos, tateando e batendo em cada painel de cedro, enquanto Ada Hardress gritava sem parar:

— Esther! Esther! Responda se estiver aí e puder nos ouvir!

Mas só o silêncio os recebeu.

E, quando o desespero da tarefa ficou claro, um medo doentio foi crescendo no coração de cada um deles.

E se ela tivesse caído em algum lugar secreto, alguma masmorra, e estivesse morta? Poderiam revirar a casa inteira, mas seria tarde.

Finalmente, Ada, quase chorando de aflição e medo, desabou no sofá, enquanto seu marido e sir George, rígido e pálido de ansiedade, encararam-se para decidir o que fazer.

— Acorde os empregados e mande chamar um pedreiro e um carpinteiro — disse sir George. — Enquanto isso, não podemos arranjar um machado e algumas ferramentas? Eu mesmo arrancarei os painéis de madeira se tiver um implemento.

A sra. Hardress saiu para acordar os empregados e mandar chamar os homens requeridos.

— E chame um médico também — gritou sir George; e, quando umas ferramentas foram encontradas por um lacaio assustado e levadas até ele, começou a trabalhar com uma disposição tal que finalmente descobriu um ferrolho de aço, e, quando o painel ao lado da lareira cedeu, uma portinha se revelou na pedra. Os ferrolhos estavam rígidos e enferrujados pelo tempo, e como uma mulher delicada poderia tê-los movido era um profundo mistério.

A porta se abriu sem muita dificuldade, e ali, à luz erguida, uma passagem muito estreita foi revelada e, em três passos, desenvolveu-se em uma escada.

Era tão estreita que sir George foi obrigado a forçar os ombros largos com grande dificuldade até chegar à descida, que parecia serpentear e depois seguir reta uma ou duas vezes — não era a escada em espiral de uma torre. E, de repente, depois de uma curva fechada, ele viu os degraus subindo novamente no outro lado; mas ali, no espaço abaixo, havia uma figura caída: uma mulher de branco.

Com uma exclamação de angústia, ele viu que era Esther; mas estava morta?

Entregou o lampião para Jack Hardress, que se encontrava atrás dele, e em um segundo estava ao lado da amada, pegando-a nos braços com dificuldade no espaço apertado; e, mesmo com a emoção, reparou que ela ainda segurava o papel que parecia ter sido a causa de todos os acontecimentos trágicos da noite.

Ele o soltou dos dedos de Esther e viu que as gotas de sangue tinham sujado a mão dela. Guardou o papel no bolso e a ergueu no colo para carregá-la de volta ao quarto.

Um hematoma marcava o local onde a testa dela tinha batido em uma pedra protuberante na parede. Talvez ela só estivesse atordoada, não morta! Essa esperança lhe deu a força de um leão, e ele a estreitou nos braços. Mas sair dali não foi tarefa fácil. O espaço já era estreito para uma pessoa, e era impossível para um homem com uma mulher nos braços.

Jack Hardress recuou na frente deles, segurando o lampião bem alto, e, quando sir George chegou a uma curva pela qual não conseguia passar, foi obrigado a depositar seu fardo precioso no chão e deixar Jack Hardress puxá-la pelos braços, depois a pegou no colo de novo. E assim, finalmente, os três se viram na segurança do quarto de Cedro, onde um grupo nervoso e agitado os esperava, inclusive o médico, que já tinha chegado.

O quarto foi esvaziado, exceto por Ada, sir George e a camareira de Esther, enquanto o médico se inclinava sobre a forma inanimada. Por fim, ele ergueu o rosto e anunciou que "não, ela não estava morta", e nunca houve palavras mais gratas enviadas aos céus do que o fervoroso "Graças a Deus!" de sir George.

Não estava morta, então, a sua amada! E logo poderia abrir os lindos olhos e olhar nos dele!

Agora, ele podia esperar no corredor, enquanto contava a boa notícia para o resto dos hóspedes alarmados.

Em seguida, o médico e a sra. Hardress saíram, e ele ouviu que sua amada estava consciente e logo estaria bem.

— Ela deve ter andado durante o sono e batido com a cabeça em uma pedra — disse o médico. — Mas foi o ar sufocante que a fez desmaiar, embora, sem dúvida, ela tenha ficado atordoada pela pancada. Se os senhores tivessem demorado mais uma hora para encontrá-la, acho que ela poderia não ter sobrevivido.

E assim, afinal, houve alegrias naquela manhã de Natal que parecia estar sendo tão trágica. E, com toda a agitação, ninguém pensou em comentar a partida do sr. Ambrose Duval no único trem de manhã cedo.

O bilhete de despedida que ele deixou para a anfitriã foi uma obra-prima e fez sir George sorrir quando ela o entregou para ele ler.

No fim da tarde, ele pôde ver a amada na sala de Ada, sozinho e em paz. Ela estava deitada no sofá com uma atadura em volta da testa, e o rostinho estava terrivelmente pálido sobre as almofadas azuis de seda; mas seus olhos brilhavam, e ela esticou as mãos quando ele se apoiou nos joelhos para ficar perto dela.

— George... você foi bom para mim! — sussurrou ela. — E não sei me cuidar...! — Mas não conseguiu dizer mais nada, porque ele se curvou e beijou os lábios dela. E, por um tempo, eles ficaram felizes demais para falar até de um assunto tão interessante quanto o sonho dela e a aventura que havia gerado.

Finalmente, voltaram a si e se lembraram de examinar o pergaminho, que acabou sendo mesmo a certidão de casamento de John Charters, solteiro, e Marjory Wildacre, solteira, celebrado em um pequeno vilarejo de Leicestershire, no ano de 1795.

Então, o fantasma de Irtonwood havia ajudado Esther! Pois ali estava a fortuna dela, garantida sem sombra de dúvida.

Nesse caso, quem era o sr. Ambrose Duval? E qual era a conexão dele com a história? E por que a própria Esther era parecida com o retrato do fantasma de

Irtonwood? Eram perguntas cujas respostas levariam tempo para serem encontradas.

— Mas que importância tem! — exclamou sir George depois de um tempo. — Tenho o suficiente para nós dois! E, como você não sabe se cuidar, vai me deixar tentar.

Só depois que o par feliz voltou da lua de mel foi que o mistério se resolveu. Os advogados se ocuparam da investigação. Parecia que lady Marjory Wildacre tinha morado em Irtonwood, seu antigo lar, que o pai vendera quando eles foram para a Itália. Ela havia tido uma filha com o segundo marido, o conde italiano, que acabara se casando com o bisavô de Esther, o que levou aquela aparência para a família dela.

E Esther adora tecer um romance em torno do sonho e imaginar que, influenciada pelo espírito inquieto dessa ancestral distante, ela devia ter sido atraída para ir à festa de Natal de Irtonwood e participar dos acontecimentos que se seguiram. A pobre dama, ela decidiu pensar, arrependida da desumanidade para com seu filho com Charters, tinha levado o sonho para a bisneta e a guiado pela passagem secreta para pegar o que era dela. Isso tudo para que ela, lady Marjory, pudesse descansar em paz.

— Sabe, George, ela devia amar o conde italiano — disse Esther para o marido — e queria que a descendente da parte dele também se beneficiasse, e foi por isso que ela me orientou! Mas não posso deixar de sentir pena do pobre sr. Duval!

— Estrangeiro detestável! — Essa foi a única coisa que sir George disse.

O verdadeiro nome dele era Charters, e ele era o requerente da fortuna, mas preferira assumir o nome da mãe (que era francesa) para prosseguir com a investigação sem gerar desconfiança. Havia obtido algumas cartas no meio dos documentos da família que falavam que a certidão estava em Irtonwood e que lady Marjory tinha residido lá. Ao saber que seus conhecidos acidentais, os Hardresses, tinham alugado a casa, ele cultivara a amizade para ter acesso a casa, determinado a destruir a certidão quando a encontrasse e, assim, reivindicar a fortuna.

Mas o Destino cuida das coisas e faz tudo como acha melhor. E até sir George Seafield, completamente inglês, precisa admitir que há mais coisas entre o céu e a terra do que sonha nossa vã filosofia. ✳

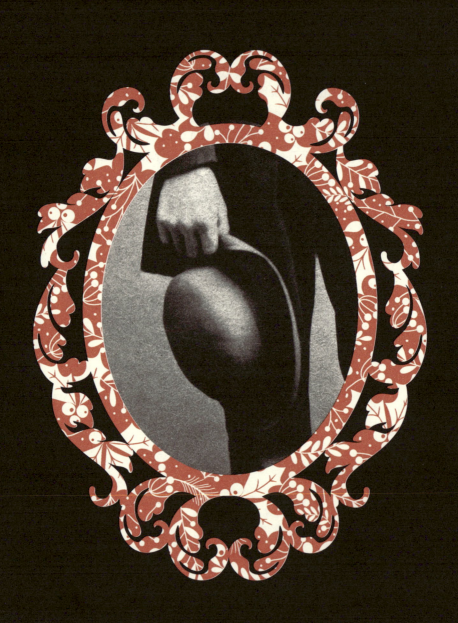

BIOGRAFIA DO AUTOR

JOHN BERWICK HARWOOD

INGLATERRA | 1828-1899

John Berwick Harwood escreveu a maior parte de suas histórias de forma anônima. Grande parte da vida e morte do autor ainda é um mistério, e mesmo sua data de nascimento não é conhecida com toda certeza. Informações sobre seus trabalhos e sua trajetória ficaram perdidas no tempo e muito do que se tem sobre o autor são apenas contos e artigos publicados em periódicos do século XIX.

Vários autores fizeram suas estreias literárias em revistas dedicadas à literatura, e Harwood foi um deles. *Horror: Uma história real* foi publicada originalmente de forma anônima em 1861 na revista *Blackwood's Edinburgh Magazine*. Suas histórias de fantasmas e contos de terror natalinos estão entre seus trabalhos mais reconhecidos, mas seu rosto permanece um mistério, já que nenhuma foto pôde ser encontrada.

JOHN BERWICK HARWOOD

Horror: A True Tale **1861**

HORROR: UMA HISTÓRIA REAL

Hoje sozinha e sem herança, Rosa relata o que aconteceu naquele fatídico Natal, quando precisou ceder seu quarto a sua madrinha idosa e foi dormir num cômodo isolado, do outro lado da mansão da família, onde um evento perturbador trouxe ruína a sua vida.

EU TINHA APENAS DEZENOVE ANOS QUANDO o incidente que jogou uma sombra na minha vida aconteceu; e, ah, nossa! Quantos e quantos anos cansados se arrastaram desde então! Jovem, feliz e amada eu era naqueles dias há muito abandonados. Diziam que eu era bonita. O espelho agora reflete uma velha abatida com lábios cinzentos e o rosto de uma palidez mortal. Mas não pense que está ouvindo um mero lamento plangente. Não foi a passagem dos anos que me levou a ser esta ruína do meu antigo eu: se tivesse sido, eu teria aguentado a perda com alegria e paciência, pois é a sina de todas as pessoas; mas não foi nenhum progresso natural da decadência que me roubou a flor da juventude, as esperanças e alegrias que pertencem à juventude, que partiu o elo que ligava meu coração ao de outro e me condenou a uma velhice solitária. Tento ser paciente, mas minha cruz é pesada, e meu coração está vazio e cansado, e desejo a morte que demora tanto a vir para os que rezam para morrer.

Tentarei contar exatamente como aconteceu o fato que arruinou minha vida. Embora tenha ocorrido muitos anos atrás, não há medo de eu ter esquecido nenhum dos menores detalhes: eles foram marcados no meu cérebro de forma muito clara e ardente, como uma queimadura de ferro em brasa. Eu os vejo escritos nas rugas da minha testa, na brancura absoluta do meu cabelo, que já foi castanho e brilhante e não passou pela mudança gradual de escuro a grisalho, de grisalho a branco, como acontece com as pessoas felizes que foram minhas companheiras de infância e cuja idade venerável é amenizada pelo amor de filhos e netos. Mas não devo invejá-las. Eu só quis dizer que a dificuldade da minha tarefa não está ligada a uma questão de memória; eu lembro bem demais. Contudo, quando pego a caneta, minha mão treme, minha cabeça gira, a velha sensação de desfalecimento e horror voltam a mim, e o bem lembrado medo toma conta. Mas continuarei.

Brevemente, esta é minha história: eu era uma grande herdeira, acredito, embora não ligasse muito para o fato; mas era. Meu pai tinha muitas posses e não tinha nenhum filho para herdá-las quando partisse. Suas três filhas, das quais eu era a mais nova, dividiriam os muitos hectares entre elas. Eu falei, sinceramente, que não me importava muito com essa circunstância; e, de fato, eu era tão rica, na época, de saúde e juventude e amor, que me sentia indiferente a todo o resto. A posse de todos os tesouros da Terra não teria compensado o que eu tinha naquele tempo — e perdi, como estou prestes a relatar.

Claro, nós sabíamos que éramos herdeiras, mas não acho que Lucy e Minnie sentissem orgulho nem felicidade por isso. Sei que eu não sentia. Reginald não me cortejou pelo meu dinheiro. *Disso* eu tinha certeza. Ele provou — que os céus sejam louvados! — quando se afastou de mim depois da transformação. Sim, em toda a minha velhice solitária, ainda posso agradecer por ele não ter cumprido a palavra, como alguns teriam feito, não ter segurado no altar a mão que ele tinha aprendido a abominar e o fazia tremer, só porque era cheia de ouro — muito ouro! Pelo menos, ele me poupou disso. E sei que fui amada, e esse conhecimento me impediu de enlouquecer por muitos dias cansados e noites inquietas, quando meus globos oculares ardentes não tinham uma lágrima para derramar e até chorar era um luxo negado a mim.

Nossa casa era uma velha mansão Tudor. Meu pai fazia questão de manter as menores peculiaridades da casa inalteradas. Assim, os muitos picos e frontões, as numerosas torres e as janelas gradeadas, com as pitorescas vidraças losangulares emolduradas em chumbo, permaneceram quase como eram três séculos antes. Além da melancolia singular da nossa moradia, com os bosques densos do parque e as águas escuras do lago, nossa região era pouco povoada e primitiva, e as pessoas ao nosso redor eram ignorantes e obstinadas em relação a ideias e tradições antigas. Portanto, foi em uma atmosfera supersticiosa que nós, as filhas, fomos criadas e ouvimos, desde a nossa infância, incontáveis histórias de terror, algumas meras invenções, sem dúvida, outras lendas de atos sombrios de tempos antigos, exagerados pela credulidade e pelo amor ao fantástico. Nossa mãe tinha morrido quando éramos novas, e como nosso pai, embora fosse gentil, vivesse sempre muito absorto em assuntos de vários tipos, sendo magistrado ativo e senhorio, não havia ninguém para controlar o fluxo prejudicial de histórias tradicionais com o qual nossas mentes maleáveis foram inundadas na companhia de babás e empregados. Mas, com o passar dos anos, as velhas histórias fantasmagóricas perderam parcialmente o efeito, e nossas mentes indisciplinadas ficaram mais voltadas para vestidos de baile e companheiros, e outras questões leves e triviais, mais adequadas à nossa idade.

Foi em uma reunião do condado que Reginald e eu nos conhecemos — e nos apaixonamos. Sim, tenho certeza de que ele me amava com todo o coração. Não era um coração tão profundo como alguns, eu pensei na minha dor e na minha raiva, mas nunca duvidei da verdade e da sinceridade dele. O pai de Reginald e o meu aprovaram nossa ligação crescente; e, quanto a mim, sei que estava tão feliz na época que olho para aqueles momentos fugazes como se olha para um sonho delicioso. Agora, chego à mudança. Eu me prolonguei nas reminiscências de infância, na minha juventude brilhante e feliz, e agora preciso contar o resto: a ruína e a dor.

Era Natal, sempre uma época alegre e hospitaleira no campo, especialmente em um local tão antigo como nossa casa, onde costumes e brincadeiras curiosas eram muito comuns, como parte da própria habitação. A casa estava cheia de convidados; tão cheia, na verdade, que houve grande dificuldade em fornecer acomodação para todos dormirem. Várias câmaras estreitas e escuras nas torres — meros compartimentos, como chamávamos irreverentemente o que se considerava bom o bastante para os cavalheiros majestosos do reinado de Elizabeth — agora eram destinadas a visitantes solteiros, depois de ficarem vazias por um século. Todos os quartos vagos no centro e nas alas da casa estavam ocupados, claro, e os empregados trazidos para a propriedade ficavam alojados na fazenda e na casa do caseiro, tamanha era a demanda por espaço.

Por fim, a chegada de uma parente idosa, que tinha sido convidada meses antes, mas nem era esperada, causou grande comoção. Minhas tias começaram a retorcer as mãos desesperadamente. Lady Speldhurst era uma personagem de alguma importância; era uma prima distante e, durante anos, manteve relações frias com todos nós, por causa de alguma afronta ou desprezo imaginário quando fizera sua *última* visita, na época do meu batismo. Tinha setenta anos; era enferma, rica e irritadiça; além disso, era minha madrinha, embora eu tivesse me esquecido do fato, mas parece que, embora eu não tivesse formado nenhuma expectativa de um legado a meu favor, minhas tias o haviam feito por mim. Tia Margaret foi especialmente eloquente ao falar do assunto.

— Não há um quarto sobrando sequer — disse ela. — Já houve algum acontecimento tão infeliz? Não podemos botar lady Speldhurst nas torres, mas *onde* ela vai dormir? E é a madrinha de Rosa! Pobre criança! Que horror! Depois de tantos anos de distanciamento e com cem mil investidos nos fundos, nenhum quarto confortável e quente a seu total dispor... e logo no Natal, de todas as épocas do ano!

O que fazer? Minhas tias não podiam abrir mão dos seus quartos para lady Speldhurst, porque já os tinham cedido para alguns hóspedes casados. Meu pai era o homem mais hospitaleiro do mundo, mas era reumático, tinha gota e era metódico. Suas cunhadas não ousaram propor mudar seus aposentos e, na verdade, ele teria preferido jantar comida de prisão a ser transferido para uma cama estranha. A questão terminou comigo cedendo meu quarto. Senti uma estranha relutância em fazer a proposta, o que me surpreendeu. Teria sido um presságio do mal que estava por vir? Não sei dizer. Nós somos feitos de forma estranha e maravilhosa. *Pode* ter sido. De qualquer modo, não creio que tenha sido uma relutância egoísta em deixar uma senhora idosa e enferma acomodada com um sacrifício insignificante. Eu era perfeitamente saudável e forte. O clima não estava frio para a época do ano. Foi um fim de ano escuro e úmido — mas não teve neve, embora a neve fosse uma ameaça no céu, nas nuvens escuras. Eu *fiz* a proposta que cabia a mim, eu disse, rindo, sendo a caçula. Minhas irmãs também riram e zombaram de meu evidente desejo de agradar minha madrinha.

— Ela é uma fada madrinha, Rosa — disse Minnie —, e você sabe que ela ficou ofendida no seu batizado e foi embora resmungando que se vingaria. Agora, ela está voltando para ver você; espero que traga presentes de ouro.

Eu não dava muito valor a lady Speldhurst e seus possíveis presentes de ouro. Não me importava com a maravilhosa fortuna em fundos, sobre a qual minhas tias sussurravam tão misteriosamente, abanando a cabeça. Mas, desde então, me pergunto: se eu tivesse me mostrado implicante ou obstinada, se tivesse me recusado a ceder meu quarto para a parente esperada, toda a minha vida não teria sido alterada? Só que então Lucy ou Minnie teriam se oferecido no meu lugar e sido sacrificadas... O que estou dizendo? Foi melhor que o golpe tenha caído como veio do que sobre as minhas queridas irmãs.

A câmara para a qual me mudei era uma salinha triangular escura na ala oeste e só podia ser alcançada atravessando a galeria de retratos ou subindo um pequeno lance de escadas de pedra que levava diretamente para cima a partir do arco baixo de uma porta que dava para o jardim. No mesmo patamar, havia mais um aposento, que era um mero depósito de móveis quebrados, brinquedos estilhaçados e toda a madeira que *vai* se acumulando em uma casa de campo. O quarto em que eu passaria algumas noites era um aposento forrado de tapeçaria, com cortinas verdes desbotadas de algum tecido caro, contrastando estranhamente com um tapete novo e as cortinas novas em torno da cama, que tinham sido posicionadas às pressas. A mobília era meio velha, meio nova, e, na penteadeira, havia um espelho oval muito pitoresco, com moldura de madeira preta — ébano sem polimento, acho. Eu me lembro até da estampa do tapete, do número de cadeiras, da situação da cama, das figuras na tapeçaria. Ora, consigo me lembrar não só da cor do vestido que usei naquela noite fatal, mas do arranjo de cada pedaço de renda e fita, de cada flor, de cada joia, uma lembrança perfeita até demais.

Mal minha camareira tinha acabado de espalhar meus vários artigos de vestuário para a noite (quando haveria um grande jantar), o estrondo de uma carruagem anunciou que lady Speldhurst havia chegado. O curto dia de inverno chegava ao fim e um grande número de convidados estava reunido na ampla sala de estar, ao redor do fogo da lareira, após o jantar. Eu me recordo que meu pai não estava conosco no começo. Havia alguns nobres da antiga estirpe, durões e beberrões, ainda degustando seu vinho do Porto na sala de jantar, e o anfitrião, é claro, não podia deixá-los. Mas as damas e todos os cavalheiros mais jovens — tanto os que dormiam sob nosso teto quanto os que teriam dezenas de quilômetros de neblina e lama a enfrentar no caminho de volta para casa — estavam juntos. Preciso dizer que Reginald estava lá? Ele se sentou perto de mim — meu amado, meu dedicado futuro marido. Nós nos casaríamos na primavera. Minhas irmãs não estavam distantes; elas também tinham encontrado olhos que brilharam e se suavizaram ao pousarem nos delas, encontraram corações que batiam em resposta aos delas. E, no caso delas, nenhuma geada violenta cortou a flor antes que se tornasse fruto; não havia tumor em suas flores de esperança jovem, nenhuma nuvem em seu céu. Inocentes e apaixonadas, eram amadas por homens dignos da estima delas.

O salão, grande e alto, com teto abobadado, tinha um caráter um tanto sombrio por ser guarnecido com lambris e forrado de carvalho preto, polido, de muita idade. Havia espelhos e quadros nas paredes, móveis bonitos, chaminés de mármore e um tapete Tournay vistoso; mas esses itens apenas apareciam como pontos brilhantes no fundo escuro da madeira elisabetana. Muitas luzes estavam acesas, mas a escuridão das paredes e do teto parecia engolir seus raios, como a boca de uma caverna. Nem cem velas poderiam dar àquele aposento a luminosidade alegre de uma sala de visitas moderna. Mas a riqueza sombria dos painéis combinava bem com o brilho avermelhado do enorme fogo na lareira, no qual, crepitando e brilhando, agora estava o poderoso Tronco de Yule[3]. Um fulgor vermelho-sangue intenso brotava do fogo e estremecia nas paredes e no telhado sulcado.

Nós tínhamos formado um grande círculo em torno da lareira ampla e antiga. A luz trêmula do fogo e das velas caía sobre todos nós, mas não igualmente, pois alguns estavam nas sombras. Lembro ainda como Reginald estava alto, viril e bonito naquela noite, mais alto do que qualquer outro ali, e cheio de bom humor e alegria. Eu também estava muito animada; nunca tinha sentido o peito mais leve, e creio que foi minha jovialidade que, aos poucos, conquistou o resto, pois me recordo de como parecíamos um grupo alegre e vibrante. Todos, menos uma pessoa. Lady Speldhurst, vestida de seda cinza e usando um enfeite de cabeça pitoresco, estava sentada em sua poltrona, de frente para o fogo, muito silenciosa, com as mãos e o queixo pontudo apoiados em uma espécie de muleta com cabo de marfim com a

---

3 Em tempos antigos, o Tronco ou Tora de Yule era um grande tronco queimado pelos povos germânicos ao comemorar o solstício de inverno. A tradição foi adotada por alguns cristãos e wiccanos. [N. P.]

qual andava (pois ela estava coxa), olhando para mim com os olhos semicerrados. Ela era uma velhinha magra, com traços muito delicados, do tipo francês. O vestido de seda cinza, a renda imaculada, as joias antiquadas e a arrumação impecável combinavam bem com a inteligência do seu rosto, com os lábios finos e os olhos de um negro penetrante, que não tinham perdido o brilho com a idade. Aqueles olhos me deixaram incomodada, apesar da minha alegria, enquanto seguiam cada movimento meu com um escrutínio curioso. Mesmo assim, eu estava muito contente e animada; minhas irmãs até se admiraram com minha jovialidade constante, que estava quase selvagem em seus excessos. Ouvi, depois disso, sobre a crença escocesa de que aqueles condenados a alguma grande calamidade se tornam *feéricos* e nunca parecem tão dispostos à diversão e ao riso quanto antes de o golpe acontecer. Se algum mortal já foi *feérico*, eu fui naquela noite. Ainda assim, embora me esforçasse para não pensar nisso, a observação persistente dos olhos da velha lady Speldhurst *provocou* em mim uma impressão de natureza vagamente desagradável. Outros também notaram esse escrutínio, mas consideraram mera excentricidade de uma pessoa sempre considerada caprichosa, para dizer o mínimo.

No entanto, essa sensação desagradável durou apenas alguns instantes. Depois de uma breve pausa, minha tia entrou na conversa, e nos pegamos ouvindo uma lenda estranha que a velha senhora contou excepcionalmente bem. Uma história levou a outra. Todos foram chamados, um de cada vez, a contribuir com o entretenimento público, e, uma história após a outra, sempre relacionadas a demonologia e bruxaria, foram contadas. Era Natal, época para essas histórias; e a velha sala, com suas paredes e quadros escuros e o teto abobadado absorvendo a luz tão avidamente, parecia adequada para pôr tais contos em prática. As enormes toras estalavam e queimavam com um calor reluzente; o brilho vermelho-sangue do Tronco de Yule cintilou no rosto dos ouvintes e do narrador, nos retratos e no azevinho envolto em suas molduras, e na velha senhora ereta em seu vestido antiquado e suas bugigangas, como se um dos originais dos retratos tivesse saído da tela para se juntar ao nosso círculo. O Tronco lançava um brilho cintilante de tom vermelho e ameaçador nos painéis de carvalho. Não era de se admirar que as histórias de fantasmas e goblins tivessem um novo sabor. Não era de se admirar que o sangue dos mais tímidos ficasse frio e coagulado, que sua pele se arrepiasse e seu coração batesse irregularmente, e que as garotas olhassem para trás, temerosas, e se amontoassem como ovelhas assustadas, e meio que imaginassem ver alguns rostos travessos e malignos balbuciando algo para elas dos cantos sombrios da velha sala. Aos poucos, meu bom humor foi morrendo, e senti os tremores infantis, havia muito latentes, havia muito esquecidos, se abatendo sobre mim. Acompanhei cada história com doloroso interesse; não me questionei se acreditava nos lúgubres relatos. Escutei, e o medo cresceu em mim — o medo cego e irracional dos nossos dias de infância. Tenho certeza de que a maioria das outras senhoras presentes, jovens ou de meia-idade, foi afetada pelas circunstâncias em que aquelas tradições foram ouvidas, assim como pelo caráter desvairado e fantástico delas. Mas nelas a impressão se extinguiria na manhã seguinte, quando o sol forte brilhasse nos ramos congelados e na geada sobre a grama e nas bagas vermelhas e nos ramos verdes do azevinho; e em mim... Ah! O que aconteceria antes do amanhecer? Antes de termos encerrado aquela conversa, meu pai e os outros nobres entraram, e paramos de contar nossas histórias de fantasmas, envergonhados de falar sobre tais assuntos diante daqueles recém-chegados — homens obstinados, sem imaginação, que não simpatizavam com histórias indolentes. Agora, havia uma agitação e uma movimentação.

Os empregados distribuíam chá, café e outras bebidas. Houve um pouco de música e cantoria. Fiz um dueto com Reginald, que tinha uma bela voz e bom talento musical. Lembro que meu canto foi muito elogiado e, de fato, fiquei surpresa com a força e a emoção da minha própria voz, sem dúvida devido aos meus nervos e mente estimulados. Ouvi alguém dizer a outra pessoa que eu era de longe a mais inteligente das filhas do dono da casa, assim como a mais bonita. Isso não despertou minha vaidade. Eu não tinha rivalidade nenhuma com Lucy e Minnie. Mas Reginald sussurrou algumas palavras carinhosas no meu ouvido um pouco antes de montar no cavalo e partir para casa, o que me deixou feliz, *sim*, e orgulhosa. E pensar que, quando nos encontrássemos de novo... mas eu o perdoei há muito tempo. Pobre Reginald! E em seguida xales e mantos foram solicitados, e carruagens se aproximaram da varanda, e os convidados partiram aos poucos. Por fim, não sobrou ninguém, a não ser os visitantes hospedados na casa. E meu pai, que havia sido chamado para falar com o capataz da propriedade, voltou com uma expressão de aborrecimento no rosto.

— Acabaram de me contar uma história estranha — disse ele. — Meu capataz me informou da perda de quatro das ovelhas mais selecionadas daquele pequeno rebanho de southdowns que tanto aprecio e que chegou ao norte apenas dois meses atrás. E as pobres criaturas foram destruídas de uma maneira muito estranha, pois as carcaças estão horrivelmente mutiladas.

A maioria de nós murmurou alguma expressão de pena ou surpresa, e alguns sugeriram que um cão feroz devia ser o culpado.

— A impressão seria essa — disse meu pai. — Parece mesmo o trabalho de um cachorro; e, no entanto, todos os homens concordam que não existe nenhum cão com esses hábitos perto de nós, onde, de fato, os cães são escassos, exceto os collies dos pastores e os cães de caça presos nos quintais. Só que as ovelhas foram roídas e mordidas, pois têm marcas de dentes. Alguma coisa fez isso e dilacerou os corpos de forma lupina; mas, aparentemente, foi apenas para sugar o sangue, pois pouca ou nenhuma carne foi retirada.

— Que estranho! — exclamaram várias vozes. Alguns dos cavalheiros se lembraram de ter ouvido falar de casos em que cachorros viciados em matar ovelhas tinham destruído rebanhos inteiros, como se por puro prazer, mal se dignando a saborear um pedaço de cada animal morto.

Meu pai balançou a cabeça.

— Também já ouvi falar dessas histórias, mas, neste caso, estou tentado a pensar que a maldade de algum inimigo desconhecido entrou em ação — disse ele. — Os dentes de um cachorro andaram trabalhando, sem dúvida, mas as pobres ovelhas foram mutiladas de uma maneira fantástica, tão estranha quanto horrível; os corações, em particular, foram arrancados e deixados a alguns passos de distância, meio roídos. Além disso, os homens insistem que encontraram a pegada de um pé humano descalço na lama macia da vala e, perto dela... isto.

Ele exibiu o que parecia ser um elo quebrado de uma corrente enferrujada. Muitas foram as manifestações de surpresa e alarme, e muitas e perspicazes as conjecturas, mas nenhuma pareceu se adequar exatamente ao caso. E, quando meu pai acrescentou que dois cordeiros da mesma raça valiosa haviam morrido da mesma maneira singular três dias antes, e que também foram encontrados mutilados e manchados de sangue, o espanto atingiu um nível mais alto.

A velha lady Speldhurst ouviu com atenção calma e inteligente, mas não se juntou a nenhuma das nossas exclamações. Por fim, ela disse ao meu pai:

— Tente se lembrar: você não tem nenhum inimigo entre seus vizinhos?

Meu pai se sobressaltou e franziu as sobrancelhas.

— Não que eu saiba — respondeu ele; e, de fato, era um homem popular e um senhorio gentil.

— Sorte sua — disse a velha senhora, com um de seus sorrisos sombrios.

Já estava tarde e logo nos recolhemos para descansar. Um a um, os hóspedes se foram. Fui a pessoa da família escolhida para escoltar a velha lady Speldhurst até o quarto, o que eu havia desocupado para ceder a ela. Não gostei muito da função. Eu sentia uma repugnância enorme pela minha madrinha, mas minhas nobres tias insistiram de tal maneira que eu deveria agradar quem tinha tanto a deixar que não pude evitar obedecer. A visitante subiu, mancando, as escadas largas de carvalho de forma bem ativa, apoiada no meu braço e na muleta de marfim. O quarto nunca tinha me parecido tão agradável e bonito, com o fogo ardente, os móveis modernos e o alegre papel de parede francês.

— Um lindo quarto, minha querida, e devo agradecer-lhe muito por isso, já que minha camareira me disse que é seu — disse Sua Senhoria. — Mas tenho quase certeza de que você se arrepende de sua generosidade comigo depois de todas aquelas histórias de fantasmas e estremece ao pensar em uma cama e um quarto estranhos, não é? — Dei uma resposta vaga. A velha senhora arqueou as sobrancelhas. — Onde a colocaram, criança? — perguntou ela. — Em algum sótão nas torres, é? Ou em uma despensa, uma típica armadilha de fantasmas? Escuto seu coração batendo de medo neste momento. Você não está em condição de ficar sozinha.

Tentei reunir meu orgulho e rir da acusação contra a minha coragem, ainda mais, talvez, porque eu sentia sua verdade.

— Quer mais alguma coisa que eu possa oferecer, lady Speldhurst? — perguntei, tentando fingir um bocejo de sonolência.

Os olhos perspicazes da velha senhora estavam cravados em mim.

— Eu gosto de você, minha querida — disse ela —, e gostava muito da sua mãe antes de ela me tratar de modo tão vergonhoso no jantar de batizado. Sei que você está assustada e apreensiva, e, se uma coruja batesse na sua janela esta noite, você poderia ter um ataque. Tem um sofá-cama agradável neste *closet*. Chame sua camareira para arrumá-lo para você, e pode dormir ali confortavelmente, sob a proteção da velha bruxa, e nenhum goblin ousará fazer mal a você, e ninguém saberá nem fará perguntas a respeito do seu medo.

Quão pouco eu sabia o que dependia da minha recusa ou aceitação daquela oferta trivial! Se ao menos o véu do futuro tivesse sido levantado por um instante! Mas esse véu é impenetrável ao nosso olhar. No entanto, talvez *ela* houvesse tido um vislumbre da imagem turva além, *ela*, que fez a oferta; pois, quando recusei, com uma risada afetada, ela disse, de maneira pensativa, meio abstraída:

— Ora, ora! Todos devemos seguir nosso próprio caminho na vida. Boa noite, criança. Bons sonhos!

E eu fechei a porta delicadamente. Quando fiz isso, ela olhou para mim por um instante, com um olhar que nunca esqueci, meio malicioso, meio triste, como se tivesse adivinhado o abismo que devoraria minhas jovens esperanças. Pode ter sido mera excentricidade, a estranha fantasia de uma mente tortuosa, a conduta caprichosa de uma pessoa cínica, triunfante no poder de assustar a juventude e a beleza. Ou, como pensei depois, é *possível* que aquela singular convidada tivesse algum dom como a "segunda visão" das Terras Altas, um dom vago, triste e inútil para aqueles que o têm, mas ainda suficiente para transmitir uma vaga sensação de desgraça terrível e agourenta chegando. Por outro lado, se ela realmente sabia *o que* me aguardava, *o que* se escondia atrás do véu do futuro, nem mesmo aquele coração árido poderia ter permanecido impassível ao clamor da humanidade. Ela *teria* me agarrado de volta, sem dúvida, mesmo da borda do fosso negro da miséria. Mas, sem dúvida, ela não tinha esse poder. Sem dúvida, teve apenas o pressentimento sombrio de algum mal prestes a acontecer, e não tinha como enxergar, a não ser em meio a sombras, o vazio, sem vista, onde os mais sábios tropeçam.

Afastei-me da porta. Quando estava atravessando o patamar, um clarão veio de outro quarto, cuja porta estava entreaberta; a luz caiu como uma barra de brilho dourado em meu caminho. Quando me aproximei, a porta se abriu, e minha irmã Lucy, que me observava, saiu. Ela já estava com um robe de casimira branco, sobre o qual o cabelo solto caía escuro e pesado, como emaranhados de seda.

— Rosa, querida — sussurrou ela —, Minnie e eu não suportamos a ideia de você dormir sozinha naquele quarto solitário, e justo o quarto sobre o qual a babá Sherrard costumava falar! Como você sabe, Minnie abriu mão do quarto dela e veio dormir no meu, e adoraríamos que você ficasse conosco esta noite, e eu poderia arrumar a cama no sofá para mim ou para você... e...

Fiz a boca de Lucy parar de falar com um beijo. Declinei a proposta dela. Não quis ouvir. Na verdade, meu orgulho estava ferido e eu achava que preferiria passar a noite no próprio cemitério a aceitar uma proposta ditada, eu tinha certeza, pela ideia de que meus nervos estavam abalados pelas histórias fantasmagóricas que compartilhamos, de que eu era uma criatura fraca e supersticiosa, incapaz de passar uma noite em um quarto estranho. Portanto, não dei ouvidos a Lucy, mas beijei-a, desejei-lhe boa-noite e segui meu caminho rindo, para mostrar despreocupação. Mas, quando olhei para trás no corredor escuro e vi a porta amigável ainda entreaberta, a barra de luz amarela ainda cruzando o chão de parede a parede, o rosto doce e gentil ainda me espiando por entre os cachos, senti uma pontada de consolo, um desejo de voltar, um anseio pelo amor e companheirismo humano. Mas a falsa vergonha foi mais forte e venceu. Acenei alegremente, virei a esquina e, espiando por cima do ombro, vi a porta se fechar; a barra de luz amarela não estava mais lá na escuridão da passagem.

Pensei, naquele instante, ter ouvido um suspiro profundo. Olhei em volta rapidamente. Não havia ninguém. Não havia porta aberta, mas imaginei, e imaginei com uma nitidez extraordinária, que ouvi um suspiro real não muito longe, e claramente distinguível do gemido dos galhos do sicômoro quando o vento os jogava de um lado para o outro na escuridão externa. Se alguma vez o anjo da guarda de um mortal teve motivo para suspirar de tristeza, não de pecado, o meu teve motivo para lamentar naquela noite. Mas a imaginação nos prega peças estranhas, e meu sistema nervoso não estava sob controle, nem muito adequado para análise justa. Tive que passar pela galeria de retratos. Eu nunca tinha entrado naquele aposento à luz de velas e fiquei impressionada com a disposição sombria dos retratos altos, olhando com ar melancólico para as janelas com painéis de losango ou pintadas, que tremeram quando a ventania passou rapidamente. Muitos dos rostos eram severos e muito diferentes de sua expressão à luz do dia. Em outros, um sorriso furtivo e bruxuleante parecia zombar de mim quando minha vela os iluminava; e, no todo, os olhos, como de costume nos retratos artísticos, pareciam acompanhar meus movimentos com um escrutínio e um interesse ainda mais marcados pela imobilidade apática dos outros traços. Fiquei pouco à vontade sob aquele olhar pétreo, embora consciente do quanto minhas apreensões eram absurdas, e invoquei um sorriso e um ar de alegria, mais como se estivesse atuando sob os olhos de seres humanos do que de suas meras sombras na parede. Eu até ri quando os encarei. Meu breve riso não ecoou, a não ser na armadura oca e no teto abobadado, e continuei meu caminho em silêncio. Eu já falei da armadura. Havia uma bela coleção de couraças e cotas de malha, pois meu pai era um antiquário fervoroso. Em especial, havia duas armaduras pretas, eretas e encimadas por elmos com viseiras fechadas, que pareciam dois campeões, protegidos por cotas de malha, guardando a galeria e seus tesouros. Eu as tinha visto com frequência, é claro, mas nunca à noite, e nunca com o meu controle tão sobrecarregado e trêmulo como naquele momento. Quando me aproximei dos Cavaleiros Negros, como os havíamos batizado, apoderou-se de mim a ideia louca de que as figuras tinham se movido, de que havia homens escondidos nas cascas ocas que outrora haviam sido usadas em batalhas e torneios. Eu sabia que era uma ideia infantil, mas me aproximei com um alarme irracional e imaginei ter contemplado os olhos fixos em mim pelos orifícios das viseiras. Passei por elas, e minha imaginação atiçada me disse que as figuras estavam me seguindo com passos furtivos. Eu ouvi um barulho de aço, provocado, tenho certeza, por alguma rajada de vento mais violenta que invadiu a galeria através das fendas das velhas janelas, e com um grito abafado avancei para a porta, abri-a, corri para fora e a bati com um estrondo que ecoou por toda a ala da casa. Por uma mudança repentina e nada incomum de sentimento, afastei meus terrores sem sentido, corei diante de minha fraqueza e procurei meu quarto, muito feliz por ter sido a única testemunha dos meus últimos tremores.

Ao entrar no quarto, pensei ter ouvido alguma coisa se mexendo na despensa abandonada, que era o único aposento vizinho. Mas eu estava determinada a não entrar mais em pânico e fechei resolutamente os ouvidos a esse ruído leve e passageiro, que não tinha nada de anormal; pois, certamente, entre os ratos e o vento, uma velha mansão em uma noite tempestuosa não precisa de espíritos para perturbá-la. Assim, entrei no meu quarto e chamei minha camareira. Ao fazer isso, olhei ao meu redor, e uma repugnância inexplicável à minha morada temporária tomou conta de mim, apesar de meus esforços. Não era algo a ser menosprezado, da mesma forma que um calafrio quando entramos em alguma caverna úmida. E, acredite, o sentimento de antipatia e apreensão com que consideramos, à primeira vista, certos lugares e pessoas não foi incutido em nós sem algum propósito benéfico. Admito que é irracional

— mero instinto animal —, mas o instinto não é um dom de Deus que não se deve desprezar? É por instinto que as crianças distinguem os amigos dos inimigos — que distinguem com precisão infalível aqueles que gostam delas e aqueles que apenas as bajulam e odeiam. Os cachorros fazem o mesmo: abanam a cauda para uma pessoa e fogem rosnando de outra. Mostre-me um homem de quem as crianças e os cachorros se esquivam, e eu lhe mostrarei um homem falso e mau — com mentira nos lábios e crueldade no coração. Não, que ninguém despreze a dádiva dos céus da antipatia inata, que faz o cavalo estremecer quando o leão se agacha no matagal, que faz o gado farejar os matadouros de longe e se abaixar de terror e nojo quando suas narinas aspiram o ar poluído de sangue. Senti essa antipatia intensamente quando olhei para meu novo quarto de dormir, mas não consegui encontrar nenhum motivo razoável para minha aversão. Afinal, era um quarto muito bom agora que as cortinas verdes de damasco estavam fechadas, o fogo ardia forte, as velas estavam acesas acima da lareira e os vários artigos de toalete familiares estavam arrumados como de costume. A cama também estava serena e convidativa — uma cama branca, pequena e bonita, nada parecida com o tipo de leito duro e fúnebre que os quartos mal-assombrados costumam conter.

Minha camareira entrou, ajudou-me a tirar o vestido e os ornamentos que eu usava, e arrumou meu cabelo, como sempre, tagarelando, no melhor estilo das camareiras. Eu raramente queria conversar com os empregados, mas, naquela noite, uma espécie de pavor de ficar sozinha — um desejo de manter algum ser humano por perto — se apoderou de mim, e incentivei a garota a fofocar, de modo que seus deveres demoraram meia hora a mais para terminar do que o habitual. Mas chegou uma hora em que ela havia feito tudo o que podia ser feito e todas as minhas perguntas tinham sido respondidas, e minhas ordens para o dia seguinte foram reiteradas e a obediência a elas foi declarada, e o relógio da torre bateu uma hora. E Mary, bocejando um pouco, perguntou se eu queria mais alguma coisa, e fui obrigada a responder não, infelizmente; e ela foi embora. O fechamento da porta, por mais delicado que tivesse sido, me afetou de forma desagradável. Passei a não gostar das cortinas, da tapeçaria, dos quadros escuros — de tudo. Detestei o quarto. Senti a tentação de colocar uma capa, correr, parcialmente vestida, para o quarto das minhas irmãs e dizer que havia mudado de ideia e buscava abrigo. Mas elas deviam estar dormindo, pensei, e eu não poderia cometer a indelicadeza de acordá-las. Fiz minhas orações com sinceridade incomum e o coração pesado. Apaguei as velas e estava prestes a deitar a cabeça no travesseiro quando fui tomada pela ideia de bloquear a porta. As velas estavam apagadas, mas a luz da lareira foi suficiente para me guiar.

Eu cheguei à porta. Havia tranca, mas estava enferrujada ou estragada; nem toda a minha força conseguiu fazer a chave girar. O ferrolho estava quebrado, inútil. Com minha intenção frustrada, consolei-me lembrando que nunca tinha precisado de trancas e voltei para a cama. Fiquei acordada por um bom tempo, observando o brilho vermelho das brasas na lareira. Agora, eu estava calma e mais composta. Até mesmo a fofoca leve da camareira, cheia de preocupações e alegrias humanas mesquinhas, tinha me feito bem — desviara meus pensamentos do foco ruim. Eu estava a ponto de adormecer quando fui perturbada duas vezes. Primeiro, por uma coruja, piando na hera lá fora — nenhum som incomum, mas rouco e melancólico; depois, por um uivo longo e triste emitido pelo mastim, acorrentado no pátio do lado de fora da ala que eu ocupava. Um uivo lúgubre e prolongado foi este último, muito semelhante ao anúncio comum de morte na família. Essa era uma fantasia que eu nunca tinha compartilhado; mas, ainda assim, não pude deixar de sentir que os lamentos do cão eram tristes, e expressavam terror, nada parecidos com seu latido feroz e sincero de raiva, mas, sim, como se algo mau e incomum estivesse à solta. Mas logo adormeci.

Por quanto tempo dormi, eu nunca soube. Acordei imediatamente, com aquele sobressalto abrupto que todos conhecemos bem e que num segundo nos leva da total inconsciência ao pleno uso das nossas faculdades. O fogo ainda estava aceso, mas muito baixo, e metade do quarto ou mais estava imersa em sombras. Eu sabia, sentia que havia alguma pessoa ou coisa no aposento, embora nada de incomum pudesse ser visto à luz fraca. Mas foi uma sensação de perigo que me despertou do sono. Experimentei, ainda adormecida, o calafrio e o choque do alarme repentino e soube, mesmo no ato de me livrar do sono como se fosse um manto, *por que* tinha acordado e que algum intruso estava presente. Mas, embora eu prestasse atenção, não ouvia nada, exceto o leve murmúrio do fogo, a queda de uma brasa das barras e as batidas irregulares de meu próprio coração.

Apesar desse silêncio, por alguma intuição eu sabia que não havia sido enganada por um sonho e tinha certeza de que não estava sozinha. Esperei; meu coração bateu forte; as pulsações aumentaram rápido, ficando mais repentinas, como um pássaro em uma gaiola batendo as asas na presença do falcão. Eu ouvi um som fraco, mas bem distinto, o tinir de ferro, o barulho de uma corrente! Arrisquei levantar a cabeça do travesseiro. Por mais fraca e incerta que fosse a luz, vi as cortinas da minha cama tremerem e tive um vislumbre de algo além, um ponto mais escuro na escuridão. Essa confirmação dos meus medos não me surpreendeu tanto quanto me chocou. Tentei gritar alto, mas não consegui emitir uma palavra. A corrente foi sacudida novamente, e desta vez o barulho foi mais alto e claro. Mas, embora eu forçasse os olhos, eles não conseguiram penetrar na obscuridade que envolvia o outro lado do quarto, de onde vinha o tinido sombrio. Em um instante, diversas linhas distintas de pensamento, como fios de várias cores entrelaçados em um, tornaram-se palpáveis para minha visão mental. Era um ladrão? Poderia ser um visitante sobrenatural? Ou seria eu vítima de um truque cruel, como aqueles de que já tinha ouvido falar e que algumas pessoas imprudentes adoram pregar nos tímidos, indiferentes aos seus perigosos resultados? Uma nova ideia, com algum conforto, surgiu. Havia um belo cachorro jovem da raça terra-nova, uma das favoritas do meu pai, que geralmente ficava acorrentado à noite em um banheiro externo. Netuno podia ter se soltado, encontrado o caminho até o meu quarto e, percebendo a porta imperfeitamente fechada, empurrado para abri-la e entrado. Respirei mais livremente quando essa interpretação inofensiva do barulho se impôs a mim. Era — devia ser — o cachorro, e eu estava me angustiando sem necessidade. Resolvi chamá-lo; esforcei-me para enunciar seu nome — "Netuno, Netuno!" —, mas uma apreensão secreta me refreou e fiquei muda. A corrente retiniu cada vez mais perto da cama, e logo vi uma massa disforme e escura aparecer entre as cortinas do lado oposto de onde eu estava deitada. Como desejei ouvir o lamento do pobre animal que eu esperava ser a causa do meu alarme. Mas não; eu não ouvi nenhum som, exceto o farfalhar das cortinas e o barulho da corrente de ferro. Nesse momento, a chama do fogo que se extinguia saltou e, com um olhar rápido e apressado, vi que a porta estava fechada e, que horror! Não é o cachorro! É a aparência de uma forma humana que agora se joga pesadamente na cama, por cima dos lençóis, e fica ali, enorme e escura, no fulgor vermelho, que morre traiçoeiramente depois de mostrar o suficiente para assustar, e afunda na escuridão opaca.

Agora não havia mais luz, embora as brasas vermelhas ainda brilhassem com um tom avermelhado, como os olhos de feras selvagens. A corrente não retiniu mais. Tentei falar, gritar desesperadamente pedindo ajuda; minha boca estava seca, minha língua se recusava a obedecer. Não consegui soltar nenhum grito e, de fato, quem poderia ter me ouvido, sozinha como eu estava naquele quarto isolado, sem nenhum vizinho vivo, e a galeria de retratos entre mim e qualquer socorro que mesmo o grito mais alto e lancinante pudesse convocar. E a tempestade que uivava lá fora teria afogado minha voz, mesmo se houvesse socorro à mão. Chamar em voz alta, perguntar quem estava lá — ai de mim! Que inútil, que perigoso! Se o intruso fosse um ladrão, meus gritos apenas o incitariam à fúria; mas que ladrão agiria assim? Quanto a ser um truque, parecia impossível. E, no entanto, *o que* estava deitado ao meu lado, agora completamente invisível? Esforcei-me para rezar em voz alta, enquanto corria em minha memória uma enxurrada de lendas estranhas — as temidas e fascinantes histórias da minha infância. Eu tinha ouvido e lido sobre os espíritos de homens malignos forçados a revisitar as cenas de seus crimes mundanos, sobre os demônios que se escondiam em certos locais amaldiçoados, sobre o monstro carniçal e o vampiro do Oriente, vagando em meio às sepulturas que vasculhavam, atrás de seus banquetes fantasmagóricos; e estremeci ao contemplar a escuridão vazia onde eu sabia que aquilo estava. A coisa se mexeu, soltou um gemido rouco, e novamente ouvi a corrente tilintar perto de mim — tão perto que quase devia ter me tocado. Eu me afastei, me encolhi de repulsa e pavor da coisa terrível — o que era, eu não sabia, mas sentia que algo maligno estava próximo. Mesmo assim, no limite do medo, não ousei falar; fui estranhamente cautelosa em ficar em silêncio, mesmo ao me afastar ainda mais, pois tinha uma esperança louca de que ele — o fantasma, a criatura, o que quer que fosse — não tivesse descoberto minha presença no quarto. Mas me lembrei de todos os acontecimentos da noite — as profecias agourentas de lady Speldhurst, seus avisos velados, seu olhar incomum quando nos separamos, os convites da minha irmã, meu pavor na galeria, o comentário de que "aquele era o quarto sobre o qual a babá Sherrard costumava falar". E então a memória, estimulada pelo medo, relembrou o passado havia muito esquecido, a má reputação daquele aposento abandonado, os pecados que tinha testemunhado, o sangue derramado, o veneno administrado por um ódio sobrenatural dentro de suas paredes e a tradição que o chamava de assombrado. O quarto verde — agora eu me lembrava de como os empregados o evitavam, com medo, como raramente era mencionado, aos sussurros, quando éramos crianças, e como o tínhamos considerado uma região misteriosa, imprópria para a habitação de um mortal. Seria a forma escura com a corrente uma criatura deste mundo ou um espectro? E, de novo — ainda mais terrível —, seria possível que os cadáveres de homens malignos fossem forçados a se levantar e assombrar fisicamente os lugares em que haviam praticado suas más ações? E seria meu vizinho horrível um desses?

A corrente tilintou baixinho. Meu cabelo se arrepiou; meus globos oculares pareciam saltar das órbitas; a umidade de uma grande angústia cobria minha testa. Meu coração batia forte, como se eu estivesse esmagada por um grande peso. Às vezes, parecia interromper os batimentos frenéticos, às vezes, as pulsações eram violentas e apressadas; minha respiração ficou curta e saía com extrema dificuldade, e estremeci como se de frio; ainda assim, eu temia me mexer. *Ele* se moveu, gemeu, seus grilhões tilintaram tristemente, o colchão rangeu e balançou. Não era um fantasma, então — não era espectro surgido do ar. Mas sua própria solidez, sua presença palpável, era mil vezes mais terrível. Senti que estava nas mãos do que poderia não apenas amedrontar, mas também fazer mal; de algo cujo contato adoecia a alma com um medo mortal. Tomei uma decisão desesperada: saí da cama, agarrei uma manta quente, joguei-a em volta do corpo e tentei tatear, com as mãos estendidas, para encontrar o caminho até a porta. Meu coração palpitava com a esperança de escapar.

Mas eu mal tinha dado um passo e o gemido se renovou, transformando-se em um rosnado ameaçador que teria cabido na garganta de um lobo, e uma mão agarrou minha manga. Fiquei imóvel. O rosnado murmurante se transformou em gemido novamente, a corrente não soou mais, mas aquela mão continuou segurando minha vestimenta e tive medo de me mover. Então, ele sabia da minha presença. Meu cérebro girou, o sangue ferveu nos meus ouvidos e meus joelhos perderam toda a força, enquanto meu coração ofegava como o de um cervo nas mandíbulas do lobo. Eu recuei, e a influência entorpecente do terror extremo me reduziu a um estado de estupor.

Quando minha consciência voltou, eu estava sentada na beira da cama, descalça, tremendo de frio. Tudo estava em silêncio, mas senti que o visitante sobrenatural ainda agarrava minha manga. O silêncio durou muito tempo. De repente, soou uma risada divertida, que me congelou até a medula, e um ranger de dentes como em um frenesi demoníaco; depois, um gemido lamentoso, seguido por silêncio. Horas podem ter passado — não, embora o tumulto de meu próprio coração me impedisse de ouvir o barulho do relógio, *devem* ter passado —, mas pareceram séculos para mim. E o que aconteceu nessas horas? Visões horríveis passaram diante dos olhos doloridos que eu não ousava fechar, mas que olhavam sempre para a escuridão muda onde *ele* estava — meu temido companheiro na vigília da noite. Eu o imaginei em todas as formas abomináveis que uma imaginação abalada poderia invocar: agora como um esqueleto, com olhos encovados e mandíbulas descarnadas, sorridentes; agora como um vampiro, com o rosto lívido e o corpo inchado e a boca pingando sangue. O sol nunca nasceria! Se bem que, quando o dia amanhecesse, eu seria obrigada a vê-lo cara a cara. Tinha ouvido que os espectros e demônios eram compelidos a desaparecer à medida que a manhã clareava, mas aquela criatura era muito real, uma coisa terrestre horrenda demais para desaparecer com o canto do galo. Não! Eu teria que ver aquilo, o horror, cara a cara! Mas o frio prevaleceu, e meus dentes bateram, e tremores percorreram meu corpo, e ainda havia a umidade da agonia na minha testa suada. Algum instinto me fez agarrar um xale ou manto que estava em uma cadeira ao meu alcance e enrolá-lo no corpo. O gemido se renovou e a corrente se mexeu. E afundei na apatia, como uma condenada, nos intervalos de tortura.

As horas passaram voando, e fiquei como uma estátua de gelo, rígida e muda. Eu até dormi, pois lembro que comecei a ver a luz fria e cinzenta de um início de dia de inverno bater no meu rosto e se esgueirar pelo quarto por entre as pesadas cortinas da janela. Estremecendo, mas movida pelo impulso que dirige o olhar do pássaro para a cobra, eu me virei para ver o Horror da noite. Não, não era nenhum sonho febril, nenhuma alucinação de doença, nenhum fantasma etéreo incapaz de enfrentar o amanhecer. À luz mortiça, vi-o deitado na cama, com a cabeça sombria no travesseiro. Um homem? Ou um cadáver ressuscitado da sepultura profana, aguardando o demônio que o animara? Lá estava — uma forma gigantesca e magra, reduzida a um esqueleto, meio vestida, suja de poeira e sangue coagulado, os membros enormes jogados no colchão como se ao acaso, o cabelo desgrenhado espalhado nos travesseiros como a juba de um leão. O rosto estava virado para mim. Oh, que horror insano aquele rosto, mesmo no sono! Nas feições, era humano, mesmo através da máscara horrível de lama e inflamações ensanguentadas meio secas, mas a expressão era brutal e selvagemente feroz; os dentes brancos estavam visíveis entre os lábios entreabertos em um sorriso maligno; o cabelo e a barba emaranhados estavam misturados em confusão leonina, e havia cicatrizes desfigurando a testa. Em volta da cintura da criatura havia um aro de ferro, ao qual estava presa uma corrente pesada, mas quebrada — a corrente que eu ouvira tilintar. Com um segundo olhar, reparei que parte da corrente estava enrolada em palha, para evitar que machucasse o usuário. A criatura — não posso chamá-la de homem — tinha marcas de grilhões nos pulsos, o braço ossudo que se projetava de uma manga esfarrapada exibia cicatrizes e hematomas, os pés estavam descalços e lacerados por seixos e sarças, e um deles estava ferido e enfaixado com um pedaço de pano. E as mãos magras, uma das quais segurava minha manga, tinham garras como as de uma águia. Em um instante, a horrível verdade ficou clara para mim — eu estava nas garras de um louco. Melhor o fantasma que assusta o olhar do que a fera selvagem que dilacera e rasga a carne trêmula — o bruto humano impiedoso que não tem coração para ser amolecido, não tem razão para a qual se apelar, não tem compaixão, nada do homem, exceto a forma e a astúcia. Eu ofeguei de pavor. Ah! O mistério daqueles dedos ensanguentados, aquelas mandíbulas sangrentas e vorazes! Aquele rosto, todo manchado de sangue enegrecido, se revela!

As ovelhas mortas, tão mutiladas e rasgadas, a fantástica carnificina, a marca do pé descalço — tudo, tudo foi explicado; e a corrente, cujo elo quebrado foi encontrado perto dos animais abatidos, vinha de *sua* corrente quebrada — a corrente que ele havia partido, sem dúvida, na fuga do manicômio onde seu furioso frenesi fora acorrentado e amarrado. Em vão! Em vão! Ah, nossa! Como aquele terrível Sansão havia quebrado algemas e barras de prisão — como escapara dos guardiões e carcereiros e de um mundo hostil e viera para cá em seu caminho selvagem, caçado como uma fera predadora e arrebatando seu banquete hediondo também como uma fera? Contudo, através dos farrapos da vestimenta velha e maltrapilha, pude ver as marcas das severidades cruéis e tolas com as quais os homens daquela época tentavam domar o poder da loucura. O flagelo — as marcas estavam lá, e as cicatrizes das duras correntes de ferro, e muitas cicatrizes e vergões, que contavam uma triste história de maus-tratos.

Mas agora ele estava solto, livre para bancar o bruto — o bruto atormentado e torturado que haviam feito dele —, agora, sem a gaiola e pronto para se vangloriar das vítimas que sua força dominaria. Horror! Horror! Eu era a presa — a vítima — já nas garras do tigre; e um enjoo mortal apoderou-se de mim, e o ferro entrou na minha alma, e desejei gritar e fiquei muda! Morri mil mortes enquanto aquela manhã terrível passava. *Não ousei* desmaiar. Mas palavras não podem descrever o que sofri enquanto esperava — e esperei até o momento em que ele abriria os olhos e ficaria ciente de minha presença, pois eu tinha certeza de que ele não sabia. Ele havia entrado no quarto como em um covil, quando cansado e farto de sua orgia horrível, e se deitara para dormir sem desconfiar que não estava sozinho. Até mesmo o fato de agarrar minha manga foi, sem dúvida, um ato realizado entre dormir e acordar, assim como os gemidos e risadas inconscientes, em algum sonho assustador.

As horas se passaram; estremeci ao pensar que logo a casa estaria despertando, que minha camareira viria me chamar como de costume e acordaria aquele ser medonho adormecido. E ele não teria tempo de me rasgar, como rasgou as ovelhas, antes que qualquer socorro pudesse chegar? Por fim, aconteceu o que eu temia: passos leves no patamar — uma batida na porta. Seguiu-se uma pausa e, em seguida, a batida se repetiu, desta vez com mais força. O louco esticou os membros e soltou aquele grito lamentoso, e seus olhos se abriram devagar — muito devagar — e encontraram os meus. A garota esperou um pouco antes de bater pela terceira vez. Eu tremia de medo de que ela abrisse a porta sem ser convidada, visse aquela coisa sombria e, com seus gritos inúteis e seu terror, provocasse o pior. Muito antes que homens fortes pudessem chegar, eu sabia que estaria morta — e que morte!

A camareira esperou, sem dúvida surpresa com minha sonolência incomum, pois em geral eu tinha o sono leve e madrugava, mas relutou em se desviar do hábito e entrar sem permissão. Eu ainda estava sozinha com a coisa em forma de homem, mas agora ele estava acordado. Vi a surpresa espantada em seus olhos cansados e injetados de sangue; eu o vi me encarando com um olhar vago, depois astuto, mas curioso; e vi o demônio do assassinato começar a espiar com aqueles olhos horríveis, e os lábios se abrirem como em um sorriso de escárnio, e os dentes lupinos se exporem. Mas eu não era mais a mesma. O medo me deu uma compostura nova e desesperada — uma coragem estranha à minha natureza. Eu tinha ouvido falar do melhor método para lidar com os insanos; só podia tentar; *tentei*. Calmamente, espantada com a minha própria tranquilidade fingida, enfrentei a visão daqueles olhos terríveis. Firme e destemido foi meu olhar, imóvel minha atitude. Fiquei impressionada comigo mesma, pois, apesar do sofrimento do terror nauseante, eu estava firme na *aparência*. Eles afundaram e se encolheram envergonhados, aqueles olhos medonhos, perante o olhar de uma garota indefesa; e a vergonha que nunca se ausenta da insanidade abateu o orgulho da força, os desejos sangrentos da fera selvagem. O lunático gemeu e abaixou a cabeça cabeluda entre as mãos esquálidas. Eu não perdi nem um instante. Levantei-me e, em disparada, alcancei a porta, abri-a e, com um grito, passei correndo, peguei a garota curiosa pelo braço e, clamando para que ela corresse para salvar a vida, corri como o vento ao longo da galeria, desci o corredor, desci a escada. Os gritos de Mary encheram a casa enquanto ela fugia ao meu lado. Eu ouvi um grito longo e furioso, o rugido de um animal selvagem ludibriado, sem a presa, e soube o que estava atrás de mim. Não virei a cabeça — voei em vez de correr. Eu já estava no corredor; houve uma correria de muitos pés, um clamor de muitas vozes, um som de pés se arrastando e gritos brutais e xingamentos e golpes pesados, e eu caí no chão, gritando:

— Me salvem! — E desmaiei.

Acordei de um transe delirante. Rostos gentis rodeavam minha cama, olhares amorosos eram dirigidos a mim por todos, por meu querido pai e minhas queridas irmãs, mas mal os vi antes de desmaiar novamente...

Quando me recuperei daquela longa doença, durante a qual fui tratada com tanta ternura, os olhares de pena que encontrei me fizeram estremecer. Pedi um espelho. Foi-me negado por muito tempo, mas minha importunação finalmente prevaleceu — um espelho foi trazido. Minha juventude se foi de uma só vez. O espelho me mostrou um rosto pálido e abatido, sem cor nem sangue, como o de quem vê um espectro; e, nos lábios acinzentados, na testa enrugada e nos olhos turvos, não consegui encontrar nada do meu antigo eu. Também o cabelo, antes escuro e volumoso, estava agora branco como a neve, e, em uma noite, a decadência de meio século havia passado pelo meu rosto. Meus nervos também jamais se recuperaram depois daquele choque terrível. Você se surpreende por minha vida ter sido arruinada, por meu amante ter se afastado de mim, com meu estado lamentável?

Agora, estou velha — velha e solitária. Minhas irmãs queriam que eu fosse morar com elas, mas optei por não entristecer suas casas cordiais com meu rosto fantasmagórico e olhos mortos. Reginald se casou com outra e já morreu há muitos anos. Nunca deixei de rezar por ele, apesar de ele ter me abandonado quando fiquei sem nada. Agora, a tristeza está quase acabando. Estou velha, perto do fim, e ansiando por ele. Não fiquei amarga nem dura, mas não suporto ver muitas pessoas e fico melhor sozinha. Tento fazer o bem que posso com a riqueza inútil que lady Speldhurst me deixou e, a meu desejo, minha parte foi dividida entre as minhas irmãs. Que necessidade eu tinha de heranças? Eu, a ruína causada por aquela única noite de horror! ✳

BIOGRAFIA DA AUTORA

ROSEMARY TIMPERLEY

INGLATERRA | 1920–1988

Professora, escritora, jornalista, roteirista e editora são algumas das profissões que Rosemary Timperley exerceu ao longo de sua vida. Londrina de nascença, filha de pai arquiteto e mãe professora, Timperley seguiu a profissão de sua mãe. Tornou-se professora após se graduar em história e, em meados da década de 1940, enquanto ainda trabalhava como professora de inglês e história, enviou alguns contos para revistas e jornais. Após ter seu primeiro trabalho publicado em 1946, na *Illustrated*, uma revista da época, passou a se dedicar integralmente à escrita.

Além de escrever contos e romances, Rosemary Timperley trabalhou como *freelancer*, jornalista e roteirista de rádio e para a televisão. Contar e escrever histórias guiou grande parte de sua vida. Publicou dezenas de histórias em pouco mais de 30 anos de carreira e tornou-se mais conhecida por suas histórias de fantasmas, publicadas em diversas antologias. *Encontro de Natal*, publicado em 1952, é um de seus contos mais famosos, e promove uma interação com o período vitoriano de forma espectral.

167

ROSEMARY TIMPERLEY

Christmas Meeting 1951

ENCONTRO DE NATAL

Sozinha na noite de Natal, uma mulher conhece um escritor que entra por engano em seu quarto e depois desaparece. O que haveria de tão revelador no livro desse homem?

EU NUNCA PASSEI O NATAL SOZINHA. Provoca uma sensação estranha ficar sozinha no meu "quarto mobiliado", com a cabeça cheia de fantasmas e o quarto cheio de vozes do passado. É uma sensação sufocante, todos os natais do passado voltando numa confusão louca: o Natal infantil, com a casa cheia de parentes, uma árvore na janela, uma moedinha escondida no pudim e a bela meia carregada de presentes na manhã escura; o Natal adolescente, com mãe e pai, a guerra e o frio e as cartas do exterior; o primeiro Natal adulto com a pessoa amada, a neve e o encantamento, vinho tinto e beijos, e uma caminhada no escuro antes da meia-noite, com o chão tão branco e as estrelas brilhando como diamantes no céu negro. Tantos Natais ao longo dos anos.

E agora, o primeiro Natal sozinha.

Mas não solitário. Há uma sensação de companheirismo com todas as outras pessoas que estão passando o Natal sozinhas, milhões delas, no passado e no presente. Uma sensação de que, se eu fechar os olhos, não vai haver passado nem futuro, só um presente infinito, que é o tempo, porque é a única coisa que sempre vamos ter.

Sim, por maior que seja o seu cinismo, por mais que não tenha religião, é bem estranha a sensação de estar sozinha no Natal.

Assim, fico absurdamente aliviada quando o jovem entra. Não tem nada de romântico na situação; sou uma mulher de quase cinquenta anos, uma professora solteirona com cabelo escuro sem vida e olhos míopes que já foram bonitos, e ele é um garoto de vinte, vestido de forma nada convencional, com uma delicada gravata vinho e um paletó de veludo preto, e com cachos castanhos que parecem ansiar pela tesoura do barbeiro. A efeminação da vestimenta é traída pelas feições: olhos azuis, pequenos e penetrantes, e nariz e queixo projetados e arrogantes.

Não que ele pareça forte. A pele é delicada nas feições proeminentes e ele é muito branco.

Ele entra sem bater, faz uma pausa e diz:

— Me desculpe. Eu achei que era o meu quarto. — Ele se prepara para sair, mas hesita e diz: — Você está sozinha?

— Estou.

— É... estranho ficar sozinha no Natal, não é? Posso ficar e conversar?

— Eu ficaria feliz com isso.

Ele entra e se senta perto da lareira.

— Espero que você não pense que eu entrei aqui de propósito. Eu realmente achei que fosse o meu quarto — explica.

— Estou feliz que tenha cometido esse erro. Mas você é jovem demais para estar sozinho no Natal.

— Eu não quis passar com a minha família no interior. Atrapalharia meu trabalho. Eu sou escritor.

— Entendo. — Não posso deixar de sorrir um pouco. Isso explica a vestimenta meio incomum. E ele se leva tão a sério, esse jovem! — Claro, você não pode desperdiçar nenhum momento precioso de escrita — digo com uma piscadela.

— Não, nem um momento! É isso que minha família não entende. Eles não compreendem a urgência.

— As famílias nunca apreciam a natureza artística.

— Não mesmo — concorda ele seriamente.

— O que você está escrevendo?

— Poesia e um diário combinados. Chama-se *Meus poemas e eu*, de Francis Randel. Esse é meu nome. A minha família diz que não vê motivo para eu escrever, que sou jovem demais. Mas eu não me sinto jovem. Às vezes, me sinto um velho, com coisas demais para fazer antes de morrer.

— Girando cada vez mais rápido na roda da criatividade.

— Sim! Exatamente isso! Você entende! Você devia ler minha obra uma hora dessas. Por favor, leia minha obra! Leia minha obra!

Há um tom de desespero na voz, e a expressão de medo nos olhos me faz dizer:

— Nós dois estamos ficando solenes demais para um dia de Natal. Vou fazer café para você. E tenho bolo de ameixa.

Eu me levanto, pego xícaras, coloco pó de café no coador. Mas devo tê-lo ofendido, porque, quando olho para trás, vejo que foi embora. Fico absurdamente decepcionada.

Mas termino de fazer o café e me viro para a estante do quarto. Está cheia de livros, o que fez a senhoria se desculpar profusamente:

— Espero que a senhorita não se importe com os livros, mas meu marido não quer se desfazer deles, e não tenho onde guardá-los. Cobramos um pouco menos por esse quarto por esse motivo.

— Não me importo — respondi. — Os livros são bons amigos.

Mas aqueles livros não parecem muito simpáticos. Pego um ao acaso. Ou algum destino estranho guia minha mão?

Enquanto tomo o café e inspiro a fumaça do cigarro, começo a ler o livrinho surrado, publicado, conforme vejo, na primavera de 1852. É quase todo de poesia; coisa imatura, mas vívida. E tem uma espécie de diário. Mais realista, menos afetado. Por curiosidade, para ver se tem alguma comparação divertida, abro na entrada do dia de Natal de 1851 e leio:

"Meu primeiro Natal sozinho. Tive uma experiência bem estranha. Quando voltei para meus aposentos, depois de uma caminhada, havia uma mulher de meia-idade no meu quarto. Primeiro, achei que tinha entrado no quarto errado, mas não era esse o caso, e, depois de uma conversa agradável, ela desapareceu. Acho que era um fantasma. Porém não senti medo. Gostei dela. Mas não me sinto bem hoje. Nem um pouco. Eu nunca me senti assim no Natal."

Havia uma nota do editor depois da última entrada: Francis Randel morreu de um ataque cardíaco fulminante na noite de Natal de 1851. A mulher mencionada naquela entrada do diário foi a última pessoa a vê-lo vivo. Apesar dos pedidos para que se apresentasse, ela nunca fez isso. A identidade dela continua sendo um mistério. ✳

BIOGRAFIA DO AUTOR

ROBERT LOUIS STEVENSON

ESCÓCIA | 1850-1894

Filho de duas gerações de engenheiros, Robert Louis Stevenson foi na contramão do caminho que lhe era esperado. Nascido em Edimburgo, na Escócia, desde jovem mostrava uma inclinação para a literatura. Mesmo tendo cursado engenharia por um tempo, voltou-se para o direito e encontrou na escrita uma promissora profissão.

Stevenson enfrentou problemas respiratórios a vida inteira, o que o impedia de ter uma vida comum. Viveu a maior parte do processo de alfabetização em casa, por meio de seus familiares, e viajava muito em busca de conforto e bem-estar.

Um passeio de canoa em 1876 inspirou seu primeiro livro, *An Inland Voyage*, logo no mesmo ano. Livros de viagem e romances de aventura seriam a marca de Stevenson como autor, que atingiria seu auge com *A ilha do tesouro*, em 1883. O livro ficaria para sempre no imaginário das histórias de pirataria e seria o prelúdio de um sucesso ainda maior conquistado após a publicação de *O médico e o monstro*, outra obra-prima do autor, desta vez de ficção científica, publicada em 1886.

Robert Louis Stevenson é considerado um dos mais importantes autores do século XIX e seus livros continuam ganhando edições e traduções mundo afora.

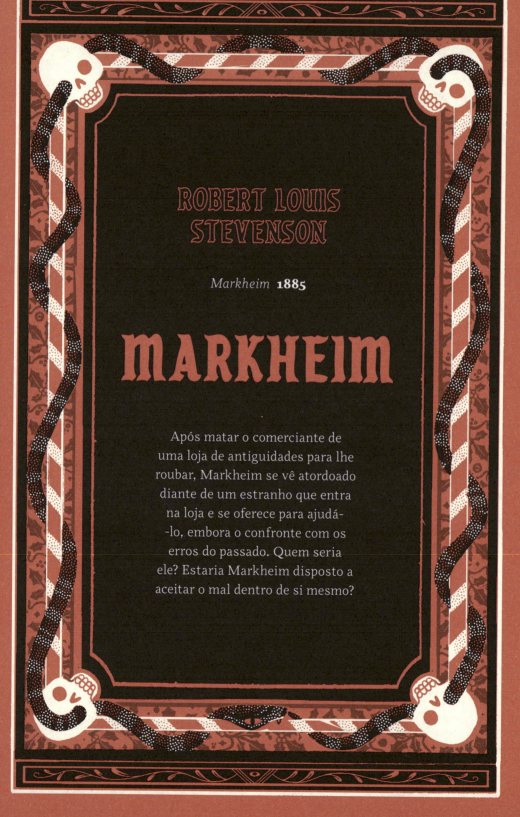

IM, NOSSOS LUCROS SÃO DE VÁrios tipos — disse o comerciante. — Alguns clientes são ignorantes, e faço então bom uso do meu conhecimento superior. Alguns são desonestos — e aqui ele ergueu a vela, de forma que a luz incidiu fortemente sobre o visitante —, e, nesse caso, eu lucro pela minha virtude.

Markheim tinha acabado de chegar da claridade da rua e seus olhos ainda não estavam familiarizados com a mistura de brilho e escuridão da loja. Perante essas palavras afiadas e a proximidade da chama, ele piscou com dor nos olhos e olhou para o lado.

O comerciante riu.

— O senhor vem a mim no dia de Natal — observou ele —, quando sabe que estou sozinho em casa, que fechei as janelas e faço questão de recusar negócios. Bem, terá que pagar por isso; terá que pagar pela minha perda de tempo, quando eu deveria estar fazendo meu balanço; terá que pagar também por um comportamento que hoje observo intensamente no senhor. Sou a essência da discrição e não faço perguntas constrangedoras; mas, quando um cliente não consegue me encarar, ele tem que pagar por isso. — O comerciante riu novamente; depois, mudando para a voz habitual de trabalho, embora ainda com um tom de ironia, perguntou: — Pode oferecer, como sempre, um relato claro de como obteve posse do objeto? Também foi do armário do seu tio? Que colecionador impressionante, senhor!

E o comerciante pequeno e pálido, de ombros curvados, ficou quase na ponta dos pés, olhando por cima dos óculos dourados e abanando a cabeça a cada sinal de descrença. Markheim retribuiu com um olhar de infinita pena e um toque de horror.

— Desta vez, está enganado — disse ele. — Não vim vender, mas comprar. Não tenho raridades das quais me livrar; o armário do meu tio está vazio até o lambril, e, mesmo que ainda estivesse intacto, eu me saí bem na Bolsa de Valores e gostaria mais de acrescentar a ele do que o contrário, e minha missão hoje é simples. Eu procuro um presente de Natal para uma dama — continuou, ficando mais fluente ao seguir o discurso que tinha preparado. — Certamente, devo ao senhor todas as desculpas do mundo por incomodá-lo com uma questão tão pequena. Mas ontem negligenciei a tarefa; preciso oferecer meu pequeno regalo no jantar, e, como o senhor sabe muito bem, um casamento rico não é algo a se negligenciar.

Houve uma pausa em seguida, durante a qual o comerciante pareceu pesar essa declaração com incredulidade. O tiquetaquear de muitos relógios no meio dos objetos curiosos da loja e o ruído suave dos táxis numa via próxima encheram o intervalo de silêncio.

— Bem, senhor, que seja — disse o comerciante. — Afinal, o senhor é cliente antigo; e se, como diz, tem a oportunidade de um bom casamento, longe de mim ser obstáculo. Eis uma coisa bonita para uma dama: este espelho de mão. É do século xv, garantido; vem de uma boa coleção. Mas preservo o nome em segredo, pelo bem do meu cliente, que era, tal como o senhor, sobrinho e único herdeiro de um colecionador notável.

O comerciante, enquanto falava com a voz seca e mordaz, tinha se inclinado para pegar o objeto no lugar onde estava guardado, e, ao fazer isso, um choque passou por Markheim, um sobressalto tanto da mão quanto do pé, um salto repentino de muitas paixões tumultuosas no rosto. Passou tão rapidamente quanto surgiu e não deixou rastro além de um certo tremor na mão que agora pegava o espelho.

— Um espelho — disse ele com voz rouca, fez uma pausa e repetiu mais claramente: — Um espelho? De Natal? Claro que não!

— E por que não? — questionou o comerciante. — Por que não um espelho?

Markheim olhava para ele com uma expressão indefinível.

— O senhor me pergunta por que não? Ora, olhe aqui... olhe nele... olhe a si mesmo! Gosta de ver? Não! Nem eu... nem nenhum homem.

O homenzinho tinha pulado para trás quando Markheim o confrontara tão repentinamente com o espelho; mas agora, ao perceber que não havia nada pior por perto, ele riu.

— Sua futura esposa deve ser desfavorecida fisicamente, senhor — disse ele.

— Eu peço um presente de Natal e o senhor me dá isto? — disse Markheim. — Este maldito lembrete dos anos, dos pecados e das tolices... esta consciência de mão! Foi de propósito? Tinha algo em mente? Conte. Será melhor se falar. Ande, me conte sobre o senhor. Eu arrisco um palpite agora de que, em segredo, o senhor é um homem muito caridoso, não?

O comerciante olhou com muita atenção para o cliente. Era muito estranho, Markheim não parecia estar rindo; havia algo no rosto dele semelhante a uma fagulha ansiosa de esperança, mas nada de alegria.

— Aonde quer chegar? — perguntou o comerciante.

— Não é caridoso? — questionou o outro em resposta, sombrio. — Não é caridoso; não é devoto; não é escrupuloso; não ama, não é amado; uma das mãos para pegar o dinheiro, um cofre para guardá-lo. É só isso? Meu Deus, homem, é só isso?

— Eu vou dizer o que é — o comerciante começou a dizer, com uma certa rispidez, e voltou a rir. — Mas estou vendo que é um casamento por amor esse seu e que o senhor tem celebrado a saúde da dama.

— Ah! — exclamou Markheim, com uma estranha curiosidade. — Ah, já se apaixonou? Me conte sobre isso.

— Eu? — respondeu o comerciante. — Eu, apaixonado! Nunca tive tempo, assim como hoje não tenho tempo para toda essa besteira. Vai levar o espelho?

— Qual é a pressa? — perguntou Markheim. — É muito agradável ficar aqui conversando, e a vida é tão curta e insegura que eu não fugiria de nenhum prazer. Não, nem mesmo um tão brando quanto este. Devemos nos agarrar ao pouco que podemos obter, como um homem na beira de um penhasco. Cada segundo é um penhasco, se pensar bem, um penhasco de mais de um quilômetro de altura, tão alto que, se cairmos, apagará cada feição nossa de humanidade. Por isso é melhor conversar de forma agradável. Vamos falar um do outro: por que deveríamos usar essa máscara? Vamos ser confidentes. Quem sabe nos tornemos amigos?

— Só tenho uma palavra para o senhor: faça a compra ou saia da minha loja!

— Verdade, verdade. Chega de tolices. Aos negócios. Me mostre outra coisa.

O comerciante se inclinou novamente, desta vez para colocar o espelho de volta na prateleira, o cabelo louro fino caindo nos olhos. Markheim chegou um pouco mais perto, uma das mãos no bolso do sobretudo; ele se empertigou e encheu os pulmões; ao mesmo tempo, muitas emoções diferentes transpareciam juntas no rosto dele: terror, horror e determinação, fascinação e uma repulsa física; e, com um movimento frouxo do lábio superior, os dentes apareceram.

— Talvez isso sirva — observou o comerciante; e, quando começou a se levantar, Markheim se aproximou por trás da vítima. A adaga comprida como um espeto reluziu e desceu. O comerciante resistiu como uma galinha, bateu com a têmpora na prateleira e caiu no chão.

O tempo formava um conjunto de pequenas vozes naquela loja, algumas imponentes e lentas, resultado da grande idade, outras loquazes e apressadas. Todas contavam os segundos em um coral intrincado de tique-taques. A passagem dos pés de um rapaz, correndo pesadamente na calçada, interrompeu essas vozes menores e sobressaltou Markheim, trazendo-o de volta à consciência dos arredores. Ele olhou em volta, apavorado. A vela estava na bancada, a chama oscilando solenemente numa corrente de ar; e, com esse movimento insignificante, o aposento todo ficou cheio de uma agitação silenciosa e oscilou como um mar: as sombras altas assentindo, as manchas volumosas de escuridão inchando e murchando como se respirassem, os rostos dos retratos e dos deuses de porcelana mudando e tremeluzindo como imagens na água. A porta interna estava entreaberta e espiava o cúmplice das sombras com um longo raio de luz, como um dedo apontando.

Dessa movimentação temerosa, os olhos de Markheim voltaram para o corpo da vítima, ao mesmo tempo encolhido e espalhado, incrivelmente pequeno e estranhamente mais cruel do que em vida. Com aquelas roupas pobres e mesquinhas, naquela posição desajeitada, o comerciante parecia serragem. Markheim temera vê-lo, mas, ora! Não era nada. Contudo, enquanto olhava, aquela trouxa de roupas velhas e aquela poça de sangue começaram a encontrar vozes eloquentes. Ali ele ficaria; não havia ninguém para operar as dobradiças engenhosas nem conduzir o milagre da locomoção

— ali ele permaneceria até ser encontrado. Encontrado! Sim, e aí? Aí, aquela carne morta soltaria um grito que ressoaria pela Inglaterra e encheria o mundo com os ecos da perseguição. Sim, morto ou não, ele ainda era o inimigo. *Já houve tempo em que, saltado o cérebro...*[4], pensou ele; e a palavra *tempo* abalou sua mente. O tempo, agora que o feito fora realizado; o tempo, que tinha se acabado para a vítima, tornava-se urgente e essencial para o assassino.

O pensamento ainda estava em sua mente quando, primeiro um e depois outro, com toda variedade de ritmo e voz, um grave como o sino da torre da catedral, o outro ressoando nas notas agudas do prelúdio de uma valsa, os relógios começaram a marcar as três horas da tarde.

A eclosão repentina de tantas línguas naquele aposento silencioso o atordoou. Começou a se agitar, indo de um lado para o outro com a vela, cercado de sombras em movimento e sobressaltado até a alma por reflexos casuais. Em muitos espelhos caros, alguns de fabricação local, outros de Veneza ou Amsterdã, ele viu seu rosto repetido e repetido, como se fosse um exército de espiões; os próprios olhos o encontraram e detectaram; e o som dos próprios passos, por mais leves que fossem, perturbavam o silêncio ao redor. E, ainda assim, enquanto ele enchia os bolsos, sua mente o acusava com uma repetição doentia das mil falhas do ato. Devia ter escolhido uma hora mais tranquila;

---

4 "Já houve tempo em que, saltado o cérebro, morria o homem, e esse era o fim." (William Shakespeare, *Macbeth*, Ato III, Cena IV. [N. P.]

devia ter preparado um álibi; não devia ter usado uma faca; devia ter sido mais cauteloso e só amarrado e amordaçado o comerciante, não matado; devia ter sido mais ousado e matado a empregada também; devia ter feito tudo diferente: os arrependimentos mordazes, um trabalho exaustivo e incessante da mente para mudar o que era imutável, para planejar o que agora era inútil, para ser o arquiteto do passado irrevogável. Enquanto isso, e por trás de toda essa atividade, terrores brutos, como a movimentação de ratos em um sótão deserto, enchiam os aposentos mais remotos do cérebro com tumulto; a mão do policial cairia pesadamente no ombro dele, e seus nervos tremeriam como um peixe fisgado; ou ele viu, em sequência galopante, o banco dos réus, a prisão, a forca e o caixão preto.

O pavor das pessoas na rua dominou sua mente como um exército sitiante. Era impossível, pensou, mas algum rumor da luta devia ter chegado aos ouvidos delas e aguçado a curiosidade; e agora, em todas as casas vizinhas, ele as imaginava sentadas, imóveis, com os ouvidos apurados — pessoas solitárias, condenadas a passar o Natal sozinhas com lembranças do passado e agora distraídas, por um sobressalto, dessa carinhosa atividade; festas de famílias felizes, agora em silêncio, em torno da mesa, a mãe ainda com um dedo erguido: cada grau e idade e humor, mas todos, nos próprios lares, espionando e escutando e tecendo a corda que o enforcaria. Às vezes, parecia-lhe que não conseguia se mover com delicadeza suficiente; o tilintar dos cálices altos de cristal da Boêmia soava alto como um sino, e, alarmado pelo volume do tique-taque, ficou tentado a parar os relógios. Por outro lado, em uma mudança rápida de seus pavores, o próprio silêncio do local parecia uma fonte de perigo e uma coisa que chamaria a atenção e faria um passante parar; e ele pisava com mais ousadia e mexia ruidosamente nos objetos da loja e imitava, com bravata elaborada, os movimentos de um homem ocupado à vontade na própria casa.

Mas, agora, estava tão abalado pelos alarmes diferentes que, embora uma porção da mente ainda estivesse alerta e ardilosa, outra tremia à beira da loucura. Uma alucinação em particular ganhou força sobre sua credulidade. O vizinho atento com o rosto branco ao lado da janela, o passante tomado de uma suposição horrível na calçada — ambos podiam no máximo suspeitar, não podiam saber; pelas paredes de tijolo e janelas fechadas, apenas sons conseguiam penetrar. Mas ali, dentro da casa, ele estaria sozinho? Sabia que estava; tinha observado a empregada sair para namorar, com suas melhores roupas pobres, "hoje é meu dia de folga" escrito em cada fita e em cada sorriso. Sim, ele estava sozinho, claro; mas, no volume da casa vazia acima, podia jurar que ouvia uma movimentação de pés delicados — estava seguro e consciente, inexplicavelmente consciente de uma presença. Sim, sem dúvida; a cada aposento e a cada canto da casa sua imaginação seguia o som; e agora era uma coisa sem face, mas tinha olhos para ver; e novamente era uma sombra dele mesmo, mas também a imagem do comerciante morto, imbuído de artimanha e ódio.

De vez em quando, com grande esforço, olhava para a porta aberta, que ainda parecia repelir seus olhos.

A casa era alta, a claraboia pequena e suja, o dia cego de neblina, e a luz que chegava ao térreo era excessivamente fraca, aparecendo pouco na soleira da loja. Ainda assim, naquela faixa de claridade duvidosa não oscilava uma sombra?

Subitamente, da rua lá fora, um cavalheiro muito jovial começou a bater com uma bengala na porta da loja, acompanhando os golpes com gritos e gracejos nos quais o comerciante era continuamente chamado pelo nome. Markheim, transformado em gelo, olhou para o homem morto. Mas, não! Ele continuava deitado e imóvel; estava fora do alcance dos golpes e gritos; estava afundado sob mares de silêncio; e o nome, que antes teria chamado a atenção dele acima do uivo de uma tempestade, tinha se tornado um som vazio. E logo o cavalheiro jovial desistiu de bater na porta e partiu.

Esse foi um forte sinal de que deveria apressar o que faltava ser feito, afastar-se desse cenário acusador, mergulhar no banho das multidões de Londres e chegar, no outro lado do dia, àquele santuário de segurança e aparente inocência: sua cama. Um visitante tinha aparecido: a qualquer momento, outro poderia aparecer e ser mais obstinado. Executar o ato e não colher o lucro seria um fracasso abominável demais. O dinheiro, essa era a preocupação atual de Markheim; e, como meio para o fim, a chave.

Ele olhou por cima do ombro para a porta aberta, onde a sombra ainda esperava e tremia; e, sem repugnância consciente na mente, mas um tremor na barriga, aproximou-se do corpo da vítima. O caráter humano tinha desaparecido. Como um terno meio preenchido com farelo, os membros estavam espalhados, o tronco dobrado no chão; ainda assim, a coisa o repelia. Embora esquálida e insignificante ao olhar, ele temia que pudesse ser mais incômoda ao toque. Segurou o corpo pelos ombros e o virou de costas. Estava estranhamente leve e flexível, e os membros, como se tivessem sido quebrados, caíram em posições estranhas. O rosto estava desprovido de qualquer expressão, mas pálido como cera e chocantemente manchado de sangue em uma têmpora. Para Markheim, essa foi uma circunstância desagradável. Levou-o de volta, no mesmo instante, a um certo dia de feira em um vilarejo de pescadores; um dia cinzento, um vento forte, uma multidão na rua, o som de metais, o estrondo de tambores, a voz anasalada de um cantor de balada; e um garoto indo para lá e para cá, soterrado na multidão e dividido entre interesse e medo, até que, saindo na praça principal da área, viu uma barraca e uma tela grande com imagens, tristemente desenhadas, exageradamente coloridas: Brownrigg e sua aprendiz; os Mannings com seu hóspede assassinado; Weare sob o jugo mortal de Thurtell; e uma série de outros crimes famosos.[5] A coisa foi tão clara quanto uma ilusão; ele voltara a ser aquele garotinho; estava olhando novamente, e com a mesma sensação de repulsa física, para aquelas imagens horríveis; con-

---

5 Elizabeth Brownrigg (1720-1767), encarregada de ensinar serviços domésticos a meninas órfãs, matou Mary Clifford, uma de suas tuteladas; Marie (1821-1849) e Frederick George Manning (?-1849) assassinaram Patrick O'Connor para roubá-lo; William Weare (?-1823) foi assassinado por John Thurtell (1794-1824) por uma dívida de jogo. [N. P.]

tinuava atordoado pela batida dos tambores. Um trecho da música daquele dia surgiu na memória; e, com isso, pela primeira vez, um enjoo se apossou dele, uma onda de náusea, uma fraqueza repentina nas juntas, que ele precisou combater e vencer na mesma hora.

Julgou mais prudente confrontar a fugir dessas considerações, olhar com mais atenção para o rosto morto, forçar a mente a perceber a natureza e grandiosidade do seu crime. Muito pouco tempo antes, aquele rosto tinha se movido a cada mudança de sentimento, aquela boca pálida tinha falado, aquele corpo tinha vibrado com energias controláveis; e agora, e pelo seu ato, aquela vida fora interrompida, da mesma forma como o relojoeiro, com o dedo esticado, interrompe o tique-taquear do relógio. Assim ele argumentou em vão; não conseguia sentir mais remorso na consciência; o mesmo coração que havia tremido perante as efígies pintadas de crimes olhava essa realidade inabalado. Na melhor das hipóteses, teve um lampejo de pena por alguém que fora agraciado em vão com todas aquelas faculdades que podem tornar o mundo um jardim de encantamento, alguém que nunca tinha vivido e que agora estava morto. Mas de penitência, não, nem um tremor.

Com isso, livrando-se dessas considerações, ele encontrou o chaveiro e avançou na direção da porta aberta da loja. Do lado de fora, tinha começado a chover forte, e o som da chuva no telhado havia banido o silêncio. Como uma caverna úmida, os aposentos da casa estavam assombrados por um eco incessante que enchia os ouvidos e se misturava com o tique-taque dos relógios. E, quando Markheim se aproximou da porta, ele pareceu ouvir, em resposta a seu andar cauteloso, os passos de outros pés subindo a escada. A sombra ainda palpitava frouxa na soleira. Ele jogou uma tonelada de determinação para os músculos e puxou a porta.

A luz suave e enevoada do dia cintilou no piso e na escada; na armadura brilhante montada, alabarda na mão, no patamar; e nos entalhes em madeira escura e nos quadros emoldurados pendurados nos painéis amarelos dos lambris. Tão alto era o ruído da chuva pela casa que, aos ouvidos de Markheim, começou a se separar em muitos sons diferentes. Passos e suspiros, o som de regimentos marchando ao longe, o tilintar de dinheiro contado e o gemido de portas entreabertas sorrateiramente pareceram se misturar com a batida das gotas na cúpula e o escorrer da água nos canos. A sensação de que não estava sozinho foi crescendo nele, beirando a loucura. De todos os lados, era assombrado e perseguido por presenças. Ele as ouvia se movendo nos aposentos superiores; na loja, ouviu o morto se levantando; e, quando começou com grande esforço a subir a escada, pés correram em silêncio na frente e seguiram sorrateiros por trás. Se ao menos ele fosse surdo, pensou, que tranquilidade teria na alma! Por outro lado, e tomado de atenção renovada, abençoou a si mesmo por esse sentido inquieto que tudo vigiava e servia como sentinela confiável da sua vida. Sua cabeça se virava continuamente no pescoço; os olhos, que pareciam saltar das órbitas, observavam cada lado, e de cada lado eram meio recompensados com a cauda de algo sem nome desaparecendo. Os vinte e quatro degraus até o primeiro andar foram vinte e quatro agonias.

Naquele primeiro andar, as portas estavam entreabertas, três delas como três emboscadas, abalando os nervos dele como as gargantas de canhões. Sentia que jamais voltaria a estar protegido e armado contra os olhos observadores dos homens, e desejava estar em casa, rodeado de paredes, enfiado embaixo de cobertas e invisível a todos, menos a Deus. E, com esse pensamento, refletiu um pouco, relembrando histórias de outros assassinos e o medo que diziam que eles tinham de vingadores divinos. Pelo menos não era o caso dele. Temia as leis da natureza com receio de que, com seus procedimentos insensíveis e imutáveis, acabassem preservando alguma prova contundente do crime. Temia dez vezes mais, com um terror abjeto e supersticioso, uma cisão na continuidade da experiência do homem, uma ilegalidade obstinada da natureza. Ele fez um jogo de inteligência, contando com as regras, calculando a consequência a partir da causa; e se a natureza, como o tirano derrotado que virou o tabuleiro de xadrez, rompesse o padrão da sucessão? O mesmo que sucedeu a Napoleão (era o que os escritores diziam) quando o inverno mudou a hora da própria chegada. O mesmo poderia acontecer a Markheim: as paredes sólidas poderiam ficar transparentes e revelar os feitos dele como os das abelhas numa colmeia de vidro; as tábuas firmes poderiam ceder sob os pés dele como areia movediça e o agarrar; sim, e havia acidentes mais moderados que poderiam destruí-lo; se, por exemplo, a casa caísse e o aprisionasse ao lado do corpo da vítima, ou se a casa ao lado pegasse fogo e os bombeiros o cercassem de todos os lados. Essas coisas ele temia; e, de certa forma, podiam ser chamadas de mãos de Deus agindo contra o pecado. Mas em relação a Deus ele estava tranquilo; seu ato era sem dúvida excepcional, mas suas desculpas também, e Deus as conhecia; era lá, e não entre os homens, que ele tinha certeza de justiça.

Quando chegou à sala em segurança e fechou a porta ao passar, sentiu que seus temores foram suspensos. A sala estava um tanto desarrumada, sem tapete e cheia de caixas e mobília incongruente; vários espelhos de corpo inteiro, nos quais ele se viu de vários ângulos, como um ator no palco; muitos quadros, com e sem moldura, de pé, virados para a parede; um belo aparador Sheraton, um armário de marchetaria e uma grande cama antiga, com tapeçarias penduradas. As janelas se abriam até o chão, mas, por sorte, a parte inferior tinha sido fechada, e isso o escondia dos vizinhos. Ali, Markheim puxou uma caixa para a frente do armário e começou a procurar uma chave no chaveiro. Foi um trabalho demorado, pois eram muitas, e também penoso, pois, afinal, podia não haver nada no armário, e o tempo urgia. Mas a precisão da atividade o deixou sóbrio. Com o canto dos olhos, ele via a porta; até olhava para ela diretamente de tempos em tempos, como um comandante em cerco, satisfeito de verificar o bom estado de suas defesas. Mas, na verdade, ele estava em paz. A chuva caindo na rua tinha um som natural e era agradável. No momento, do outro lado, as notas de um piano despertaram com a música de um hino, e as vozes de muitas crianças soaram no ar. Que imponente, que confortável melodia! Que revigorantes as vozes jovens! Markheim ouviu com um sorriso enquanto separava as chaves, e sua mente foi tomada por ideias e imagens em resposta: crianças indo à igreja e o toque do órgão; crianças no parque, banhistas no riacho, caminhantes no bosque, pipas no céu cheio de vento e nuvens; e então, em outra cadência do hino, de volta à igreja, e à sonolência dos domingos de verão, e à voz aguda e nobre do pároco (que o fez sorrir um pouco ao lembrar) e às tumbas jacobinas pintadas e às letras desgastadas dos Dez Mandamentos na capela.

E, quando estava assim sentado, ao mesmo tempo ocupado e distraído, ele deu um pulo, sobressaltado. Um lampejo de gelo, um lampejo de fogo, um jorro intenso de sangue tomou conta dele, e ele se levantou, transfixado e nervoso. Um passo subiu a escada lenta e regularmente, e agora havia a mão de alguém na maçaneta, e o trinco estalou e a porta foi aberta.

O medo segurou Markheim como um torno. O que esperar, ele não sabia, se o morto caminhando ou os ministros oficiais da justiça humana ou uma testemunha casual entrando às cegas para enviá-lo para a forca. Mas, quando um rosto passou pela abertura, olhou o aposento, viu-o, assentiu e sorriu como se em reconhecimento amigável e se retirou, e a porta se fechou em seguida, o medo escapou do controle em um grito rouco. Com esse som, o visitante retornou.

— Me chamou? — perguntou ele em tom simpático, e, com isso, entrou na sala e fechou a porta.

Markheim ficou olhando para ele com todos os olhos. Talvez houvesse uma película na sua visão, mas os contornos do recém-chegado pareceram mudar e oscilar como os dos ídolos à luz tremeluzente de velas da loja; e às vezes ele achava que o conhecia; e às vezes achava que tinha uma certa semelhança com ele mesmo; e sempre, como uma pontada de vivo terror, pesava em seu peito a convicção de que aquela coisa não era da Terra e não era de Deus.

Ainda assim, a criatura tinha um ar estranho de trivialidade enquanto olhava para Markheim, sorrindo; e, quando acrescentou:

— Está procurando o dinheiro, não é? — disse em tom de educação comum.

Markheim não respondeu.

— Devo avisá-lo que a empregada deixou o namorado antes do previsto e estará aqui em breve — disse o outro. — Se o sr. Markheim for encontrado nesta casa, não preciso descrever as consequências.

— Você me conhece? — perguntou o assassino.

O visitante sorriu.

— Há tempos você é um dos meus favoritos — disse ele —, e há tempos eu o observo e quero ajudá-lo.

— O que você é? — gritou Markheim. — O diabo?

— O que eu talvez seja não pode afetar o serviço que proponho fazer por você.

— Pode, sim! E afeta! Aceitar sua ajuda? Não, nunca; a sua, não! Você ainda não me conhece; graças a Deus, você não me conhece!

— Eu te conheço — respondeu o visitante, com uma espécie de severidade gentil ou firmeza. — Eu te conheço até a alma.

— Me conhece! Quem poderia me conhecer? Minha vida não passa de uma farsa e uma calúnia contra mim mesmo. Eu vivi para trair minha natureza. Todos os homens fazem isso; todos são melhores do que esse disfarce que cresce em volta e os sufoca. Você vê cada um arrastado pela vida, como alguém que bandidos capturaram e cobriram com uma capa. Se eles tivessem controle próprio, se você pudesse ver o rosto deles, seriam totalmente diferentes, brilhariam como heróis e santos! Eu sou pior do que a maioria; a minha capa cobre mais; a minha desculpa é conhecida minha e de Deus. Mas, se eu tivesse tempo, poderia me revelar.

— A mim? — perguntou o visitante.

— A você antes de todos — respondeu o assassino. — Achei que você fosse inteligente. Achei, já que existe, que você demonstraria ser um leitor do coração. Mas você propõe me julgar pelos meus atos! Pense bem; meus atos! Eu nasci e vivi em uma terra de gigantes; gigantes me arrastaram pelos pulsos desde que nasci da minha mãe. Os gigantes das circunstâncias. E você quer me julgar pelos meus atos! Mas não consegue ver meu íntimo? Não consegue entender que o mal é detestável para mim? Não consegue ver dentro de mim a clara escrita da consciência, nunca borrada por algum sofisma obstinado, embora muitas vezes menosprezada? Não consegue ler em mim uma coisa que deve ser tão comum quanto a humanidade: o pecador involuntário?

— Tudo isso é manifestado com muito sentimento — foi a resposta. — Mas não me diz respeito. Esses pontos de consistência estão fora do meu alcance, e não ligo nem um pouco para qual compulsão pode ter arrastado você, já que foi carregado na direção certa. Mas o tempo voa; a empregada se atrasa olhando os rostos da multidão e as imagens dos painéis, mas continua chegando mais perto; e, lembre-se, é como se a própria forca estivesse caminhando em sua direção pelas ruas, no Natal! Devo ajudá-lo? Eu, que sei tudo? Devo dizer onde encontrar o dinheiro?

— A que preço? — perguntou Markheim.

— Ofereço o serviço a você por um presente de Natal.

Markheim não pôde evitar um sorriso com uma espécie de triunfo amargo.

— Não, eu não aceito nada das suas mãos — disse ele. — Se eu estivesse morrendo de sede e fosse sua mão que levasse a jarra de água aos meus lábios, eu encontraria a coragem de recusar. Pode ser credulidade, mas não farei nada que me comprometa com o mal.

— Não faço objeções aos arrependimentos no leito de morte — observou o visitante.

— Porque você não acredita na eficácia deles! — exclamou Markheim.

— Eu não digo isso, mas vejo essas coisas de um ângulo diferente, e quando a vida acaba meu interesse termina. O homem viveu para me servir, para espalhar olhares sombrios sob o pretexto da religião, ou para semear joio no campo de trigo, como você faz, em uma vida de obediência ao desejo. Agora que chega tão próximo da libertação, ele pode acrescentar apenas um ato de serviço: arrepender-se, morrer sorrindo, e assim aumentar a confiança e a esperança dos mais temerosos entre os meus seguidores sobreviventes. Não sou um mestre tão difícil. Experimente. Aceite minha ajuda. Satisfaça-se na vida como já fez até aqui; satisfaça-se mais amplamente, abra os cotovelos na mesa, e, quando a noite começar a cair e as cortinas forem fechadas, eu digo a você, para seu grande conforto, que vai achar até fácil acertar as contas com a sua consciência, fazer as pazes e submeter-se a Deus. Vim agora mesmo de um leito de morte em que isso aconteceu, e o quarto estava cheio de pessoas sinceras de luto, ouvindo as últimas palavras do homem; e, quando olhei naquele rosto, que estivera firme como uma rocha contra a misericórdia, eu o vi sorrindo de esperança.

— E então você supõe que eu seja como tal criatura? — perguntou Markheim. — Acha que não tenho nenhuma aspiração mais generosa além de pecar, pecar, pecar e, finalmente, entrar sorrateiramente no paraíso? Meu coração se infla com a ideia. Essa é então a sua experiência com a humanidade? Ou é porque você me encontra com as mãos vermelhas que presume tal infâmia? E esse crime de assassinato é de fato tão ímpio a ponto de secar as próprias fontes do bem?

— Assassinato para mim não é categoria especial — respondeu o outro. — Todos os pecados são assassinato, assim como toda vida é guerra. Eu vejo sua raça como marinheiros famintos em uma balsa, arrancando migalhas das mãos da fome e se alimentando das vidas uns dos outros. Eu sigo os pecados além do momento da ação; percebo que tudo tem como última consequência a morte; e, para os meus olhos, a moça bonita que engana a mãe de um jeito tão encantador nas perguntas sobre um baile não derrama sangue humano menos visivelmente do que um assassino como você. Eu disse que sigo os pecados? Sigo as virtudes também; elas diferem por menos do que a espessura de uma unha, ambos são foices para o anjo ceifador da Morte. O mal, pelo qual eu vivo, consiste não em ação, mas em caráter. O homem mau é querido para mim; não o ato mau, cujos frutos, se pudéssemos segui-los pela catarata veloz das épocas, poderiam ainda ser mais abençoados do que as mais raras virtudes. E não é porque você matou um comerciante, mas porque você é Markheim, que eu ofereço ajuda em sua fuga.

— Vou abrir meu coração para você. O crime no qual você me encontra é o último que cometo. No caminho, aprendi muitas lições; ele em si é uma lição, uma lição enorme. Até agora, fui impelido pela revolta para o que não queria; era escravo da pobreza, conduzido e açoitado. Há virtudes robustas que podem suportar essas tentações; a minha não era. Eu tinha sede de prazer. Mas, hoje, saindo dessa situação, levo aviso e riquezas, o poder e uma nova determinação de ser eu mesmo. Eu me torno em todos os sentidos um ator livre no mundo; começo a me ver todo mudado, estas mãos como agentes do bem, este coração tranquilo. Algo me acomete do passado; algo que sonhei nas noites de sabá ao som do órgão da igreja, que previ quando derramei lágrimas sobre livros nobres ou falei, uma criança inocente, com a minha mãe. Lá está minha vida; vaguei sem rumo alguns anos, mas agora vejo novamente minha cidade de destino.

— Você vai usar esse dinheiro na Bolsa de Valores, não? — comentou o visitante. — E lá, se não me engano, você já perdeu alguns milhares?

— Ah, mas desta vez eu tenho uma certeza.

— Desta vez, novamente, você vai perder — respondeu o visitante em voz baixa.

— Ah, mas eu fico com metade! — exclamou Markheim.

— Que você também vai perder.

O suor cobriu a testa de Markheim.

— Bem, qual é o problema? — perguntou ele. — Digamos que se perca, digamos que eu seja jogado na pobreza outra vez; uma parte de mim, a pior, deve continuar até o fim a superar a melhor? O bem e o mal são fortes em mim, puxando-me nas duas direções. Eu não amo uma coisa só, eu amo tudo. Consigo pensar em grandes feitos, renúncias, martírios; e, embora tenha cometido um crime como assassinato, a pena não é estranha aos meus pensamentos. Tenho pena dos pobres; quem conhece as provações deles mais do que eu? Tenho pena e os ajudo; valorizo o amor, amo uma gargalhada honesta; não há uma coisa boa nem verdadeira na Terra que eu não ame com todo o meu coração. E só meus vícios devem direcionar minha vida, e minhas virtudes devem ficar sem efeito, como uma parte passiva da mente? Não mesmo; o bem também é uma fonte de atos.

Mas o visitante ergueu o dedo, dizendo:

— Pelos trinta e seis anos que você está neste mundo, pelas muitas mudanças de sorte e variedades de humor, observei você decair regularmente. Quinze anos atrás, você teria se assustado com roubo. Três anos atrás, teria empalidecido com a palavra assassinato. Existe algum crime, existe alguma crueldade ou maldade que ainda o repugne? Daqui a cinco anos, eu o encontrarei cometendo-a! Para baixo, sempre para baixo é o seu caminho; nada além da morte pode detê-lo.

— É verdade — disse Markheim com voz rouca. — Tenho até certo ponto compactuado com o mal. Mas é assim com todos: os próprios santos, no mero exercício da vida, ficam menos frágeis e assumem o tom dos arredores.

— Vou propor a você uma simples pergunta e, quando responder, lerei para você seu horóscopo moral — disse o outro. — Você ficou mais relaxado em muitas coisas; possivelmente, faz certo em agir assim. E, de qualquer modo, é assim com todos os homens. Mas, considerando isso, há alguma situação específica, por mais insignificante que seja, em que você tenha achado mais se satisfazer com sua própria conduta, ou você se entrega a todas as coisas com rédea solta?

— Alguma? — repetiu Markheim, com a angústia da reflexão. — Não — acrescentou com desespero. — Nenhuma! Eu decaí em todas.

— Então, contente-se com o que você é, pois nunca vai mudar; e as palavras do papel que você cumprirá neste palco estão irrevogavelmente escritas.

Markheim ficou por muito tempo em silêncio, e de fato foi o visitante quem rompeu o silêncio, dizendo:

— Sendo assim, devo mostrar o dinheiro?

— E a graça? — perguntou Markheim.

— Você não a experimentou? Dois ou três anos atrás, não vi você na plataforma de reuniões religiosas, e não era a sua voz a mais alta no hino?

— É verdade; e vejo claramente o que resta a mim como dever. Agradeço a você por essas lições da minha alma; meus olhos estão abertos e eu me vejo finalmente tal como sou.

Neste momento, a nota aguda da campainha soou pela casa; e o visitante, como se fosse um sinal combinado que esperava, mudou na mesma hora o comportamento.

— A empregada! — gritou ele. — Ela voltou, como eu avisei, e agora há perante você mais uma passagem difícil. Você deve dizer que o patrão dela está doente; deve deixá-la entrar com uma postura segura e bem séria. Nada de sorrisos, nem de exageros, e eu lhe prometo sucesso! Com a garota dentro e a porta fechada, a mesma destreza que já o livrou do comerciante o aliviará desse último perigo em seu caminho. Daí em diante, você terá a noite toda, a madrugada toda se necessário, para saquear os tesouros da casa e garantir a sua segurança. Essa é a ajuda que aparece com a máscara do perigo. Levante-se! Levante-se, amigo; sua vida está tremendo na balança. Levante-se e aja!

Markheim olhou com firmeza para seu conselheiro.

— Se estou condenado a cometer atos malignos — disse ele —, ainda há uma porta de liberdade aberta. Posso parar de agir. Se a minha vida é uma coisa maligna, posso renunciar a ela. Embora eu esteja, como você diz verdadeiramente, a serviço de cada pequena tentação, ainda posso, por um gesto decisivo, me colocar além do alcance de todas. Meu amor pelo bem está condenado à esterilidade; pode ser assim, e que seja! Mas ainda tenho meu ódio pelo mal; e disso, para sua grande decepção, você verá que posso tirar tanto energia quanto coragem.

As feições do visitante começaram a passar por uma mudança maravilhosa e bela: iluminaram-se e suavizaram-se com um triunfo delicado e, depois de se iluminarem, apagaram-se e sumiram. Mas Markheim não parou para olhar nem para entender a transformação. Abriu a porta e desceu a escada devagar, pensando. Seu passado passou sobriamente por ele; ele o viu como era, feio e extenuante como um sonho, aleatório como um assassinato involuntário: uma cena de derrota. A vida, enquanto ele a revia, não apresentava mais tentação; mas, do outro lado, percebeu um porto tranquilo para seu barco. Parou na passagem e olhou para a loja, onde a vela ainda ardia ao lado do corpo. Estava estranhamente silenciosa. Lembranças do comerciante surgiram em sua mente enquanto ele olhava, e a campainha tocou mais uma vez, num clamor impaciente.

Ele encarou a empregada na soleira com algo que se assemelhava a um sorriso.

— É melhor você chamar a polícia — disse ele. — Eu matei seu patrão. ✳

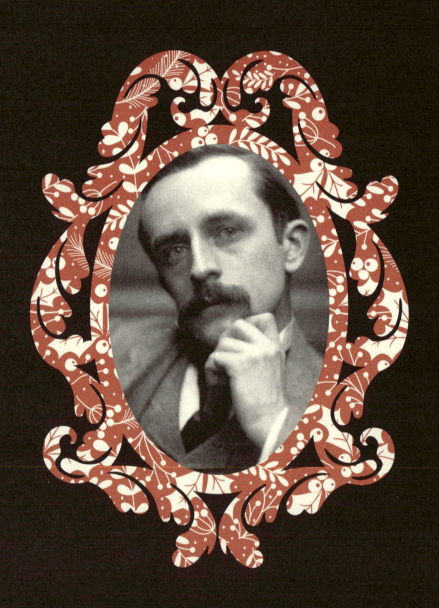

BIOGRAFIA DO AUTOR

J. M. BARRIE

ESCÓCIA | 1860-1937

Peter Pan é uma das histórias mais amadas e conhecidas entre os leitores de todo o planeta. O menino que não queria crescer nasceu da criatividade de James Matthew Barrie, escritor e dramaturgo escocês.

J.M. Barrie, como ficou mais conhecido, lidou com a morte desde cedo. Anos depois de perder seu irmão em um acidente de patinagem, Barrie também se despediria de uma amiga próxima, Sylvia Llewelyn Davies. Viúva, ela lhe deixaria a guarda dos filhos, que serviram de inspiração para uma das histórias mais famosas da cultura pop.

Barrie começou a trabalhar como jornalista e investiu na carreira de escritor *freelancer* até escrever suas primeiras histórias. Peter Pan foi mencionado pela primeira vez em sua peça escrita para o público adulto, *The Boy Who Wouldn't Grow Up* (1904), e imortalizou o autor. Desde então, *Peter Pan* e outras de suas obras continuam sendo impressas e rendendo adaptações para o cinema e a TV.

Entretanto, J.M. Barrie também seria lembrado por suas histórias fantasmagóricas. Com fortes elementos autobiográficos, *Mary Rose* é uma peça de teatro criada pelo autor de *Peter Pan* e traz o protagonismo feminino para as histórias sobrenaturais. Já *O fantasma da véspera de Natal* atravessou gerações e ocupa um merecido espaço entre os outros célebres contos deste livro.

J. M. BARRIE

The Ghost of Christmas Eve **1892**

O FANTASMA DA VÉSPERA DE NATAL

Em Yorkshire, uma mansão é palco de uma conhecida história de fantasma que virou artigo em um jornal, narrada por um hóspede do aposento conhecido como Quarto Assombrado. Um homem investiga a lenda sinistra, que se repete a cada véspera de Natal, que afirma que nenhuma pessoa para quem o fantasma aponta uma pistola sobrevive aos doze meses seguintes.

ALGUNS ANOS ATRÁS, COMO ALGUNS PO-dem lembrar, uma chocante história de fantasma saiu no boletim mensal da Sociedade de Casas Assombradas. O escritor garantiu a veracidade da declaração e até deu o nome da mansão em Yorkshire na qual o caso se sucedeu. O artigo e a discussão que ele gerou me inquietaram muito, e consultei Pettigrew sobre a conveniência de esclarecer o mistério. O autor escreveu que "viu distintamente o próprio braço passar pela aparição e sair do outro lado", e, de fato, ainda me lembro de ele ter dito isso na manhã seguinte. Ele estava com cara de medo, mas tive a presença de espírito de continuar comendo meu pão com geleia como se meu cachimbo não tivesse nada a ver com o acontecimento milagroso.

Ao ver que ele fez da história um "artigo", imagino que seja justificado incrementar os detalhes. Ele diz, por exemplo, que nós ouvimos a história do fantasma que dizem que assombra a casa pouco antes de irmos para a cama. Até onde lembro, a história só foi mencionada no almoço, e com ceticismo. Em vez de haver neve caindo do lado de fora e um vento sinistro uivando em meio aos esqueletos das árvores, a noite estava calma e abafada.

Por fim, eu não sabia, até o jornal chegar às minhas mãos, que ele fora colocado no aposento conhecido como Quarto Assombrado, nem que nesse quarto a lareira é famosa por projetar sombras estranhas nas paredes. Mas isso pode ser verdade. A lenda do fantasma da mansão ele conta exatamente como eu a conheço. A tragédia data da época de Carlos I e é precedida de uma história de amor patética, que não preciso contar. Basta dizer que, por sete dias e noites, o velho mordomo ficou esperando ansiosamente o retorno dos jovens senhor e senhora da lua de mel. Na véspera de Natal, depois de ter ido para a cama, ele ouviu o ressoar alto do sino da porta. Depois de vestir um roupão, ele desceu correndo. De acordo com a história, vários empregados o viram, e perceberam, pela luz da vela dele, que seu rosto estava branco como papel. Ele tirou as correntes da porta, soltou o ferrolho e a abriu. O que viu, nenhum ser humano sabe; mas deve ter sido algo horrível, pois, sem emitir nem um grito, o velho mordomo caiu morto no saguão. Talvez a parte mais estranha da história seja a seguinte: que a sombra de um homem corpulento, com uma pistola na mão, entrou pela porta, passou por cima do corpo do mordomo e, depois de subir a escada, desapareceu, ninguém sabendo dizer aonde foi. Essa é a lenda. Não contarei as muitas explicações engenhosas que me ofereceram. Mas, em toda véspera de Natal, dizem que a cena silenciosa se repete; e a tradição declara que nenhuma pessoa para quem o invasor fantasmagórico aponta a pistola sobrevive aos doze meses seguintes.

No dia de Natal, o cavalheiro que conta a história em um periódico científico criou uma certa sensação à mesa de desjejum ao garantir solenemente que tinha visto o fantasma. A maioria dos homens presentes refutou a história, que pode ser condensada em poucas palavras. Ele tinha se recolhido ao quarto logo cedo, e, quando abriu a porta, a luz da vela se apagou. Tentou acendê-la na lareira, mas o fogo estava baixo demais e ele acabou indo para a cama na semiescuridão. Foi despertado — não sabia em que horário — pelo ressoar de um sino. Sentou-se na cama e a história de fantasma surgiu subitamente na mente dele. O fogo tinha se apagado e, por consequência, o quarto estava escuro; porém, ele sabia, apesar de não ouvir som nenhum, que sua porta tinha sido aberta. Ele gritou: "Quem é?", mas não obteve resposta. Com esforço, levantou-se e foi até a porta, que estava entreaberta. O quarto ficava no primeiro andar, e, ao olhar para a escada, ele não viu nada. Mas teve uma sensação fria no coração quando olhou para o outro lado. Andando devagar e sem emitir som escada abaixo, havia um homem idoso de roupão. Carregava uma vela. Do alto da escada, só se vê uma parte do saguão, mas, quando a aparição desapareceu, o observador teve coragem de descer alguns degraus atrás dela. No começo, não houve nada para ver, pois a luz da vela tinha sumido. Contudo, havia uma luz fraca que entrava pelas janelas longas e estreitas que ladeiam a porta do saguão, e, depois de um momento, o observador viu que o saguão estava vazio. Continuava impressionado com o desaparecimento repentino do mordomo quando, para seu horror, viu um corpo cair no chão do saguão, a uma curta distância da porta. O observador não sabe dizer se gritou nem por quanto tempo ficou lá, tremendo. Voltou a si com um sobressalto quando se deu conta de que algo estava subindo a escada. O medo o impediu de sair correndo, e, em um momento, a coisa estava do lado dele. Percebeu, indistintamente, que não era a mesma figura que tinha visto descer. Viu um homem mais jovem, com um sobretudo pesado, mas sem chapéu na cabeça. No rosto, exibia uma expressão de triunfo extravagante. O hóspede teve a ousadia de esticar a mão na direção da figura. Para sua surpresa, o braço a atravessou. O fantasma parou por um momento e olhou para trás. Foi nessa hora que o observador percebeu que ele carregava uma pistola na mão direita. Àquela altura, o estado do homem era extremamente tenso, e ficou parado, tremendo, com medo de a pistola ser apontada para ele. A aparição, no entanto, deslizou rapidamente escada acima e logo se perdeu de vista. Esses são os fatos principais da história, e eu não contradisse nenhum na ocasião.

Não posso dizer de forma absoluta que sou capaz de esclarecer esse mistério, mas minhas desconfianças são confirmadas em boa parte por provas circunstanciais. Será impossível entender isso a não ser que eu explique minha estranha enfermidade. Aonde quer que eu fosse, era incomodado pelo pressentimento de ter esquecido meu cachimbo. Era comum, mesmo à mesa de jantar, que eu parasse no meio de uma frase, como se acometido de dor repentina. Levava a mão até o bolso. Às vezes, mesmo depois de tatear o cachimbo, eu tinha a convicção de que estava entupido, e só com um esforço desesperado conseguia me impedir de pegá-lo e soprá-lo. Lembro-me claramente de ter sonhado uma vez, três noites seguidas, que estava no expresso escocês sem ele. Mais de uma vez, sei que andei enquanto dormia, procurando-o em todos os lugares, e, depois que ia para a cama, costumava me levantar de novo, só para ter certeza. Portanto, tenho a firme crença de que eu era o fantasma visto pelo autor do texto. Imagino que eu tenha me levantado durante o sono, acendido uma vela e andado até o saguão para ver se meu cachimbo estava guardado no casaco, que estava pendurado lá. A luz se apagou quando eu estava no saguão. É provável que o corpo visto caindo no chão fosse algum outro casaco que joguei lá para alcançar o meu com mais facilidade. Não sei explicar o sino, mas talvez o cavalheiro do Quarto Assombrado tenha sonhado essa parte da história. Eu havia vestido um sobretudo antes de descer; de fato, posso dizer que, na manhã seguinte, fiquei surpreso de encontrá-lo em uma cadeira no quarto e também de notar que havia vários fios longos de cera de vela seca no meu roupão. Concluo que a pistola, que deu ao meu rosto uma expressão de triunfo, fosse meu cachimbo, que encontrei de manhã embaixo do meu travesseiro. O mais estranho de tudo, talvez, é que, quando acordei, havia um cheiro de fumaça de tabaco no quarto. ✳

BIOGRAFIA DO AUTOR

JOHN KENDRICK BANGS

ESTADOS UNIDOS DA AMÉRICA | 1862-1922

A virada do século XVIII trouxe um fascínio ainda maior do público por histórias de fantasmas, e John Kendrick Bangs, com sua escrita sarcástica e perspicaz, soube aproveitar bem a busca dos leitores por narrativas do gênero.

Nascido nos Estados Unidos, J.K. Bangs, como ficou conhecido, era um editor, autor e humorista. Logo após se graduar pela Universidade de Columbia, em Nova York, Bangs se tornou editor da revista *Life*, onde também contribuiu com textos de sua autoria. Logo em seguida, viria a trabalhar para importantes publicações como a *Harper's Magazine*, *Harper's Bazaar* e *Harper's Young People*.

Os trabalhos de Bangs refletiam tendências e interesses da época, como a exploração do subconsciente e a percepção da realidade, mas foram seus contos sobre fantasmas que renderam alguns de seus sucessos mais aclamados. *A história de Natal de Thurlow* se destaca entre contos do gênero, porque traz algumas características que fizeram de J.K. Bangs uma referência entre escritores de histórias de fantasmas. Mais do que explorar o terror associado a esses personagens, Bangs trazia humor e sátiras nas narrativas e, com mais de 30 livros e dezenas de contos publicados, deixou sua marca na literatura.

211

JOHN KENDRICK BANGS

Thurlow's Christmas Story **1894**

A HISTÓRIA DE NATAL DE THURLOW

Henry Thurlow é um escritor lutando para escrever um conto fantasmagórico para a edição de Natal de uma revista. Apavorado por visões e pelo cansaço, e com o prazo para entrega da história se esgotando, ele recebe a visita de um admirador misterioso que lhe oferece a oportunidade de publicar uma obra-prima.

I

(Declaração de Henry Thurlow, autor, para George Currier, editor do Idler, *jornal semanal de assuntos gerais.)*

SEMPRE ACREDITEI, MEU PREZADO CURRIER, que, se um homem deseja ser considerado são e tem alguma estima pela sua reputação como a de alguém que diz a verdade, é melhor ele ficar em silêncio sobre as experiências singulares que acontecem na vida dele. Eu tive muitas experiências assim, mas raramente as revelei, em detalhes ou não, para as pessoas à minha volta, porque sei que mesmo o mais confiável dos amigos as veria apenas como resultado de uma imaginação que não é controlada pela consciência, ou de uma mente cada vez mais fraca e sujeita a alucinações. Sei que elas são verdadeiras, mas até que o sr. Edison ou algum outro mago moderno tenha inventado uma luz forte o suficiente para revelar os segredos da mente e da consciência do homem, não posso provar aos outros que não são mera invenção, ou pelo menos truques de uma fantasia doente. Por exemplo, nenhum homem acreditaria em mim se eu relatasse para ele o fato simples e indiscutível de que uma noite, no mês passado, a caminho da cama pouco depois da meia--noite, sem ter fumado nem bebido, eu vi, olhando-me da escada, com o luar entrando pelas janelas atrás de mim e iluminando-lhe o rosto, uma figura na qual me reconheci em cada forma e feição. Eu poderia descrever o arrepio de terror que chegou ao tutano dos meus ossos e quase me obrigou a recuar pela escada quando reparei — no rosto daquela figura confrontante — em todas as indicações de cada defeito que sei que tenho, de cada instinto maligno, que não sem dificuldade reprimi até então, e percebi que aquela *coisa* era, até onde eu sabia, totalmente independente do meu verdadeiro eu, no qual espero que pelo menos a moral sempre tenha executado uma luta honesta contra o imoral. Eu poderia descrever esse arrepio, como o chamo, de forma tão vívida quanto o senti naquele momento, mas não adiantaria de nada fazer isso, porque, por mais realista que tal descrição pudesse ser, nenhum homem acreditaria que o incidente realmente aconteceu; porém, aconteceu de forma tão verdadeira quanto descrevo, e se repetiu uma dezena de vezes depois, e tenho certeza de que voltará a ocorrer muitas vezes, embora eu fosse capaz de dar tudo que possuo para ter a garantia de que nunca mais aquela criação inquietante de mente ou matéria, seja o que for, cruzará meu caminho. A experiência quase me fez ter medo de ficar sozinho, e me vi inconsciente e inquietantemente olhando para o meu rosto em espelhos, nas vitrines das lojas nas ruas comerciais da cidade, temendo encontrar mais daqueles traços malignos que lutei para ocultar, e consegui esconder até agora, aparecendo num lugar em que todo o mundo, todo o *meu* mundo, possa ver e questionar, depois de ter me conhecido sempre como um homem de atos e sentimentos corretos. Muitas vezes, à noite, o pensamento me ocorreu com força prostrante: e se aquela coisa fosse vista e reconhecida pelos outros, eu, mas não meu eu todo, meu eu indigno e incontrolável, mas ainda reconhecível como Henry Thurlow?

Também mantive silêncio sobre aquela estranha situação que me tortura no sono há um ano e meio; até esta carta, ninguém além de mim sabe que, por um período, tive uma vida de sonhos contínua e lógica; uma vida tão vívida e tão pavorosamente real para mim que me vi às vezes questionando qual das duas vidas eu estava vivendo e qual estava sonhando; uma vida na qual aquele outro eu perverso domina, obrigando-me a uma carreira de vergonha e horror; uma vida que continua cada vez que eu durmo, a partir do ponto onde parou no sono anterior, fazendo-me temer fechar os olhos sem querer quando há outros por perto, por medo de que, ao dormir, eu possa deixar escapar alguma fala que, ao chegar aos ouvidos deles, faça-os acreditar que, em segredo, existe algum mistério sinistro vinculado à minha vida. Não me adiantaria nada contar essas coisas. Revelar os detalhes horríveis só serviria para deixar a minha família e os meus amigos apreensivos comigo, e por isso mantive silêncio sobre eles. Apenas para você, e agora pela primeira vez, eu mencionei os problemas que me oprimem há tanto tempo, e a você os confidencio somente por causa da demanda que você fez, de que eu explique a complicação extraordinária em que a história de Natal que enviei semana passada me envolveu. Você sabe que sou um homem decente; que não sou um garotinho nem amante de truques infantis; e, sabendo disso, sua amizade, ao menos, deveria ter segurado sua língua e sua caneta quando, por meio da primeira, na quarta-feira, você me acusou de pregar uma peça banal e, para você, excessivamente constrangedora — acusação que, na ocasião, fiquei abalado demais para refutar; e, por meio da segunda, na quinta-feira, você reiterou a acusação, junto com uma exigência de explicação da minha conduta que fosse satisfatória para você, ou então minha imediata demissão da equipe do *Idler*. Explicar é difícil, pois tenho certeza de que você vai achar a explicação improvável demais para crer, mas explicar é o que farei. A alternativa, a de pedir demissão da equipe, afeta não só meu bem-estar, mas o dos meus filhos, que precisam de sustento; e, se minha posição com você for tirada de mim, todos os recursos se esgotarão. Não tenho coragem de encarar a demissão, pois não tenho confiança suficiente na minha capacidade de agradar em outro local para tranquilizar meu espírito, nem tenho, se eu agradasse em outro lugar, a certeza de encontrar emprego imediato para meus talentos — o que me é necessário — por conta da presente condição de superlotação do campo literário.

Então, explicar minha aparente piada à sua custa, por mais impossível que pareça, é a minha tarefa; e, para fazer isso da forma mais completa que puder, preciso voltar ao comecinho.

Em agosto você me informou que esperaria que eu fornecesse, como tenho tido o hábito de fazer até agora, uma história para a edição de Natal do *Idler*; que uma certa posição na edição estava reservada para mim e que você já tinha tomado as providências para anunciar o fato de que a história seria publicada. Aceitei a encomenda, e, em sete ocasiões diferentes, comecei a dar forma à narrativa. Mas tive grande dificuldade em fazer isso. Por algum motivo, eu não conseguia concentrar minha mente no trabalho. Assim que eu começava uma história, uma outra melhor, na minha avaliação, se sugeria a mim; e todo o trabalho gasto na história já começada era deixado de lado, e a nova história era iniciada. As ideias eram muitas, mas colocá-las adequadamente no papel parecia além da minha capacidade. Uma história, entretanto, eu terminei; mas, depois que voltou da minha datilógrafa, eu a li, e fiquei cheio de consternação ao descobrir que não passava de um amontoado de frases confusas, não transmitindo ideia nenhuma à mente — uma história que me pareceu, na escrita, ser coerente voltou para mim como um mero exemplo de incoerência — sem forma, sem ideias —, um delírio. Foi nessa hora que procurei você e falei, como você lembra, que eu estava exaurido e precisava de um mês de descanso absoluto, o qual você me concedeu. Abandonei o trabalho por completo e fui para o meio do mato, onde pude ficar totalmente livre de tudo relacionado a trabalho e onde nenhum chamado para voltar à cidade podia me alcançar. Eu pesquei, cacei e dormi; e, como já falei, embora no sono eu me visse levando uma vida que não só não era do meu agrado, mas era horrível para mim em muitos detalhes, eu pude, no fim das minhas férias, voltar para a cidade renovado e, em relação aos meus sentimentos, pronto para assumir qualquer volume de trabalho. Durante dois ou três dias depois do meu retorno, eu me ocupei com outras coisas. No quarto dia após a minha chegada, você me procurou e disse que a história precisava ficar pronta no máximo até 15 de outubro, e garanti que você a teria até lá. Naquela noite, eu a comecei. Eu a mapeei, acontecimento por acontecimento, e, antes de ir para a cama, tinha escrito de mil e duzentas a mil e quinhentas palavras do capítulo de abertura — a história seria contada em quatro capítulos. Depois de chegar a esse ponto, senti um leve retorno de um dos meus ataques nervosos e, ao consultar o relógio, descobri que passava da meia-noite, o que era explicação suficiente para o meu nervosismo: eu estava apenas cansado. Arrumei os manuscritos na mesa para que pudesse continuar facilmente o trabalho na manhã seguinte. Tranquei as janelas e portas, apaguei as luzes e subi para o meu quarto.

Foi nessa hora que fiquei pela primeira vez cara a cara comigo mesmo — aquele outro eu, no qual reconheci, totalmente desenvolvido, cada pedacinho da minha capacidade de ter uma vida perversa.

Imagine a situação se puder. Imagine o horror e pergunte a si mesmo se era provável que, chegando a manhã seguinte, eu conseguiria ter alguma possibilidade de ir até minha mesa de trabalho em condição de preparar para você qualquer coisa digna de publicação no *Idler*. Eu tentei. Imploro para que você acredite que não fui displicente com as responsabilidades da encomenda que você confiou às minhas mãos. Você precisa saber que, se algum dos seus escritores é capaz de avaliar completamente as dificuldades que surgem no caminho de um editor, eu, que já tive experiência editorial, sou capaz, e por isso não faria, naturalmente, nada que aumentasse seus problemas. Você precisa acreditar que fiz um esforço sincero para cumprir minha promessa. Mas foi inútil, e, por uma semana depois daquela visita, qualquer tentativa de trabalhar foi inútil. No fim da semana, eu já estava me sentindo melhor, e novamente comecei, e a história se desenvolveu de forma satisfatória até que... *ela* apareceu de novo. Aquela figura que era a minha própria figura, aquele rosto que era o equivalente cruel do meu semblante, surgiu mais uma vez à minha frente, e novamente fui jogado na desesperança.

Esses eventos continuaram até o dia 14 de outubro, quando recebi sua mensagem peremptória de que a história deveria ser entregue no dia seguinte. Nem preciso dizer que não foi entregue; mas o que preciso dizer, porque você não sabe, é que, na noite do dia 15 de outubro, uma coisa estranha aconteceu comigo, e, na narração desse incidente que quase me desespero para que você acredite, está minha explicação da descoberta do dia 16 de outubro, que colocou minha posição com você em risco.

Às sete e meia da noite do dia 15 de outubro, eu estava na biblioteca tentando escrever. Estava sozinho.

Minha esposa e meus filhos tinham ido passar uma semana em Massachusetts. Havia terminado meu charuto e estava com a caneta na mão, quando a campainha tocou. Nossa empregada, que costuma atender chamados dessa natureza imediatamente, pareceu não ter ouvido a campainha, pois não respondeu ao toque. Mais uma vez, a campainha tocou, e continuou sem ser atendida, até que finalmente, no terceiro toque, eu mesmo fui até a porta. Ao abri-la, vi parado à minha frente um homem de, eu diria, uns cinquenta e poucos anos, alto, magro, de rosto pálido e trajando preto sóbrio. Era totalmente desconhecido. Eu nunca o tinha visto, mas ele tinha um ar agradável e sadio que instintivamente me deixou feliz em vê-lo, sem saber por que nem de onde ele tinha vindo.

— O sr. Thurlow mora aqui? — perguntou ele.

Peço perdão por estar entrando no que podem parecer detalhes insignificantes, mas só com um relato perfeitamente circunstancial de tudo que aconteceu naquela noite é que posso ter esperanças de transmitir, o mais próximo da verdade, a minha história, e que precisa ser verdadeira, eu percebo tão dolorosamente quanto você.

— Eu sou o sr. Thurlow — respondi.

— Henry Thurlow, o escritor? — disse ele com uma expressão surpresa no rosto.

— Sim — falei. E, impelido pela estranha aparência de surpresa no semblante do homem, acrescentei: — Não tenho cara de escritor?

Ele riu e admitiu candidamente que eu não era o tipo de homem que ele esperava encontrar depois de ler meus livros, e entrou na casa em resposta ao meu convite para que fizesse isso. Eu o levei até a minha biblioteca e, depois de pedir que se sentasse, perguntei que assunto tinha a tratar comigo.

A resposta dele foi, no mínimo, gratificante. Disse que era leitor dos meus escritos havia muitos anos e que fazia tempo que tinha grande desejo, para não dizer curiosidade, de me encontrar e dizer o quanto tinha gostado de certas histórias.

— Sou um grande devorador de livros, sr. Thurlow, e tenho o maior prazer em ler seus versos e esquetes humorísticos. Posso ir além e dizer que o senhor me ajudou a superar muitas dificuldades na vida com o seu trabalho. Em ocasiões em que me senti exausto com o serviço ou cara a cara com algum problema complicado na carreira, encontrei muito alívio ao pegar e ler seus livros ao acaso. Eles me ajudaram a esquecer meu cansaço ou meus problemas complicados por uns momentos; e hoje, ao me ver nesta cidade, resolvi visitá-lo esta noite e agradecer por tudo que já fez por mim.

Em seguida, nos envolvemos em uma discussão geral a respeito de escritores e suas obras, e descobri que meu visitante realmente tinha um conhecimento bem detalhado do que tem sido produzido pelos autores da nossa época. Fui conquistado pela simplicidade dele, assim como atraído pela opinião gentil que tinha do meu trabalho, e fiz o possível para entretê-lo, mostrando a ele alguns dos meus tesouros literários na forma de cartas, fotografias e exemplares autografados de livros bem conhecidos que eu recebera dos próprios autores. Disso, partimos de forma natural e fácil para uma conversa sobre os métodos de trabalho adotados pelos literatos. Ele me fez muitas perguntas a respeito dos meus métodos e, depois que, em certa medida, delineei o estilo de vida que havia adotado, contando sobre meus dias em casa e sobre o pouco trabalho administrativo que tinha, ele pareceu muito interessado pela imagem — de fato, eu pintei a imagem da minha rotina diária em cores quase perfeitas demais, pois, quando terminei, ele observou calmamente que eu parecia levar a vida ideal e acrescentou que achava que eu tinha poucas infelicidades.

O comentário me lembrou da realidade temerosa segundo a qual, por alguma perversidade do destino, eu estava destinado a receber visitas de ordem sinistra que estavam praticamente destruindo minha utilidade na minha profissão e meu único recurso financeiro.

— Bem — respondi enquanto minha mente se voltava para o problema desagradável no qual eu estava mergulhado —, não posso dizer que conheço pouca infelicidade. Na verdade, tenho muito dessa coisa indesejável. No momento atual, estou muito constrangido pela minha incapacidade absoluta de cumprir um contrato que assumi e que deveria ter sido cumprido hoje de manhã. Eu tinha que entregar uma história de Natal. As prensas a aguardam, e eu sou totalmente incapaz de escrevê-la.

Ele pareceu profundamente preocupado com a confissão. Eu tinha esperanças, de fato, de que ele pudesse ficar preocupado o bastante para decidir ir embora, para que eu pudesse fazer mais uma tentativa de escrever a prometida história. Entretanto, a solicitude dele apareceu de outra forma. Em vez de me deixar, ele comentou que tinha esperanças de poder me ajudar.

— Que tipo de história tem que ser? — perguntou ele.

— Ah, o conto fantasmagórico tradicional, com um toque natalino aqui e ali para combinar com a época.

— Ah. E o senhor acha que a sua fonte secou?

Foi uma pergunta direta e talvez impertinente, mas achei melhor responder, e responder sem dar a ele uma ideia dos fatos reais. Eu não podia fazer confidências a um estranho completo e descrever para ele os encontros extraordinários que estava tendo com um outro eu sinistro. Ele não acreditaria na verdade, por isso contei uma inverdade e concordei com a suposição dele.

— Sim, a fonte secou — respondi. — Já escrevo histórias de fantasmas há anos, sérias e cômicas, e hoje estou no limite; compelido a seguir em frente, mas preso no lugar.

— Isso explica — disse ele simplesmente. — Quando eu o vi hoje na porta, não consegui acreditar que o autor que me ofereceu tanta felicidade podia ser tão pálido e abatido e parecer tão desprovido de alegria. Perdoe-me, sr. Thurlow, pela minha falta de consideração quando falei que não era como eu esperava.

Dei meu perdão em forma de sorriso, e ele continuou, com certa hesitação:

— É possível que minha vinda não tenha sido totalmente inoportuna. Talvez eu possa ajudar.

Eu sorri de novo.

— Eu ficaria muito grato se o senhor pudesse — falei.

— Mas duvida da minha capacidade disso? — perguntou ele. — Ah... bem... sim, claro que duvida. E por que não duvidaria? Ainda assim, reparei em uma coisa: nas ocasiões em que fiquei perdido no trabalho, uma mera dica de outra pessoa, alguém que não soubesse nada do meu serviço, me levou a uma solução para o meu problema. Eu li a maioria dos seus escritos, pensei em alguns deles muitas vezes e até tive ideias para histórias que, na minha presunção, imaginei serem boas o suficiente para o senhor, e desejei ter sua facilidade com a caneta para poder fazer com elas o que eu achava que o senhor faria se tivessem sido ideias suas.

O rosto pálido do cavalheiro ficou ruborizado quando ele falou isso, e, embora eu não tivesse esperança de que qualquer coisa de valor fosse resultar das ideias dele, não pude resistir à tentação de ouvir o que ele tinha a dizer, pois seu jeito era deliciosamente simples e seu desejo de me ajudar tão evidente. Ele falou sobre sugestões por meia hora. Algumas eram boas, mas nenhuma era nova. Algumas eram irresistivelmente engraçadas e me fizeram bem porque me fizeram rir, e eu não ria naturalmente havia tanto tempo que estremeci só de pensar, com medo de acabar esquecendo como me alegrar. Finalmente, me cansei da persistência dele e, mal disfarçando minha impaciência, falei abertamente que não poderia fazer nada com suas sugestões, mas agradeci pelo espírito de gentileza que o fizera oferecê-las. Ele pareceu um pouco magoado, mas desistiu na mesma hora, e, às nove horas, levantou-se para ir embora. Quando estava andando até a porta, pareceu travar uma luta mental à qual, com determinação súbita, finalmente sucumbiu, pois, depois de pegar o chapéu e a bengala e vestir o sobretudo, ele se virou para mim e disse:

— Sr. Thurlow, não quero ofendê-lo. Ao contrário, é meu maior desejo ajudá-lo. O senhor me ajudou, como já relatei. Por que não posso ajudá-lo?

— Eu garanto, senhor... — comecei a dizer, mas ele me interrompeu.

— Um momento, por favor — disse ele, colocando a mão no bolso interno do casaco preto e tirando dele um envelope endereçado a mim. — Me deixe terminar: é o capricho de alguém que tem afeição pelo senhor. Por dez anos, trabalhei secretamente em uma história. É curta, mas me parece boa. Eu tinha um objetivo duplo ao procurá-lo esta noite. Eu queria não só vê-lo, mas ler minha história para o senhor. Ninguém sabe que eu a escrevi; eu pretendia que fosse uma surpresa para os meus... para os meus amigos. Tinha esperanças de vê-la publicada em algum lugar, e vim aqui pedir seu conselho sobre essa questão. É uma história que escrevi, e reescrevi, e reescrevi de novo, várias vezes, em meus momentos de lazer durante os dez últimos anos, como falei. Não é provável que eu algum dia escreva outra. Tenho orgulho de ter feito isso, mas ficaria mais orgulhoso ainda se... se pudesse de alguma forma ajudar o senhor. Eu a deixo em suas mãos, para imprimi-la ou destruí-la; e, se a imprimir, vê-la impressa bastará para mim; ver seu nome assinando-a será motivo de orgulho para mim. Ninguém nunca saberá, pois, como falei, ninguém sabe que eu a escrevi, e prometo que ninguém saberá caso o senhor decida fazer não só o que sugiro, mas o que peço que faça. Ninguém acreditaria em mim depois que a história aparecesse como *sua*, mesmo que eu esquecesse minha promessa e alegasse que era minha. Tome. É sua. É um direito seu, como pequena retribuição pelo débito de gratidão que tenho com o senhor.

Ele deixou o manuscrito nas minhas mãos e, antes que eu pudesse responder, já tinha aberto a porta e desaparecido na escuridão da rua. Eu corri até a calçada e gritei para ele voltar, mas seria melhor ter poupado meu fôlego e a vizinhança, pois não houve resposta. Segurando a história na mão, entrei em casa e voltei para a biblioteca, onde, depois de me sentar e refletir sobre a curiosa entrevista, percebi pela primeira vez que ignorava completamente o nome e o endereço do meu visitante.

Eu abri o envelope na esperança de encontrar essas informações, mas não estavam lá. Continha apenas um manuscrito com caligrafia caprichada e trinta e poucas páginas, sem assinatura.

E eu li a história. Quando comecei, foi com um leve sorriso nos lábios e a sensação de que estava desperdiçando meu tempo. Mas o sorriso logo sumiu; depois de ler o primeiro parágrafo, não havia mais a questão da perda de tempo. A história era uma obra-prima. Nem preciso dizer para você que não sou um homem de entusiasmos. É difícil despertar essa emoção no meu peito, mas, nessa ocasião, cedi a uma força grande demais para resistir. Eu li as histórias de Hoffman e Poe, os romances maravilhosos de De la Motte Fouqué, os infelizmente pouco conhecidos contos do saudoso Fitz-James O'Brien, contos estranhos de escritores de todos os idiomas já foram examinados por mim ao longo das minhas leituras, e digo a você agora que em toda a minha vida nunca li uma história, um parágrafo, uma linha que pudesse se aproximar em esboço vívido, em estranheza de concepção, em qualquer coisa, em qualquer qualidade que entre na elaboração de uma história verdadeiramente grandiosa, da história que veio parar nas minhas mãos, como contei. Eu a li uma vez e fiquei impressionado. Li uma segunda vez e fiquei... tentado. Era minha. O próprio escritor tinha me autorizado a tratá-la como se fosse minha; tinha sacrificado voluntariamente a autoria para poder me aliviar do meu constrangimento muito urgente. Não só isso; ele tinha quase declarado que, ao botar meu nome no trabalho dele, eu estaria lhe fazendo um favor. Por que não fazer isso, então, perguntei a mim mesmo; e, na mesma hora, meu lado bom rejeitou a ideia como impossível. Como eu poderia divulgar como meu o trabalho de outro homem e manter meu respeito por mim mesmo? Escolhi um rumo diferente e melhor: enviar a história a você no lugar da minha com uma declaração completa das circunstâncias nas quais tinha vindo parar nas minhas mãos, quando aquele demônio surgiu do chão ao meu lado, desta vez com aspecto mais maligno do que antes e atitude mais autoritária. Com um gemido, eu me encolhi nas almofadas da cadeira e, ao passar as mãos nos olhos, tentei obliterar para sempre a visão ofensiva; mas foi inútil. A coisa sinistra se aproximou de mim e, tão verdadeiramente quanto escrevo, sentou-se na beira do meu sofá, onde, pela primeira vez, dirigiu-se a mim.

— Tolo! — disse. — Como pode hesitar? Eis a sua posição: você aceitou um contrato que precisa ser cumprido; já está atrasado e em estado mental de desespero. Mesmo considerando que entre agora e amanhã de manhã você pudesse escrever o número necessário de palavras para preencher o espaço reservado a você, que tipo de coisa acha que essa história alcançaria? Seria uma mera divagação, como aquele outro esforço precioso de agosto. O público, se por algum acaso chegasse a ele, pensaria que você tinha perdido a sanidade por completo; sua reputação acompanharia esse veredito. Por outro lado, se não estiver com a história pronta até amanhã, seu lugar no *Idler* estará destruído. Eles têm as propagandas impressas, e seu nome e seu retrato aparecem entre os colaboradores proeminentes. Você acha que o editor e a editora serão tolerantes com o seu fracasso?

— Considerando meu histórico, sim — respondi. — Eu nunca deixei de cumprir uma promessa a eles.

— E esse é precisamente o motivo para eles serem severos com você. Você, que é visto como um dos poucos homens capazes de fazer quase qualquer tipo de trabalho literário quando querem. Você, de quem se diz que o "cérebro está sempre disponível". Eles serão lenientes com *você*? Bah! Não enxerga que o mero fato de sua prontidão invariável até agora vai tornar sua atual falta de resultado uma coisa incompreensível?

— Então, o que devo fazer? Se eu não consigo, não consigo e pronto.

— Consegue, sim. Há essa história nas suas mãos. Pense no que ela vai fazer por você. É uma das histórias imortais...

— Você leu, então?

— Você não leu?

— Sim... mas...

— É a mesma coisa — disse ele, com um olhar malicioso e um movimento de ombros desdenhoso. — Você e eu somos inseparáveis. Não acha ótimo? — acrescentou, com uma risada que estremeceu cada fibra do meu ser. Fiquei abalado demais para responder, e ele continuou: — É uma das histórias imortais. Nesse ponto, concordamos. Publicada com seu nome, seu nome viverá. As coisas que você escreve lhe darão glória no presente; mas, quando estiver morto há dez anos, as pessoas não vão nem se lembrar do seu nome... a não ser que eu tome o controle de você, e nesse caso haverá um histórico bem bonito, embora não literário, guardado para você.

Novamente, ele riu com crueldade, e escondi o rosto nas almofadas do sofá, torcendo para encontrar, lá, o alívio daquela visão terrível.

— Curioso — falou ele. — O que você chama de seu eu decente não ousa me encarar! Que erro as pessoas cometem quando dizem que o homem que não olha em seus olhos não é de confiança! Como se mero atrevimento fosse sinal de honestidade; na verdade, a teoria da decência é a coisa mais divertida do mundo. Mas ande, o tempo urge. Pegue essa história. O escritor a deu a você e suplicou que você a usasse como sua. É sua. Vai fazer sua reputação e salvá-lo com seus editores. Como pode hesitar?

— Eu não a usarei! — gritei em desespero.

— Você precisa... pensar em seus filhos. E se perder seu vínculo com esses seus editores?

— Mas seria crime.

— Nem um pouco. Quem você vai estar roubando? Um homem que o procurou voluntariamente e deu a você a coisa que você rouba dele. Pense nisso como realmente é... e aja. Mas aja com rapidez. Já é meia-noite.

O tentador se levantou e andou até o outro lado da sala, de onde, enquanto fingia estar olhando alguns dos meus livros e quadros, percebi que ele me espiava com atenção e me compelia gradualmente, por pura força de vontade, a fazer uma coisa que eu abominava. E eu... lutei com fraqueza contra a tentação, mas, gradualmente, aos poucos, cedi e acabei sucumbindo completamente. Eu me levantei, corri até a mesa, peguei a caneta e assinei meu nome na história.

— Pronto! — falei. — Está feito. Salvei a minha posição e fiz minha reputação, e agora sou um ladrão!

— Além de tolo — disse o outro calmamente. — Você não está me dizendo que vai enviar o manuscrito da forma como está...

— Meu senhor! — exclamei. — O que você está tentando me levar a fazer há meia hora?

— A agir como um ser racional. Se você enviar esse manuscrito para Currier, ele vai saber em um instante que não é seu. Ele sabe que você não tem secretário e que essa caligrafia não é sua. Copie.

— Verdade! Hoje não estou com cabeça para detalhes. Farei o que você diz.

Foi o que fiz. Peguei meu bloco, caneta e tinta e, por três horas, dediquei-me diligentemente à tarefa de copiar a história. Quando terminei, reli tudo cuidadosamente, fiz algumas correções menores, assinei, coloquei dentro de um envelope, endereçei a você, colei um selo e fui até a caixa de correio na esquina, onde a enfiei pelo vão e voltei para casa. Quando entrei na biblioteca, meu visitante ainda estava lá.

— Bem, eu queria que você se apressasse e completasse a tarefa — disse ele. — Estou cansado e gostaria de ir embora.

— Quanto mais rápida sua partida, melhor para mim — falei, pegando o manuscrito original da história e me preparando para guardá-lo na escrivaninha.

— Provavelmente — respondeu com desdém. — Também vou ficar feliz de ir, mas não posso fazer isso enquanto esse manuscrito não for destruído. Enquanto ele existir, haverá evidência de que você se apropriou do trabalho de outra pessoa. Ora, você não vê? Queime!

— Não consigo ver as coisas com clareza no crime! Não é meu estilo.

Ainda assim, ao perceber o valor do conselho dele, joguei as páginas, uma a uma, no fogo da lareira e as vi arderem e chamejarem e virarem cinzas. Quando a última folha de papel desapareceu nas brasas, o demônio sumiu. Fiquei sozinho e, ao me jogar no sofá para um momento de reflexão, logo me perdi no sono.

Era meio-dia quando novamente abri os olhos, e, dez minutos depois que acordei, seu chamado telegrafado chegou a mim.

"Venha imediatamente", foi o que você disse, e eu fui; e aí veio o terrível desfecho, mas um desfecho que me agradou, pois aliviou a minha consciência. Você me entregou o envelope contendo a história.

— Você enviou isto? — foi a sua pergunta.

— Enviei. Ontem à noite, ou melhor, de madrugada. Coloquei na caixa de correio por volta das três da madrugada.

— Eu exijo uma explicação da sua conduta — você disse.

— De quê?

— Olhe para sua dita história e veja. Se for uma peça que você está pregando em mim, Thurlow, é de péssimo gosto.

Abri o envelope e peguei as folhas de papel que tinha enviado para você: vinte e quatro delas.

Estavam todas em branco, tal como quando saíram da fábrica de papel!

Você sabe o resto. Sabe que tentei falar, que minhas palavras sumiram e que, ao me ver incapaz, na ocasião, de controlar as emoções, eu me virei e saí correndo como louco do escritório, deixando o mistério sem explicação. Você sabe que me escreveu exigindo uma explicação satisfatória da situação ou meu pedido de demissão da sua equipe.

Essa, Currier, é a minha explicação. É tudo que tenho. É a verdade absoluta. Imploro que acredite nela, pois, se não acreditar, minha condição não terá remédio. Você vai me pedir, talvez, um resumo da história que eu achava que tinha enviado a você.

É meu maior infortúnio que, neste momento, minha mente esteja totalmente em branco. Não consigo me lembrar dela em forma nem em substância. Revirei o cérebro em busca de alguma lembrança de um pequeno trecho para me ajudar a tornar a explicação mais crível, mas, infelizmente, nada volta à minha mente. Se eu fosse desonesto, poderia inventar uma história que se adequasse ao propósito, mas não sou desonesto. Cheguei perto de cometer um ato indigno; eu fiz uma coisa indigna, mas, por uma providência misteriosa do destino, minha consciência ficou limpa dela.

Seja solidário, Currier, ou, se não puder, seja leniente comigo desta vez. *Acredite, acredite, acredite*, eu suplico. Por favor, me responda imediatamente.

(Assinado)
Henry Thurlow.

II

(Bilhete de George Currier, editor do Idler, *para Henry Thurlow, autor.)*

SUA EXPLICAÇÃO CHEGOU A MIM. COMO EXPLIcação, não vale o papel em que foi escrita, mas todos concordamos que essa deve ser a melhor história de ficção que você já escreveu. Está aceita para a edição de Natal. Envio anexado um cheque de cem dólares.

Dawson sugere que você passe outro mês nas Montanhas Adirondack. Enquanto estiver lá, você pode passar o tempo escrevendo um relato dessa vida de sonho que está tendo. Parece-me haver possibilidades nessa ideia. A empresa arcará com todas as despesas. O que me diz?

(Assinado)
Seu amigo, G. C.
1894 ✳

BIOGRAFIA DO AUTOR

ALGERNON BLACKWOOD

INGLATERRA | 1869-1951

Alguns autores deixam marcas tão profundas no gênero dentro do qual escrevem, que se torna difícil separar um do outro. Algernon Blackwood é considerado um dos mais importantes escritores de histórias de fantasmas.

Nascido em Londres, Blackwood morou no Canadá, trabalhando como administrador de um hotel, nos Estados Unidos como repórter, e voltou para a Inglaterra, onde começou a escrever as histórias de horror sobrenatural que o tornaram um aclamado escritor.

Conquistou admiradores como o autor H. P. Lovecraft, que elogiou sua obra-prima, *Os Salgueiros*, como sendo "o melhor *weird tale* da literatura". Esse subgênero da ficção especulativa reinterpreta figuras comuns nas histórias sobrenaturais, e poucas pessoas souberam fazer isso melhor que Blackwood.

Algernon Blackwood escreveu mais de 30 livros, entre romances e contos. Algumas de suas histórias foram adaptadas para o rádio e para a televisão, sendo lidas e contadas por ele mesmo. Blackwood continua influenciando autores, anos após sua morte, e conquistando leitores no mundo todo.

ALGERNON BLACKWOOD

The Kit-Bag 1908

A BOLSA DE VIAGEM

Johnson, o jovem secretário de um advogado, está para sair de férias para os Alpes após o julgamento de John Turk, acusado de assassinar uma mulher, e pede emprestada ao advogado uma bolsa de viagem. Após a entrega, eventos estranhos começam a acontecer, tornando o simples ato de arrumar uma bagagem em momentos de puro terror.

Q UANDO A PALAVRA "INOCENTE" SOOU no tribunal lotado naquela tarde escura de dezembro, Arthur Wilbraham, o grande conselheiro criminal do rei e líder da triunfante defesa, estava representado pelo seu assistente; mas Johnson, seu secretário particular, levou o veredito até seus aposentos, com a rapidez de um raio.

— É o que esperávamos, suponho — disse o advogado, sem emoção. — E, pessoalmente, estou feliz de esse caso ter acabado. — Não havia sinal particular de prazer por sua defesa do assassino John Turk, sob alegação de insanidade, ter sido bem-sucedida, pois, sem dúvida, ele achava, como todo mundo que acompanhara o caso, que nenhum homem merecia mais a forca do que aquele.

— Eu também estou feliz — disse Johnson. Tinha passado dez dias no tribunal olhando para a cara do homem que executara, com detalhismo insensível, um dos assassinatos mais brutais e desumanos dos anos recentes.

O conselheiro olhou para o secretário. Eles eram mais do que empregador e empregado; por família e outros motivos, eram amigos.

— Ah, eu me lembro, sim — disse ele com um sorriso gentil. — E você quer viajar no Natal? Vai patinar e esquiar nos Alpes, não vai? Se eu tivesse sua idade, iria com você.

Johnson deu uma risada breve. Era um jovem de vinte e seis anos, com o rosto delicado como o de uma garota.

— Agora, eu posso pegar o barco da manhã — disse ele. — Mas não é esse o motivo para eu estar feliz de o julgamento ter acabado. Estou feliz porque nunca mais vou ver a cara horrível daquele homem. Me assombrava. Aquela pele branca, com o cabelo preto penteado cobrindo a testa, é uma coisa que nunca esquecerei, e a descrição de como o corpo desmembrado estava cheio de cal dentro daquela...

— Não fique remoendo isso, meu caro — disse o outro, interrompendo-o e olhando para ele com curiosidade nos olhos argutos. — Não pense nisso. Essas imagens têm o hábito de voltar quando menos se espera. — Ele fez um momento de pausa. — Agora, vá, e aproveite suas férias. Eu vou querer toda a sua energia para o meu trabalho parlamentar quando você voltar. E não vá quebrar o pescoço esquiando.

Johnson apertou a mão dele e foi embora. Na porta, ele se virou repentinamente.

— Eu sabia que tinha uma coisa que queria perguntar — disse ele. — Você se importa de me emprestar uma das suas bolsas de viagem? Está tarde para comprar uma hoje, e eu parto de manhã antes de as lojas abrirem.

— Claro; vou mandar Henry levá-la até sua casa. Você a receberá assim que eu chegar à minha.

— Prometo cuidar bem dela — respondeu Johnson com gratidão, feliz de pensar que em trinta horas estaria se aproximando do brilhante sol de inverno dos Alpes. Aquele tribunal criminal era como um sonho maligno na mente dele.

Ele jantou no clube e foi para Bloomsbury, onde ocupava o andar de cima de uma daquelas casas velhas e lúgubres nas quais os aposentos são grandes e altos. O andar abaixo do dele estava vazio e sem mobília, e abaixo havia outros moradores que ele não conhecia. Era um ambiente sem alegria, e ele ansiava por uma mudança. A noite estava ainda menos alegre: estava infeliz, e havia pouca gente por perto. Uma chuva fria e cortante caía pelas ruas, com o vento leste mais forte que ele já tinha sentido, que uivava tristonho em meio às casas grandes e sinistras das praças amplas. Quando Johnson chegou a seus aposentos, ouviu-o assobiando e gritando pelo mundo de telhados pretos do lado de fora das janelas.

No corredor, encontrou a senhoria, protegendo uma vela das correntes de ar com a mão magra.

— Um homem do sr. Wilbr'im trouxe isto, senhor.

Ela apontou para o que era a bolsa de viagem, evidentemente, e Johnson agradeceu e a levou escada acima.

— Eu viajarei de manhã, por dez dias, sra. Monks — disse ele. — Vou deixar um endereço para as cartas.

— E eu espero que o senhor tenha um feliz Natal — respondeu ela com uma voz rouca e ofegante que sugeria uso de álcool — e um tempo melhor do que esse.

— Também espero — concordou o inquilino, tremendo um pouco quando o vento rugiu na rua lá fora.

Quando subiu a escada, ele ouviu o granizo batendo nas vidraças. Botou a chaleira no fogo para fazer uma xícara de café e começou a organizar algumas coisas para sua ausência.

— E agora, preciso fazer a mala, do jeito que der — disse ele, rindo, e começou a trabalhar na mesma hora.

Ele teve prazer em fazer a mala, pois o gesto trouxe as montanhas cobertas de neve vividamente até ele e o fez esquecer as cenas desagradáveis dos últimos dez dias. Além do mais, não era uma atividade de natureza elaborada. Seu amigo tinha emprestado o objeto perfeito: uma bolsa de viagem bem robusta, feita de lona, com buracos na parte da abertura para passar uma barra de metal e um cadeado. Era meio disforme e não muito bonita de olhar, mas sua capacidade era ilimitada, e não havia necessidade de guardar as coisas dentro dela com muito cuidado. Ele enfiou dentro seu casaco à prova d'água, o gorro e as luvas de pele, os patins e as botas de escalada, os suéteres, as botas de neve e os protetores de orelha; por cima de tudo, empilhou camisas de lã e cuecas, as meias grossas, as polainas e as calças. O terno veio em seguida, caso o pessoal do hotel se arrumasse para o jantar, e depois, pensando na melhor forma de colocar as camisas na mala, ele parou por um momento, raciocinando. *Isso é o pior dessas bolsas de viagem*, refletiu vagamente, parado no meio da sala, onde guardava a roupa branca.

Passava das dez horas. Uma rajada furiosa de vento sacudiu as janelas como se para apressá-lo, e ele pensou, com pena, nos pobres londrinos que passariam o Natal naquele clima, enquanto ele estaria percorrendo pistas de neve ao sol forte e dançando à noite com garotas de bochechas rosadas... Ah! Isso o lembrava; precisava colocar os sapatos de dança e as meias sociais na bolsa. Ele foi da sala até o armário no patamar onde guardava as roupas delicadas.

E, ao fazer isso, ouviu alguém subindo a escada com passos suaves.

Ele ficou parado um momento no patamar para ouvir. Era o caminhar da sra. Monks, ele pensou; ela devia estar subindo com a correspondência. Mas os passos pararam subitamente, e ele não ouviu mais nada. Estavam pelo menos dois andares abaixo, e ele chegou à conclusão de que eram pesados demais para serem da senhoria bíbula. Sem dúvida pertenciam a um inquilino tardio que tinha se enganado de andar. Ele foi até o quarto e guardou os sapatos e camisas na bolsa de viagem da melhor forma que pôde.

A bolsa agora estava dois terços cheia e ficou parada de pé por si só, como um saco de farinha. Pela primeira vez, ele reparou que era velha e estava suja, a lona desbotada e puída, e que obviamente tinha sido tratada de forma brusca. Não era uma bolsa muito boa para enviarem para ele; certamente, não era nova, nem valorizada por seu chefe. Ele pensou rapidamente no assunto e voltou a arrumar a mala. Mas, uma ou duas vezes, viu-se imaginando quem poderia estar vagando abaixo, pois a sra. Monks não tinha subido com cartas e aquele andar estava vazio e sem mobília. Além do mais, de tempos em tempos ele tinha quase certeza de que ouvia alguém caminhando suavemente pelas tábuas expostas, com cuidado, tão silenciosamente quanto possível, e, mais ainda, que os sons tinham chegado distintamente mais perto.

Pela primeira vez na vida, começou a sentir um pouco de medo. Como se para enfatizar esse sentimento, uma coisa estranha aconteceu: quando ele saiu do quarto, depois de ter acabado de guardar na bolsa as camisas brancas recalcitrantes, reparou que o topo da bolsa de viagem se inclinava na direção dele com uma semelhança extraordinária com um rosto humano. A lona formava uma dobra que parecia um nariz e uma testa, e os anéis de metal para o cadeado ocupavam a posição dos olhos. Uma sombra (ou seria uma mancha de viagem? Ele não conseguia identificar com exatidão) parecia cabelo. Isso o incomodou bastante, pois era muito absurda e escandalosamente semelhante ao rosto de John Turk, o assassino.

Ele riu e foi para a sala da frente, onde a luz era mais forte.

Aquele caso horrível afetou minha mente, pensou. *Ficarei feliz com uma mudança de cenário e ares.* Mas, na sala, ele não ficou feliz de ouvir de novo aquele caminhar sorrateiro na escada, nem de perceber que estava bem mais perto do que antes, assim como era inconfundivelmente real. E, desta vez, ele se levantou e saiu para ver quem poderia estar se esgueirando na escadaria de cima em horário tão tardio.

Mas o som cessou; não havia ninguém visível na escada. Ele foi até o andar de baixo, não sem nervosismo, e acendeu a luz elétrica para ter certeza de que ninguém estava escondido nos aposentos vazios da suíte desocupada. Não havia nenhum móvel grande o suficiente para esconder sequer um cachorro. Ele chamou a sra. Monks por cima do corrimão, mas não houve resposta, e sua voz ecoou no abismo escuro da casa e se perdeu no rugido da ventania que soprava lá fora. Todo mundo estava na cama, dormindo... todo mundo, exceto ele e o dono do caminhar suave e sorrateiro.

Minha imaginação absurda, suponho, pensou ele. *Deve ter sido o vento, afinal... se bem que me pareceu bem real e bem próximo.* Ele voltou a fazer a mala. Já estava chegando perto da meia-noite. Tomou seu café e acendeu outro cachimbo, o último antes de ir dormir.

É difícil dizer exatamente em que momento o medo começa, quando as causas desse medo não estão plenamente visíveis. As impressões se reúnem na superfície da mente, camada a camada, como o gelo que se forma na superfície da água parada, mas muitas vezes de modo tão sutil que não geram reconhecimento claro pela consciência. Mas, em determinado ponto, as impressões acumuladas se tornam uma emoção definida, e a mente se dá conta de que uma coisa acabou de acontecer. Com um certo sobressalto, Johnson reparou de repente que estava nervoso, estranhamente nervoso; também que, havia algum tempo, as causas desse sentimento estavam se acumulando lentamente na cabeça dele, mas que ele tinha acabado de chegar ao ponto em que foi obrigado a reconhecê-las.

Foi uma indisposição singular e curiosa que tomou conta dele, e nem sabia direito como interpretá-la. Sentia-se como se estivesse fazendo algo que era fortemente contestado por outra pessoa, outra pessoa, além disso, que tinha o direito de se opor. Era um sentimento perturbador e desagradável, semelhante às sugestões persistentes da consciência: quase, na verdade, como se ele estivesse fazendo uma coisa que sabia que era errada. Mas, embora fizesse uma busca vigorosa e sincera na mente, ele não conseguia identificar o segredo dessa inquietação cada vez maior, e isso o deixava perplexo. Mais que isso, o perturbava e assustava.

— Nervosismo puro, suponho — disse ele em voz alta com uma risada forçada. — O ar da montanha vai curar isso tudo! Ah — acrescentou, ainda falando sozinho —, e isso me lembra: meus óculos de neve.

Ele estava parado ao lado da porta do quarto durante esse breve solilóquio e, ao passar rapidamente na direção da sala para pegá-los no armário, viu com o canto do olho o contorno indistinto de uma figura parada na escada, a uma curta distância do topo. Era alguém em posição curvada, com uma das mãos no corrimão e o rosto virado para o patamar. E, no mesmo momento, ele ouviu um passo arrastado. A pessoa que estava se esgueirando abaixo todo aquele tempo tinha finalmente chegado ao andar dele. Quem poderia ser? E o que, em nome dos céus, ela queria?

Johnson prendeu a respiração e ficou imóvel. Depois de hesitar alguns segundos, reuniu coragem e se virou para investigar. A escada, para sua surpresa total, estava vazia; não havia ninguém. Ele sentiu uma série de arrepios frios percorrer seu corpo e algo nos músculos das pernas cedeu um pouco e ficou fraco. Durante vários minutos, ele olhou com firmeza para as sombras que se reuniam no alto da escadaria, onde tinha visto a figura, e, em seguida, andou rápido, quase correu, de fato, até a luz da sala da frente; mas mal tinha passado pela porta quando ouviu alguém subir a escada atrás dele num ritmo veloz e seguir rapidamente para seu quarto. Era um passo pesado, mas ao mesmo tempo sorrateiro; o caminhar de alguém que não desejava ser visto. E foi nesse exato momento que o nervosismo que ele tinha sentido até ali passou do limite e entrou no estado do medo, um medo quase agudo e irracional. Antes que virasse pavor, havia mais um limite a atravessar, e depois disso ficava a região do puro horror. A posição de Johnson não era nada invejável.

— Por Deus! Era alguém na escada, então — murmurou ele, a pele toda arrepiada. — E quem quer que fosse agora foi para o meu quarto.

Seu rosto delicado e pálido ficou totalmente branco, e, por alguns minutos, ele mal soube o que pensar ou fazer. Mas se deu conta intuitivamente de que adiar só aumentava o medo; atravessou o patamar com ousadia e entrou direto no quarto onde, alguns segundos antes, os passos tinham desaparecido.

— Quem está aí? É a sra. Monks? — perguntou ele em voz alta ao entrar, e ouviu a primeira metade das palavras ecoar pela escada vazia, enquanto a segunda metade se chocava com as cortinas de um aposento que aparentemente não exibia nenhuma outra figura humana além da dele. — Quem está aí? — repetiu, com uma voz desnecessariamente alta que, por pouco, se manteve firme. — O que você quer aqui?

As cortinas oscilaram de leve, e, quando ele viu, seu coração pareceu quase ter falhado; mas ele correu para a frente e as puxou de lado de uma vez. Uma janela coberta de água de chuva foi o que recebeu seu olhar. Ele continuou a busca, mas em vão; os armários não tinham nada além de fileiras de roupas, penduradas, imóveis, e, debaixo da cama, não havia sinal de ninguém se escondendo. Recuou até o meio do quarto e, ao fazer isso, uma coisa quase o derrubou no chão. Virando-se com um salto repentino de alarme, ele viu: a bolsa de viagem.

Que estranho!, pensou. *Não foi aqui que a deixei!*

Alguns momentos antes, estava à direita dele, entre a cama e o banheiro; ele não se lembrava de tê-la movido. Era muito curioso. Qual era o problema? Seus sentidos tinham enlouquecido? Um sopro terrível de vento sacudiu as janelas, jogando granizo no vidro com a força de um pequeno tiro, depois foi para longe uivando com consternação pelo amontoado de telhados de Bloomsbury. Uma visão repentina do Canal no dia seguinte surgiu na mente dele e o chamou subitamente de volta à realidade.

— Não há ninguém aqui, de qualquer modo; isso está bem claro! — exclamou ele em voz alta. Mas, na hora em que as proferiu, soube perfeitamente bem que suas palavras não eram verdadeiras e que não acreditava nelas. Sentia-se exatamente como se alguém estivesse escondido ali perto, vendo todos os seus movimentos, tentando atrapalhar seu preparo da mala. — E dois dos meus sentidos — acrescentou ele, mantendo o fingimento — me pregaram peças absurdas: os passos que ouvi e a figura que vi eram totalmente imaginários.

Ele voltou para a sala da frente, atiçou o fogo para aumentar a chama e se sentou na frente dele para pensar. O que o impressionava mais do que qualquer outra coisa era o fato de que a bolsa de viagem não estava mais onde ele a deixara. Tinha sido arrastada para mais perto da porta.

O que aconteceu depois, naquela noite, aconteceu, claro, com um homem já afetado pelo medo, e foi percebido por um homem que não tinha controle total e apropriado, portanto, dos sentidos. Por fora, Johnson permaneceu calmo e dono de si até o final, fingindo até o último instante daquela noite que tudo que ele testemunhava tinha explicação natural ou era apenas ilusão de seus nervos cansados. Mas, por dentro, no coração, ele sabia o tempo todo que alguém tinha se escondido no andar de baixo, na suíte vazia, quando ele entrou, que a pessoa havia observado a oportunidade e subido sorrateiramente até o quarto, e que tudo que ele viu depois, da bolsa de viagem deslocada até... bem, até as outras coisas que esta história tem para contar... foi causado diretamente pela presença dessa pessoa invisível.

E foi aqui, quando ele mais desejava manter a mente e os pensamentos controlados, que as imagens vívidas, recebidas dia após dia nas placas de metal expostas no tribunal de Old Bailey, vieram à luz com toda a força e se revelaram no quarto escuro da sua visão interna. Lembranças desagradáveis e assombrosas têm um jeito de ganhar vida quando a mente menos deseja: nas vigílias silenciosas da noite, em travesseiros insones, durante as horas solitárias passadas ao lado do leito de doentes e moribundos. E assim, agora, do mesmo jeito, Johnson não via nada além do rosto horrível de John Turk, o assassino, virando-se para ele de todos os cantos de seu campo de visão mental; a pele branca, os olhos malignos e a franja de cabelo preto caída na testa. Todas as imagens daqueles dez dias no tribunal voltaram à sua mente espontaneamente, muito vívidas.

— Isso tudo não passa de besteira e nervosismo — ele acabou exclamando, pulando com energia repentina da cadeira. — Vou terminar a mala e vou para a cama. Estou tenso, cansado. Sem dúvida, desta forma vou ficar ouvindo passos e coisas a noite toda!

Mas seu rosto estava pálido mesmo assim. Pegou os óculos e andou até o quarto, cantarolando uma música de salão enquanto caminhava, um pouco alto demais para ser natural; e, assim que atravessou o batente e parou dentro do quarto, algo ficou gelado em seu coração e ele sentiu todos os cabelos da cabeça ficarem em pé.

A bolsa de viagem estava bem na frente dele, metros mais próxima da porta do que ele a tinha deixado, e, por cima do topo murcho, ele viu uma cabeça e um rosto afundando lentamente e sumindo do campo de visão, como se alguém estivesse agachado atrás dela para se esconder, e, no mesmo momento, um som de suspiro longo fez-se ouvir distintamente, no ar parado ao redor dele, entre os sopros da tempestade lá fora.

Johnson tinha mais coragem e força de vontade do que a indecisão infantil que seu rosto indicava; mas, primeiro, uma onda de terror tão grande se apossou dele que por alguns segundos não pôde fazer nada além de ficar parado, olhando. Um tremor violento desceu pelas suas costas e pernas, e ele ficou consciente de um impulso tolo e quase histérico de gritar alto. Aquele suspiro pareceu ser no seu ouvido, e o ar ainda tremia com ele. Era inconfundivelmente um suspiro humano.

— Quem está aí? — ele acabou dizendo ao encontrar sua voz; mas, embora pretendesse falar em uma voz alta e decidida, o som saiu em um sussurro baixo, pois ele tinha perdido parte do controle da língua e dos lábios.

Ele deu um passo à frente, para que pudesse olhar em volta e por cima da bolsa de viagem. Claro que não havia nada lá, nada além do tapete desbotado e das laterais de lona estufadas. Esticou as mãos e abriu a boca da bolsa no ponto em que tinha se fechado, por estar apenas três quartos cheia, e aí viu, pela primeira vez, que, por dentro, a uns quinze centímetros do alto, havia uma mancha larga em vermelho-escuro. Era uma mancha velha e desbotada de sangue. Ele deu um grito e puxou de volta as mãos, como se tivessem se queimado. No mesmo momento, a bolsa de viagem deu um pulo leve, porém inconfundível, na direção da porta.

Johnson desabou para trás, procurando com as mãos o apoio de algo sólido, e a porta, estando mais perto do que ele imaginava, recebeu o peso dele a tempo de impedir a queda e se fechou com um estrondo ressonante. No mesmo instante, o movimento do seu braço esquerdo tocou acidentalmente no interruptor, e a luz dentro do quarto se apagou.

Foi uma situação constrangedora e desagradável, e, se Johnson não estivesse tomado de verdadeira coragem, ele talvez tivesse feito toda sorte de tolices. Mas conseguiu se controlar e tateou furiosamente em busca do botãozinho de metal para acender a luz de novo. Só que o fechamento rápido da porta tinha feito os casacos pendurados nela balançarem, e seus dedos ficaram emaranhados em uma confusão de mangas e bolsos, de forma que demorou um pouco para encontrar o interruptor. E, nesses poucos momentos de desorientação e terror, aconteceram duas coisas que o enviaram em uma viagem sem volta para além da fronteira da região do genuíno terror: ele ouviu o som distinto da bolsa de viagem se arrastando pesadamente pelo piso aos trancos e, bem na frente do rosto dele, soou mais uma vez o suspiro de um ser humano.

Em seus esforços angustiados para encontrar o botão de metal na parede, ele quase arrancou as unhas dos dedos, mas, mesmo naqueles momentos frenéticos de alarme — tão rápidas e alertas são as impressões de um homem tenso por conta de uma emoção vívida —, ele teve tempo de se dar conta de que temia o retorno da luz e que talvez fosse melhor ficar escondido no manto misericordioso da escuridão. Mas não passou de impulso de um momento, e, antes que tivesse tempo de agir, ele tinha voltado automaticamente ao desejo original, e o quarto foi tomado de novo pela luz.

Só que o segundo instinto tinha sido o certo. Teria sido melhor para ele ter ficado no abrigo da gentil escuridão. Pois ali, bem na frente dele, curvada sobre a bolsa de viagem meio preenchida, clara como a vida sob o olhar implacável da luz elétrica, estava a figura de John Turk, o assassino. A menos de um metro dele estava o homem, a franja de cabelo preto marcada claramente na palidez da testa, toda a apresentação horrível do patife, tão vívido quanto Johnson o vira dia após dia em Old Bailey, de pé no tribunal, cínico e indiferente, sob a sombra da forca.

Em um momento, Johnson se deu conta do que significava: a bolsa suja e muito usada; a mancha vermelha na parte interna, no alto; a condição esticada e horrível das laterais curvas. Lembrou que o corpo da vítima fora enfiado em uma bolsa de lona para o enterro, os fragmentos horrendos e desmembrados empurrados com cal para dentro daquela bolsa; e a bolsa em si entregue como prova — tudo isso voltou à cabeça dele, com a clareza do dia...

Muito suave e sorrateiramente, ele tateou atrás de si procurando a maçaneta da porta, mas, antes que pudesse virá-la, a coisa que ele temia mais do que tudo aconteceu, e John Turk levantou o rosto maligno e olhou para ele. No mesmo momento, aquele suspiro profundo passou pelo ar do quarto, formulado, de algum modo, em palavras:

— A bolsa é minha. E eu a quero.

Johnson só se lembrava de ter aberto a porta do quarto e caído no chão do patamar enquanto tentava freneticamente seguir para a sala da frente.

Ele ficou inconsciente por muito tempo, e ainda estava escuro quando abriu os olhos e se deu conta de que estava deitado, o corpo dolorido e machucado, no piso frio. Mas a lembrança do que tinha visto voltou com tudo à mente, e ele desmaiou de novo, na mesma hora. Quando acordou pela segunda vez, a aurora de inverno estava começando a espiar pelas janelas, pintando as estrelas de um cinza triste e lúgubre, e ele conseguiu engatinhar até a sala da frente e se cobrir com um sobretudo na poltrona, onde acabou adormecendo.

Uma barulheira o acordou. Ele reconheceu a voz da sra. Monks, alta e loquaz.

— O quê! O senhor não foi para a cama! Está doente ou aconteceu alguma coisa? E tem um cavalheiro querendo vê-lo com urgência, apesar de não serem ainda sete horas e...

— Quem é? — gaguejou ele. — Eu estou bem, obrigado. Adormeci na poltrona, ao que parece.

— Alguém do sr. Wilb'rim, e ele diz que precisa vê-lo rapidamente antes que o senhor viaje, e eu disse para ele...

— Mande-o subir, por favor, agora mesmo — disse Johnson, cuja cabeça estava girando, a mente ainda cheia de visões terríveis.

O empregado do sr. Wilbraham chegou com mil pedidos de desculpas e explicou breve e rapidamente que um erro absurdo tinha sido cometido e que a bolsa de viagem errada tinha sido enviada na noite anterior.

— De alguma forma, Henry pegou a que veio do tribunal, e o sr. Wilbraham só descobriu quando viu a dele no quarto e perguntou por que não tinha sido entregue ao senhor — disse o homem.

— Ah! — disse Johnson estupidamente.

— E ele deve ter trazido a do caso de assassinato no lugar, senhor, infelizmente — continuou o homem, sem o fantasma de uma expressão no rosto. — A que John Turk usou para guardar o cadáver. O sr. Wilbraham está muito aborrecido, senhor, e me disse para vir logo cedo hoje com a bolsa certa, pois o senhor vai pegar um barco.

Ele apontou para uma bolsa de viagem limpa que tinha acabado de trazer.

— E eu tenho que levar a outra de volta, senhor — acrescentou, casualmente.

Por alguns minutos, Johnson não conseguiu encontrar a voz. Ele finalmente apontou na direção do quarto.

— Será que você pode fazer a gentileza de desarrumá-la para mim? Pode esvaziar tudo no chão.

O homem entrou no quarto e ficou lá por cinco minutos. Johnson ouviu a movimentação da bolsa e o barulho dos patins e botas sendo retirados.

— Obrigado, senhor — disse o homem, voltando com a bolsa dobrada no braço. — E posso fazer mais alguma coisa para ajudá-lo?

— O que foi? — perguntou Johnson ao ver que ele ainda desejava dizer alguma coisa.

O homem se movimentou e pareceu misterioso.

— Peço perdão, senhor, mas, sabendo do seu interesse no caso Turk, achei que talvez o senhor quisesse saber o que aconteceu...

— Sim.

— John Turk se matou ontem à noite com veneno, logo ao ser solto, e deixou um bilhete para o sr. Wilbraham dizendo que ficaria muito agradecido se o enterrassem, assim como ele fez com a mulher que matou, na velha bolsa de viagem.

— A que horas... ele fez isso? — perguntou Johnson.

— O carcereiro diz que foi às dez da noite de ontem, senhor. ✳

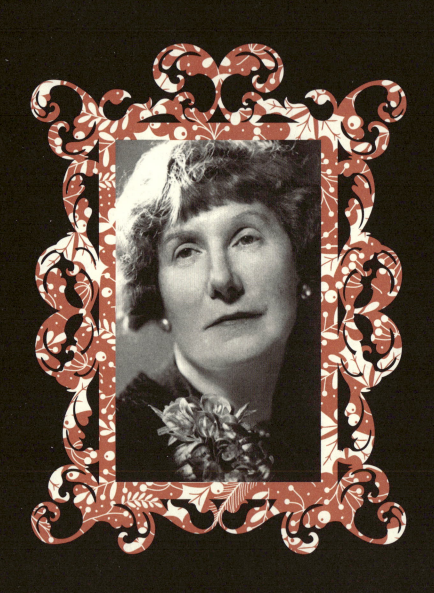

BIOGRAFIA DA AUTORA

MARJORIE BOWEN

INGLATERRA | 1885-1952

Marjorie Bowen, pseudônimo de Margaret Campbell, é uma das mais influentes escritoras de histórias de terror. Autora de mais de 150 publicações, inspirou gerações de autores.

Após a morte prematura do pai alcoólatra e a criação por parte de uma mãe solteira e pouco presente, a família sofreu com a pobreza. Por muito tempo, com a renda de sua carreira de escritora, Bowen foi a principal provedora de sua família.

Com apenas 16 anos, escreveu seu primeiro livro intitulado *The Viper of Milan*, um romance histórico que se passa na Itália do século XIV. O livro foi recusado por onze editoras por conter uma violência explícita considerada inadequada para uma autora do gênero feminino. No entanto, quando publicado, tornou-se um *best-seller*, o que garantiu um início promissor de uma carreira notória.

Seu legado seria marcado por suas histórias de terror. Em sua autobiografia, Marjorie (Margaret Campbell) comenta sobre várias casas mal-assombradas onde viveu ao longo da vida e como serviram de inspiração. Em uma delas, a autora e sua família perceberam acontecimentos estranhos, como luzes piscando, passos e barulhos irreconhecíveis. Ela tirou dali a inspiração para o que se tornaria uma carreira de enredos sobrenaturais.

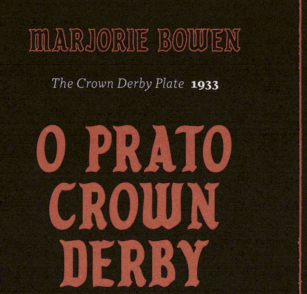

MARJORIE BOWEN

The Crown Derby Plate **1933**

O PRATO CROWN DERBY

Martha, a gerente de um antiquário, comprou num leilão na casa Hartleys um conjunto de porcelanas Crown Derby, no qual faltava um prato. Trinta anos depois, na esperança de encontrar o prato desaparecido, ela visita o mesmo local, hoje envolto em histórias de fantasmas e onde mora uma excêntrica colecionadora de porcelanas.

MARTHA PYM DISSE QUE NUNCA TINHA visto um fantasma e que gostaria muito de ver um, "especialmente no Natal, pois, podem rir o quanto quiserem, é a época correta para se ver um fantasma".

— Acho que você nunca verá — respondeu sua prima Mabel com tranquilidade, enquanto a prima Clara tremia e dizia que esperava que elas mudassem de assunto, porque ela não gostava nem de pensar naquelas coisas.

As três mulheres idosas e alegres estavam sentadas em volta de um fogo alto, aconchegadas e satisfeitas após um dia de atividades agradáveis. Martha era convidada das outras duas, que eram donas da bela e conveniente casa de campo; ela sempre ia passar o Natal com as Wyntons e achava a vida sossegada do campo um prazer, depois da agitação de Londres, pois era gerente de um antiquário do melhor tipo e trabalhava arduamente. Mas ainda tinha gosto pelo trabalho e pelo lazer, apesar dos sessenta anos, e seu passado fora uma sucessão de dias prazerosos, que ansiava manter no futuro.

As outras duas, Mabel e Clara, levavam vidas mais tranquilas, mas não menos agradáveis; tinham mais dinheiro e menos interesses, mas se divertiam muito.

— Falando em fantasmas — disse Mabel —, eu queria saber como aquela velha de Hartleys está, pois, como vocês sabem, dizem que Hartleys é assombrada.

— Sim, eu sei — respondeu a srta. Pym, sorrindo —, mas, em todos esses anos, nós nunca ouvimos nada definitivo, não é mesmo?

— Não — declarou Clara. — Mas há aquele boato persistente de que a casa é sinistra, e *nada* me faria morar lá!

— É mesmo muito solitário e temeroso lá na charneca — admitiu Mabel. — Mas, quanto ao fantasma... nós nunca ouvimos nem *o que* ele supostamente é.

— Quem foi morar lá? — perguntou a srta. Pym, lembrando que Hartleys era mesmo muito desolada, que estava fechada havia muito tempo.

— Uma tal srta. Lefain, uma criatura velha e excêntrica. Acho que você a conheceu aqui, dois anos atrás...

— Acredito que sim, mas não me lembro dela.

— Nós não a vemos desde aquela época. Hartleys é muito inacessível, e ela não parecia querer visita. Ela coleciona porcelana, Martha, e você deveria ir visitá-la e falar da loja.

Com a palavra "porcelana", certas associações curiosas surgiram na mente de Martha Pym; ela ficou em silêncio enquanto lutava para juntá-las, e, depois de um ou dois segundos, tudo se encaixou numa imagem bem clara.

Ela lembrou que trinta anos antes... sim, deviam ser trinta anos quando, ainda jovem e morando com as primas (na época, a tia ainda estava viva), investira todo o seu capital no ramo de antiguidades, e fora de charrete, pela charneca, até Hartleys, onde houvera um leilão; tinha esquecido completamente todos os detalhes, mas conseguia se lembrar bem de ter comprado um conjunto lindo de porcelana que ainda era um dos seus maiores orgulhos, um conjunto perfeito Crown Derby, exceto por um prato que faltava.

— Que estranho que a srta. Lefain também colecione porcelana — comentou ela —, pois foi em Hartleys que comprei meu querido conjunto Derby. Eu nunca consegui substituir aquele prato...

— Estava faltando um prato? Acho que lembro — disse Clara. — Não falaram que devia estar em algum lugar da casa e que deviam procurar?

— Acredito que sim, mas claro que nunca mais tive notícias, e esse prato faltante me irrita desde essa época. Quem era dono de Hartleys?

— Um velho antiquário, sir James Sewell; acredito que ele fosse parente da srta. Lefain, mas não sei...

— Será que ela encontrou o prato? — refletiu a srta. Pym. — Imagino que tenha virado a casa de cabeça para baixo...

— Por que não ir até lá e perguntar? — sugeriu Mabel. — Um prato sozinho não tem muita utilidade para ela, caso o tenha encontrado.

— Não seja tola — disse Clara. — Imagine ir até a charneca com esse tempo para perguntar sobre um prato desaparecido tantos anos atrás. Sei que Martha não pensaria nisso...

Mas Martha pensava; estava um tanto fascinada pela ideia. Como seria estranho e agradável se, depois de tantos anos, quase uma vida, ela encontrasse o prato Crown Derby, cuja perda sempre a incomodou! E essa esperança não parecia tão fantástica. Era bem provável que a velha srta. Lefain, ao revirar a casa antiga, tivesse encontrado a peça desaparecida.

E, claro, se a tivesse encontrado, por também ser colecionadora, é provável que estivesse disposta a abrir mão dela para completar o conjunto.

Sua prima tentou dissuadi-la; a srta. Lefain, declarou ela, era reclusa, uma criatura estranha que poderia se ressentir muito de uma visita e de um pedido assim.

— Bem, se ela se incomodar, é só eu ir embora — disse a srta. Pym, sorrindo. — Ela não vai me agredir, e eu gosto de encontrar gente curiosa assim; de qualquer modo, temos um amor em comum por porcelana antiga.

— Parece besteira pensar nisso depois de tantos anos. Um prato!

— Um prato Crown Derby — corrigiu a srta. Pym. — É mesmo estranho eu não ter pensado nisso antes, mas, agora que botei na cabeça, não consigo tirar. Além do mais — acrescentou, esperançosa —, talvez eu veja o fantasma.

Mas os dias estavam tão cheios de compromissos locais agradáveis que a srta. Pym não teve chance imediata de pôr o plano em prática; porém, não o esqueceu e perguntou a várias pessoas diferentes o que sabiam sobre Hartleys e a srta. Lefain.

E ninguém sabia nada, a não ser que a casa, supostamente, era assombrada e a dona era "pirada".

— Tem alguma história? — perguntava a srta. Pym, que associava fantasmas a belas histórias nas quais eles se encaixavam de forma tão exata quanto nozes nas cascas.

Mas sempre diziam: "Ah, não, não tem história, ninguém sabe nada sobre a casa, não sei como a ideia se espalhou; o velho Sewell era meio doido, eu acho, ele foi enterrado no jardim e isso dá má fama à casa...".

— Que desagradável — dizia Martha Pym, inabalada.

Esse fantasma parecia elusivo demais para ela conseguir encontrá-lo; teria que se dar por satisfeita se conseguisse recuperar o prato Crown Derby. Para isso, pelo menos, estava determinada a fazer uma tentativa e também a satisfazer aquele leve formigar de curiosidade despertado nela por essa falação sobre Hartleys e pela lembrança daquele dia, tanto tempo atrás, quando ela fora ao leilão na casa velha e isolada.

Portanto, na primeira tarde livre, enquanto Mabel e Clara estavam fazendo confortavelmente o repouso da tarde, Martha Pym, que era de hábitos mais animados, pegou a charrete e atravessou as planícies de Essex.

Ela tinha levado instruções detalhadas de como chegar, mas logo se perdeu.

Sob o céu de inverno, que estava tão cinzento e duro quanto metal, os pântanos se prolongavam desoladamente até o horizonte, com os juncos quebrados e castanho-esverdeados rígidos como cicatrizes nos brejos cor de açafrão, onde as águas lentas que subiam tão alto no inverno estavam cobertas pela primeira calmaria de uma geada; o ar estava frio, mas não cortante, e tudo estava úmido; a mais fraca das névoas borrava os contornos negros das árvores que se erguiam totalmente das cristas acima dos diques estagnados; os campos inundados eram assombrados por pássaros pretos e pássaros brancos, gaivotas e corvos piando acima da grama alta das valas e dos vazios invernais.

A srta. Pym parou o cavalinho e observou a cena espectral que oferecia certa satisfação para quem voltaria para um vilarejo aconchegante, para uma casa alegre e para boas companhias.

Um velho enrugado e pálido, com cor similar à da paisagem sombria, apareceu na estrada entre os amieiros esparsos.

A srta. Pym, depois de abotoar o casaco, perguntou o caminho para Hartleys quando ele passou por ela; ele falou que era em frente, e ela prosseguiu por aquela estrada que seguia indistintamente pelo pântano.

Claro, pensou a srta. Pym, *quem vive em um lugar assim acaba mesmo inventando fantasmas.*

A casa surgiu de repente em uma colina rodeada de árvores podres, envolvida por um muro velho de tijolos que a umidade perpétua tinha coberto de líquen, de tons azuis, verdes e brancos de podridão.

Hartleys, sem dúvida, pois não havia outra residência de seres humanos à vista em toda a área; além do mais, ela se lembrava da casa, claro, depois de tanto tempo, da saliência que se erguia do pântano e da colônia de árvores altas, mas, na época, os campos e árvores eram de um verde intenso — não havia água nas planícies, pois era verão.

Ela deve estar louca de morar aqui, pensou a srta. Pym. *E duvido que eu vá conseguir meu prato.*

Ela prendeu o bom cavalinho no portão do jardim que estava negligentemente entreaberto e entrou; o jardim em si estava tão abandonado que foi surpreendente ver uma boa aparência na casa, as cortinas na janela e a aldrava lustrosa, que devia ter sido polida recentemente, considerando que a umidade enferrujava e apodrecia tudo.

Era uma casa quadrada e substancial sem "nada errado além da fama", concluiu a srta. Pym, embora não fosse muito atraente, tendo sido feita daquela pedra coberta de gesso, monótona e tão popular cem anos antes, com janelas e portas planas, enquanto um lado era sombreado por uma grande árvore perene, uma variedade de cipreste, que dava um tom enegrecido àquela parte do jardim.

Não havia pretensão de canteiros de flores nem qualquer tipo de cultivo naquele jardim, onde algumas ervas daninhas e arbustos esparsos se emaranhavam acima da grama morta; atrás do muro, que parecia ter sido construído alto como proteção contra os ventos incessantes que sopravam nas planícies, estavam os restos de árvores frutíferas; seus galhos crucificados, apodrecendo sob os grandes pregos que os sustentavam, pareciam os esqueletos daqueles que haviam morrido em tormenta.

A srta. Pym observou esses detalhes desagradáveis quando bateu com firmeza na porta; eles não a deprimiram; ela só sentiu uma grande pena da pessoa que podia viver num lugar assim.

Ela reparou, na extremidade do jardim, no canto do muro, em uma lápide acima da grama úmida e desbotada, e lembrou o que tinham lhe contado sobre o velho antiquário ter sido enterrado ali, no terreno de Hartleys.

Como a batida na porta não produziu resultado, ela chegou para trás e olhou a casa; estava habitada, com certeza — com aqueles caixilhos bonitos, cortinas brancas e janelas sem graça, todas fechadas no mesmo nível.

E, quando olhou novamente para a porta, ela viu que tinha sido aberta e que alguém, consideravelmente obscurecido pela escuridão da passagem, estava olhando para ela.

— Boa tarde — disse a srta. Pym, com alegria. — Eu pensei em fazer uma visita para ver a srta. Lefain. É a srta. Lefain, não é?

— A casa é minha. — Essa foi a resposta ranzinza.

Martha Pym não esperava encontrar empregados ali, embora a velha senhora devesse, pensou ela, trabalhar arduamente para manter a casa tão limpa e arrumada quanto parecia estar.

— Claro — respondeu ela. — Posso entrar? Sou Martha Pym. Estou hospedada com as Wyntons e a conheci lá...

— Entre — foi a resposta baixa. — São tão poucas as pessoas que me visitam, eu vivo muito só.

Não me surpreende, pensou a srta. Pym; mas tinha decidido não reparar em nenhuma excentricidade da parte da anfitriã, e assim entrou na casa com a franqueza e a cortesia agradáveis de sempre.

O corredor estava mal iluminado, mas ela conseguiu ter uma boa visão da srta. Lefain; sua primeira impressão foi que aquela pobre criatura era terrivelmente velha, mais velha do que qualquer outro ser humano tinha o direito de ser; ora, ela até se sentia jovem em comparação, de tão desbotada, frágil e pálida que era a srta. Lefain.

Além disso, era extremamente gorda; a silhueta pesada e flácida era deformada e ela usava um vestido mal cortado e amplo, de cor nenhuma, mas manchado de terra e umidade onde a srta. Pym supunha que ela havia se apoiado ao fazer jardinagem inútil; aquele vestido, sem dúvida, tinha sido feito para disfarçar a robustez dela, mas fora colocado de forma tão descuidada que só a acentuava, ficando franzido, enrolado e "todo fora do lugar", como a srta. Pym disse para si mesma.

Outro toque ridículo na aparência da pobre senhora era o cabelo curto; decrépita como era, e solitária como vivia, ela usava o pouco cabelo branco que ainda tinha cortado curto em volta da cabeça trêmula.

— Ora, ora — disse ela com a voz aguda e trêmula. — Que gentileza sua vir. Você deve preferir a sala, não? Eu costumo me sentar no jardim.

— Jardim? Mas com esse tempo?

— Eu me acostumei com o tempo. Você não faz ideia de como é possível se acostumar com o tempo.

— Imagino — considerou a srta. Pym, em dúvida.
— A senhorita não mora aqui sozinha, mora?

— Completamente só, ultimamente. Eu tinha companhia, mas ela se foi, e não sei para onde. Não consegui encontrar sinal dela em lugar nenhum — respondeu a velha senhora em tom irritado.

Uma péssima companhia que não aguentou ficar, pensou a srta. Pym. *Bem, eu não me surpreendo. Mas alguém devia ficar aqui para cuidar dela.*

Elas foram para a sala que, a visitante ficou consternada de ver, não tinha fogo aceso, mas estava bem cuidada.

E ali, nas dezenas de prateleiras, havia uma variedade de porcelana que fez os olhos de Martha Pym brilharem.

— Aha! — exclamou a srta. Lefain. — Estou vendo que reparou nos meus tesouros! Não me inveja? Não deseja ter algumas dessas peças?

Martha Pym desejava mesmo e olhou ansiosa e avidamente para as paredes, mesas e armários enquanto a mulher idosa a seguia com gritinhos de prazer.

Era uma coleçãozinha linda, muito bem escolhida e elegantemente arrumada, e Martha achou maravilhoso que aquela frágil criatura idosa fosse capaz de mantê-la em uma ordem tão precisa, além de fazer suas próprias tarefas domésticas.

— A senhorita faz mesmo tudo aqui e mora sozinha? — perguntou ela, e tremeu mesmo com o casaco grosso e desejou que a energia da srta. Lefain tivesse chegado ao ponto de acender um fogo, mas ela devia viver na cozinha, como essas excêntricas solitárias costumavam fazer.

— Havia alguém — respondeu a srta. Lefain maliciosamente —, mas eu precisei mandá-la embora. Falei que ela se foi, não consigo encontrá-la, e estou bem feliz. Claro — acrescentou em tom melancólico —, eu fico muito só, mas não podia mais suportar a impertinência dela. Ela dizia que a casa era *dela* e que a coleção de porcelana era dela! Acredita? Ela tentava me impedir de olhar minhas próprias coisas!

— Que desagradável — disse a srta. Pym, imaginando qual das duas mulheres era maluca. — Mas não era melhor contratar outra pessoa?

— Ah, não — foi a resposta ciumenta. — Eu prefiro ficar só com as minhas coisas, nem ouso sair de casa por medo de alguém levar tudo. Houve uma ocasião horrível em que aconteceu um leilão aqui...

— Então, a senhorita estava aqui? — perguntou a srta. Pym; mas de fato ela parecia ter idade para ter estado em qualquer lugar.

— Sim, claro — respondeu a srta. Lefain, com rabugice, e a srta. Pym concluiu que ela devia ser parente do velho sir James Sewell. Clara e Mabel não foram muito precisas quanto a isso. — Eu tive uma trabalheira para esconder toda a porcelana, mas um conjunto foi levado, um serviço de chá Crown Derby...

— Faltando um prato! — exclamou Martha Pym. — Eu o comprei e, quer saber, eu estava me perguntando se a senhorita o tinha encontrado...

— Eu escondi — declarou a srta. Lefain.

— Ah, foi, é? Bem, é um comportamento muito estranho. Por que escondeu as coisas em vez de comprar?

— Como eu poderia comprar o que era meu?

— O velho sir James deixou as peças para a senhorita, então? — perguntou Martha Pym, sentindo-se bem confusa.

— *Ela* comprou bem mais — reclamou a srta. Lefain, mas Martha Pym tentou mantê-la no assunto.

— Se está com o prato — insistiu —, talvez me deixe ficar com ele. Posso pagar muito bem e seria muito bom tê-lo depois de tantos anos.

— Dinheiro não tem utilidade para mim — disse a srta. Lefain pesarosamente. — Utilidade nenhuma. Eu não posso sair da casa nem do jardim.

— Bem, a senhorita precisa viver, imagino — respondeu Martha Pym com alegria. — E, sabe, acho que está levando uma vida bem mórbida e tediosa morando aqui sozinha. Seria bom acender o fogo, pois estamos quase no Natal e está muito úmido.

— Eu não sinto o frio há muito tempo — respondeu a outra; sentou-se com um suspiro em uma das cadeiras de crina de cavalo, e a srta. Pym reparou, com um sobressalto, que os pés dela estavam cobertos apenas por um par de meias brancas.

Uma daquelas maníacas por saúde, pensou a srta. Pym, *mas, apesar disso, ela não parece muito bem.*

— Então, não acha que poderia me deixar ficar com o prato? — perguntou a srta. Pym, bruscamente, andando para um lado e para o outro, pois a sala escura, arrumada e limpa estava mesmo muito fria, e ela achava que não conseguiria aguentar muito mais; como não parecia haver sinal de chá nem de nada agradável e confortável, era melhor ir embora.

— Talvez eu deixe você ficar com ele — disse a srta. Lefain, suspirando —, pois você fez a gentileza de me fazer uma visita. Afinal, um prato não é de muita utilidade, é?

— Claro que não, mas se a senhorita teve o trabalho de esconder...

— Eu não consegui *suportar* ver as coisas saindo da casa! — choramingou a outra.

Martha Pym não podia parar para discutir aquilo tudo; estava claro que a velha senhora era realmente muito excêntrica e que não havia muito que pudesse ser feito por ela; não era surpresa que tivesse "abandonado" tudo e que ninguém visse nem soubesse nada sobre ela, embora a srta. Pym achasse que deveria haver algum esforço para salvá-la de si mesma.

— Não gostaria de dar uma volta na minha charretinha? — sugeriu ela. — Podemos ir tomar chá com as Wyntons na volta, elas ficariam felizes de vê-la, e eu acho mesmo que a senhorita precisa dar uma volta e se distrair.

— Eu dei uma volta um tempo atrás — respondeu a srta. Lefain. — Dei mesmo, e não conseguiria deixar minhas coisas. Se bem que — acrescentou ela com gratidão patética — é muita, muita gentileza sua...

— Suas coisas ficariam em segurança, tenho certeza — disse Martha Pym, aquiescendo. — Quem viria aqui a esta hora em um dia de inverno?

— Mas as pessoas vêm, sim! E *ela* pode voltar, xeretando e espionando e dizendo que era tudo dela, toda a minha linda porcelana, dela!

Agitada, a srta. Lefain gritou e, levantando-se, contornou a parede passando os dedos das mãos amarelas e flácidas nas peças brilhantes nas prateleiras.

— Muito bem, então, infelizmente eu tenho que ir. Estão me esperando, e a viagem é longa. Talvez em outra ocasião a senhorita possa ir nos visitar?

— Ah, você precisa ir? — declarou, com voz trêmula e triste, a srta. Lefain. — Eu gosto de companhia de vez em quando e confiei em você desde o começo; os outros, quando vêm, estão sempre atrás das minhas coisas e eu preciso assustá-los para que vão embora!

— Assustá-los! — respondeu Martha Pym. — Como faz isso?

— Não parece difícil, as pessoas são tão fáceis de assustar, não é?

A srta. Pym lembrou de repente que Hartleys tinha fama de ser mal-assombrada; talvez a mulher estranha e velha brincasse com essa ideia; a casa solitária com o túmulo no jardim era assustadora o bastante para se criar uma lenda a respeito dela.

— Já viu um fantasma? — perguntou a srta. Pym, em tom amável. — Eu gostaria de ver um, sabe...

— Não tem ninguém aqui além de mim — disse a srta. Lefain.

— Então, nunca viu nada? Eu achava que devia ser tudo besteira. Ainda assim, acho meio melancólico morar aqui sozinha...

A srta. Lefain suspirou.

— Sim, é muito solitário. Fique e converse mais um pouco comigo. — A voz sibilante ficou maliciosamente mais baixa. — E depois vou dar a você o prato Crown Derby!

— Tem certeza de que o tem? — perguntou a srta. Pym.

— Vou mostrar.

Mesmo gorda e bamboleante como era, ela pareceu se mover com muita leveza quando passou na frente da srta. Pym e a conduziu para fora da sala, subindo lentamente a escada, uma figura estranha e volumosa naquele vestido desajeitado, com o cabelo branco caindo até os ombros.

A parte de cima da casa estava tão arrumada quanto a sala, tudo no lugar; mas não havia sinal de ocupação. As camas estavam cobertas com lençóis para protegê--las da poeira e não havia lampiões nem fogo aceso. *Imagino que ela não queira me mostrar onde mora de verdade,* disse a srta. Pym para si mesma.

Mas, enquanto passavam na frente de cada quarto, ela não pôde deixar de dizer:

— *Onde* são seus aposentos, srta. Lefain?

— Passo a maior parte do tempo no jardim — disse ela.

A srta. Pym pensou naquelas cabanas de jardim horríveis de que algumas pessoas gostavam.

— Bem, antes a senhorita do que eu — respondeu ela, alegremente.

No aposento mais distante de todos, um quarto escuro e pequenino, a srta. Lefain abriu um armário fundo e tirou um prato Crown Derby, que a visitante recebeu com um espasmo de alegria, pois era exatamente o que faltava em seu amado conjunto.

— É muita bondade sua — disse ela com prazer.

— Não quer alguma coisa por ele ou deixar que eu faça alguma coisa pela senhorita?

— Você pode vir me visitar de novo — respondeu a srta. Lefain com avidez.

— Ah, sim, é claro que eu gostaria de vir visitá-la de novo.

Agora que estava com o que realmente tinha ido buscar, o prato, Martha Pym queria ir embora; era mesmo muito consternador e deprimente dentro da casa, e ela começou a reparar em um cheiro horrível; a casa tinha ficado fechada por tempo demais, havia algo úmido apodrecendo em algum lugar, naquele armário pequeno, escuro e horrendo, sem dúvida.

— Eu preciso mesmo ir — disse ela, apressada.

A srta. Lefain se virou como se fosse se agarrar a ela, mas Martha Pym se afastou rapidamente.

— Minha nossa — choramingou a velha senhora. — Por que tanta pressa?

— Tem um... cheiro — murmurou a srta. Pym baixinho.

Ela se viu descendo velozmente a escada, com a srta. Lefain reclamando atrás.

— Como as pessoas são peculiares. *Ela* falava de um cheiro...

— Bem, a senhorita deve sentir também.

A srta. Pym estava no corredor; a velha senhora não tinha ido atrás, mas ficou na semiescuridão no alto da escada, uma figura pálida e disforme.

Martha Pym detestava ser grosseira e ingrata, mas não podia ficar nem mais um segundo; saiu correndo e chegou à charrete em um instante. De verdade, aquele cheiro...

— Adeus! — disse com alegria falsa. — E *muito* obrigada!

Não veio resposta da casa.

A srta. Pym seguiu em frente; estava um tanto aborrecida e escolheu um caminho diferente daquele por onde viera, um caminho que passava por uma casinha erguida acima do pântano; ficou feliz em pensar que a pobre criatura em Hartleys tinha vizinhos tão próximos e puxou a rédea do cavalo, sem saber se deveria chamar alguém e dizer que a pobre srta. Lefain precisava muito de um pouco de cuidado, sozinha em uma casa como aquela, e que claramente não batia muito bem da cabeça.

Uma jovem, atraída pelo som da carroça, apareceu na porta da casa e, ao ver a srta. Pym, gritou, perguntando se ela queria a chave da casa.

— Que casa? — perguntou a srta. Pym.

— De Hartleys, dona. Não botam placa porque ninguém passa aqui, mas está à venda. A srta. Lefain quer vender ou deixar...

— Eu acabei de falar com ela...

— Ah, não, dona. Ela está fora há um ano, em algum lugar do exterior, não suportava a casa, está vazia desde então. Eu vou lá todos os dias e deixo tudo arrumado...

Loquaz e curiosa, a jovem tinha ido até a cerca; a srta. Pym tinha parado o cavalo.

— A srta. Lefain está lá agora — disse ela. — Deve ter acabado de voltar...

— Ela não estava lá hoje de manhã, dona, e duvido que tenha voltado. Ela ficou bem assustada, dona, saiu fugida, não ousou mexer na porcelana. Não posso dizer que tenha reparado em alguma coisa, mas eu nunca fico muito tempo. E tem um cheiro...

— Sim — murmurou Martha Pym baixinho. — Tem um cheiro. O quê... O que a fez ir embora?

A jovem, mesmo naquele lugar solitário, baixou a voz.

— Bem, como a senhora não está pensando em ficar com a casa, ela botou uma ideia na cabeça de que o velho sir James... Bem, ele não suportava a ideia de ir embora de Hartleys, dona, ele está enterrado no jardim, e ela achou que ele estava atrás dela, por causa das porcelanas...

— Ah! — exclamou a srta. Pym.

— Algumas eram dele, ela encontrou muita coisa guardada, ele disse que tinham que ficar em Hartleys, mas a srta. Lefain queria vender as coisas, acho. Isso foi anos atrás...

— Sim, sim — disse a srta. Pym com expressão aflita. — Você não sabe como ele era, sabe?

— Não, dona. Mas ouvi falar que era muito robusto e muito velho. O que foi que a senhora viu em Hartleys?

A srta. Pym pegou o prato Crown Derby na bolsa.

— É melhor você levar isso de volta quando for lá — sussurrou ela. — No fim das contas, não quero...

Antes que a atônita jovem pudesse responder, a srta. Pym disparou pela charneca; aquele cabelo curto, aquele vestido manchado de terra, as meias brancas, "passo a maior parte do tempo no jardim...".

A srta. Pym foi embora a toda velocidade, decidindo freneticamente não contar para ninguém que tinha feito uma visita a Hartleys nem voltar a tocar no assunto de fantasmas.

Ela se sacudiu e estremeceu na umidade, tentando tirar das roupas e das narinas... aquele cheiro indescritível. ❋

AGRADECIMENTOS

Este livro foi publicado através de um financiamento coletivo e contou com o apoio de mais de 1.450 apaixonados por suspense. Mesmo quem ainda não teve a oportunidade de ler, contar e ouvir histórias de fantasmas durante o Natal, agora pode começar uma tradição junto com outros leitores de todo o Brasil.

Agradecemos a participação nesta campanha e esperamos que gostem dos contos selecionados com carinho. Boa leitura!

EQUIPE WISH

APOIADORES

A-B-C A. B. Haagsma, Acácia Maria Ferreira, Adilson de Almeida Júnior, Adriana Aparecida dos Santos, Adriana Aparecida Montanholi, Adriana de Godoy, Adriana Ferreira de Almeida, Adriana Ferreira Marques, Adriana Monte Alegre, Adriana Satie Ueda, Adriana Souza, Adriana Teodoro da Cruz Silva, Adriana Vicente Cardozo da Silva, Adriane Cristini de Paula Araújo, Adrielle Cristina dos Reis, Ágabo Araújo, Ágatha Meusburger, Agatha Milani Guimarães, Ailton Santos, Alaine, Alan dos Santos Marcondes, Alana Nycole Nicácio Sousa, Alana Stascheck, Alane Gomes Ferreira, Alba Regina Andrade Mendes, Aldevany Hugo Pereira Filho, Alê Maia, Alejandro Jônathas Ramos, Alelí Reis Tello, Alessandra Arruda, Alessandra de Moraes Her, Alessandra Fadel Borges, Alessandra Fonte de Azevedo, Alessandra Heckler Stachelski, Alessandra Leire Silva, Alessandra Simões dos Santos, Alessandro Lima, Alessandro Rodrigo Zelada de Souza, Alex André (Xandy Xandy), Alex Hubne Lirio, Alexander Aragão, Alexandre Adame, Alexandre Galhardi, Alexandre Lobo, Alexandre Nóbrega, Alexandre Rittes Medeiros, Alexandre Roberto Alves, Alexandre Schwartz Manica, Alice Antunes Fonseca Meier, Alice Maria Marinho Rodrigues Lima, Aline Aparecida Matias, Aline Barros Brutti, Aline Bosco, Aline de Rosa Lima, Aline Martins Rosin, Aline Messias Miranda, Aline Nunes de Souza, Aline Prates de Lima, Aline Rosa Rodrigues, Aline Salerno G.de Lima, Aline Vieira, Allan Davy Santos Sena, Alline Rodrigues de Souza, Altair Andriolo Filho, Alyne Rosa, Amanda Avelar Pereira, Amanda Couto, Amanda Diva de Freitas, Amanda Leonardi de Oliveira, Amanda Lidiane dos Santos Johner, Amanda Martinez, Amanda Mendes Ferreira Gomes, Amanda Nava, Amanda Nemer, Amanda Pampaloni Pizzi, Amanda Rinaldi, Amanda Scacabarrozzi, Amanda Seneme, Amanda Vieira Rodrigues, Ana Beatriz Medeiros, Ana Beatriz Vega Mendes, Ana Carolina, Ana Carolina Ballan Sebe, Ana Carolina de Albuquerque Conte, Ana Carolina Rodrigues Vasconcellos, Ana Carolina Silva Chuery, Ana Carolina Wagner, Ana Caroline Oliveira da Silva, Ana Cecília Almeida Accetturi, Ana Clara, Ana Claudia Sato, Ana Cláudia Tavares Miranda, Ana Cristina Alves de Paula, Ana Elisa Spereta, Ana Elsa, Ana Emilia Quezado de Figueiredo, Ana Gabriela Barbosa, Ana Gabriela Barbosa, Ana Julia de Jesus Candea, Ana Keli Gomes, Ana Lethicia Barbosa, Ana Letícia Pires dos Santos, Ana Lígia Martins Fernandes, Ana Lilia A. de Moura, Ana Lúcia dos Santos Luz, Ana Lúcia Merege, Ana Luiza Martins, Ana Luiza Poche, Ana Maria Cabral de Vasconcellos Santoro, Ana Paula Barbosa da Cruz Tosta, Ana Paula de Almeida, Ana Paula de Carvalho Acioli, Ana Paula Farias Waltrick, Ana Paula Garcia Ribeiro,

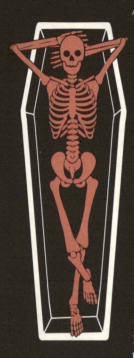

Ana Paula Mariz Medeiros, Ana Raquel Barbosa, Ana Sara Jardim Avelino, Ana Videl Ferreira, Ana Virgínia da Costa Araújo, Anamaria de Freitas Bernardes, Anastacia Cabo, Anavaléria Thums, Anderson Costa Soares, Anderson Pettirossi Xavier, Anderson R S Schmidt, André Arakaki, André Brito, André Cardoso e Jorge Gonçalves, Andrea Almeida, Andréa Bistafa Alves, Andrea Campodônico, Andrea Carrozza Martins Rodrigues, Andrea F Felippi, Andrea Mattos, Andréa Vanessa Heyse Colaço, Andreia Almeida, Andréia Misson Dias, Andressa Almada, Andressa Bitencourt Romanzini, Andressa Popim, Andressa Rodolfo Ferreira, Andressa Silva, Ane Caroline da Silva Fonseca, Ane Caroline Rangel Prado, Angelica Vanci da Silva, Ani Caroline Nunes Dutra, Anita Regis Peixoto, Anna Capelli, Anna Carolina Andrade Silva, Anna Carolina Costa Silva, Anna Claudia Simioni Nantes de Abreu, Anna Lúcia Barbosa Dias de Carvalho, Anna Luiza Resende Brito, Annamaria Lotti Mohallem, Anne Louise Salignac Machado Gama, Anthony Ferreira dos Santos, Antonio Carlos Pimenta, Antonio César Landi Júnior, Antonio Eder, Antonio Milton Rocha de Oloiveira, Antonio Reino, Antonio Ricardo Silva Pimentel, Ariadne Erica Mendes Moreira, Ariana de Deus Brame, Ariane Lima, Ariel Tafnes, Arthécia Rayane Ferreira, Arthur Magnum Mariano, Arthur Pinto de Andrade, Aryane Rabelo de Amorim, Atália Ester Fernandes de Medeiros, Athos N. S. Assumpção, Athos Vinicius de Castro Mello, Audrey Albuquerque Galoa, Augusto Bello Zorzi, Aura Azevedo de Moura Cordeiro, Aurelina da Silva Miranda, Bárbara de Jesus Miranda Rocha, Bárbara de Melo Aguiar, Barbara Feliciano Brasil dos Santos, Bárbara Góes, Barbara J. Nogueira, Bárbara Marina Dias, Bárbara Molinari R. Teixeira, Barbara Siebra, Beatriz Canelas, Beatriz Castilho, Beatriz de Lucena, Beatriz Fedorczuk, Beatriz Ferreira Sanchez, Beatriz Langowiski, Beatriz Leonor de Mello, Beatriz M. de Oiiveira, Beatriz Masson Francisco, Beatriz Mendes Silva, Beatriz Pineiro Villanueva, Beatriz Vieira Spessotto, Benise Barros Lapprand, Berenice Thais Mello Ribeiro dos Santos, Bia Messias, Bianca Capizani, Bianca Cortonesi Marques, Bianca de Carvalho Ameno, Bianca Mendes da Silva, Bianca Rubens, Bibi & Lili Woyakoski, Bibiana Xavier Correa, Bilbbo™, Blume, Books Brasil, Brenda Bot Bassi, Brenda Grazielle e Lua Samela, Brenda Schwab, Bruna Caroline Todorovski, Bruna da Silva Bezerra, Bruna de Lima Dias, Bruna de Oliveira Alves Bernardino, Bruna de Souza Fernandes, Bruna Fischer Duarte, Bruna Gonçalves de Melo, Bruna Grazieli Proencio, Bruna Lorenne C. Ribeiro, Bruna Martins Santos, Bruna Parussolo Bordon, Bruna Santana Alencar Correia, Bruna Santos Almeida, Bruna Tavares, Bruna Tonella, Brunno Marcos de Conci Ramírez, Bruno Augusto de Souza Fim, Bruno Costa, Bruno de Oliveira, Bruno Galindo Teixeira, Bruno Koga, Bruno L. Schoenwetter, Bruno Mendonça da Silva, Bruno Moulin, Bruno Novaes Bezerra Cavalcanti, Bruno Ponciano da Silva, Bruno Velloso, Caio Augusto Ferreira, Caio César Santos Almeida, Caio Eduardo Pavanello

Gasparin, Caio Henrique Toncovic Silva, Caio Matheus Jobim, Calebe Borges Romão, Caligo Editora, Camila Atan Morgado Dias, Camila Benevenuto Ferreira, Camila Bora de Chaves, Camila Campos de Souza, Camila Chiariello, Camila Cirino Cardoso, Camila dos Santos Magalhães, Camila Feijó Minku, Camila Felix de Lima Fernandes, Camila Francini Cabral de Vasconcellos, Camila Gimenez Bortolotti, Camila Kahn, Camila Linhares, Camila Mayra Bissi, Camila Moreira, Camila Nakano de Toledo, Camila Rolim, Camila S. Macedo, Camila Schwarz Pauli, Camila Soares Lippi, Camila Tiemi Oikawa, Camila Villalba, Camila Zaias, Camille Cardoso de Faria Brito, Carla Bailoni Prestes de Oliveira, Carla Bianca Borges Gonçalves, Carla Malavazzi, Carla Marques, Carla Patrícia Santos Ferreira, Carla Paula Moreira Soares, Carlos Eduardo de Almeida Costa, Carlos Eduardo Saroba, Carlos Luiz Bacelar de Vasconcelos, Carlos Santos do Lago Neto, Carlos Thomaz Pl Albornoz, Carol Dias, Carol Morena Benko Faria, Carol Nery, Carolayne Resende Santos, Carolina Amaral Gabrielli, Carolina Camasmie, Carolina Cavalheiro Marocchio, Carolina da Cruz Alias, Carolina de Camargo Barbosa, Carolina de Lima Fernandes, Carolina Fim Feliciano, Carolina Fleury Alves, Carolina Franco Brito, Carolina Granito do Canto Ponte, Carolina Guimarães de Castro, Carolina Möller, Carolina Moreira Rosenkrantz, Carolina Rodrigues de Souza, Caroline Bigaiski, Caroline Ferreira dos Santos, Caroline Garcia, Caroline Hecke Costa Cunha, Caroline Joyce Ruppert, Caroline Justino de Sousa, Caroline Kathleen, Caroline Lanferini de Araujo, Caroline Novais de Freitas, Caroline Pinto Duarte, Caroline Salignac, Caroline Santos da Silva, Caroline Vasconcelos Damitz, Cássia Alberton Schuster, Cassia R. Silva, Catarina S. Wilhelms, Catharina Fernandes, Catia Michemann, Cecília Eloy Neves, Cecília Francini Cabral de Vasconcellos, Cecilia Morgado Corelli, Cecília Pedace, Celso Luís Dornellas, Cesar Lopes Aguiar, Christian Assunção, Christianne Matos de Paiva, Christiano Garcia de Moraes, Christine Ribeiro Miranda, Cicero Belin de Moura Cordeiro, Cícero Luiz Alves Zanette, Cid Vale Ferreira, Cinthia Nascimento, Cinthia Torres, Cintia A. de Aquino Daflon, Cíntia Andrade, Cíntia Cristina Rodrigues Ferreira, Clara Barbosa, Clara Daniela Silva de Freitas, Clarice, Clarice Giordani Machado, Clarinda Gomes da Silva, Clarissa Maia Batista, Cláudia Cássia Silva, Claudia Cruz Fialho Santos, Claudia de Araújo Lima, Cláudia do Espirito Santo Trigo, Cláudia G.Cunha, Claudia Lemos Arantes, Cláudia Mello Belhassof, Claudineia Jesus, Claudio Tiego Miranda Lopes, Clever D'freitas, Conrado de Biasi, Coral Daia, Cosmelúcio Costa, Cris Guerra, Cris Schneider, Cristiane, Cristiane Damasia Marques, Cristiane de Oliveira Lucas, Cristiane Prates, Cristiane Tribst, Cristiano Dirksen, Cristiano Moreira, Cristina Alves da Silva, Cristina Glória de Freitas Araujo, Cristina Maria Busarello, Cristina Rocha Felix de Matteis, Cristina Vitor de Lima, Cristine Martin, Cybelle Saffa da Cunha Pereira Soares, Cynthia Vasconcelos.

D-E-F-G Daiane Militão, Daiany Martins Viana, Daiele Rosa, Daisy Kristhyne Damasia de Oliveira, Dalila Heloá Volkweis, Dalva F. M. Ferreira, Dan Amister, Dandara Maria Rodrigues Costa, Daniara Ferri, Daniel Lanhas, Daniel Pereira, Daniel Pereira de Almeida, Daniel Souza Damasceno, Daniel Taboada, Daniela Cabral, Daniela Chaves de Brito, Daniela de Oliveira da Silva, Daniela Gomes de Cunto, Daniela Oliveira Carvalho,

Daniela Perdigão, Daniela Ribeiro Laoz, Daniele do Carmo de Oliveira, Daniele Franco dos Santos Teixeira, Danielle Bieberbach de Presbiteris, Danielle Campos Maia Rodrigues, Danielle da Cunha Sebba, Danielle Dayse Marques de Lima, Danielle Demarchi, Danielle Lima, Danielle Moreira, Danilo D. Oliveira, Danilo Pereira Kamada, Danyelle Gardiano, Darlene Maciel de Souza, David Nonato Cruz, Dayana Aparecida da Silva Ribeiro, Dayane Suelen de Lima Neves, Dea Chaves, Débora, Débora dos Santos Cotis, Débora Fonseca Viana, Debora Mille, Débora Nunes de Oliveira, Débora Reis Ferreira, Débora Savino, Debora Vieira da Silva Cortez, Déborah Araújo, Deborah Estevam, Deborah Medeiros da C. Gomes, Deigma Natália Feitosa de Moraes, Denise Akemi Takara, Denise Maria Costa, Denise Maria Souza João, Denise Ramos Soares, Denise Sena de Oliveira, Denise Simone de Souza Tiranti, Desirée Maria Fontineles Filgueira, Diego de Oliveira Martinez, Diego Felix Dias, Diego Gutierres, Diego José Ribeiro, Diego Luiz Henriques Costa, Diego Toledo, Diego Villas, Dilmo Carneiro, Diogo Capdeville, Diogo Gomes, Diogo José Pereira Braga, Diogo Rocha, Diogo Velho Logan Santos, Douglas S. Rocha, Driele Andrade Breves, Duane Santos, Duda Barbosa, Duda Duarte, Duda Kagan, Dyuli Oliveira, Edivaldo Ap. de Paula Almeida, Edgreyce Bezerra dos Santos, Eduarda de Lima Amado Machado, Eduarda Ebling, Eduarda Luppi, Eduarda Martinelli de Mello, Eduardo Augusto Botelho, Eduardo César Dias, Eduardo Fabro, Eduardo Maciel Ribeiro, Eduardo Zambianco, Elaine Cristina de Carvalho Pereira Rosa, Elaine Kaori Samejima, Elaine Maria Wargas de Faria Bulcão, Elda Caroline Leal Marinho, Elen Faustino Garcias, Eliane Barbosa Delcolle, Eliane Barros de Carvalho, Eliane Bernardes Pinto, Eliane Casanova da Silva, Eliane Inglat, Eliane Mendes de Souza, Eliane Muratore, Elias Pereira da Silva Junior, Elis Mainardi, Elisa Cristina Bachega Marinho, Elisa Hansen Gomes, Elisa Mingussi, Elisangela Domingos da Silva, Elise Amin, Eliza Noronha, Elizandra Wilhelm, Eloah Albergoni, Elora Mota, Elton da Silva Bicalho, Elton de Abreu Freitas, Emanoela Guimarães de Castro, Emanoelle Maria Brasil de Vasconcelos, Emanuel da Cunha Soares, Emilena Bezerra Chaves, Emille Maria Silva Dias, Emilly Soares Silva, Emma Pereira, Emmanuel Carlos Lopes Filho, Emmanuelle Pitanga, Enzo Cardoso Tavares da Silva, Eric Rocha, Érica Assis, Érica de Assis, Érica Mendes Dantas Belmont, Erica Miyazono, Érica Nara Bombardi, Erik de Souza Scheffer, Érika Ferraz, Erika Lafera, Estela Maura M Carabette, Estephanie Gonçalves Brum, Ester da Silva Bastos, Evana Harket, Evandro Filho, Evans Cavill Hutcherson, Evelin Aparecida de Oliveira, Evelin Iensem, Evelin Serra de Moura, Evellyn Wasser, Evelyn Gisele da Silva Nascimento, Evelyn Teixeira Pires, Evelyn Teixeira Silva, Everton Mouzer, Everton Neri, Fabi Fonseca, Fabiana Araujo Poppius, Fabiana Barboza de Moraes, Fabiana Catosso Pisani, Fabiana dos Santos Felix, Fabiana Engler, Fabiana Martins Souza, Fabiana Poppius, Fabiana Rodrigues de Jesus, Fabiano Alves de Souza, Fabio da Fonseca Said, Fabio Eduardo Di Pietro, Fabiola Hessel Bandeira, Fabricio Fabs, Fabrício Monteiro, Fagner Justino Rosa, Fatima Beatriz G M Volpi, Fátima Rosa Pereira, Felipe Andrei, Felipe Gianisella, Felipe Perri, Fernanda Barão Leite, Fernanda Benassuly, Fernanda Correia, Fernanda Cristina Buraslan Neves Pereira, Fernanda da Conceição Felizardo, Fernanda Dalben, Fernanda Davide Lelot, Fernanda de Souza Dias, Fernanda Fraga Enes, Fernanda

Galletti da Cunha, Fernanda Gomes de Souza, Fernanda Gonçalves, Fernanda Hayashi, Fernanda Marília Carolina Araújo, Fernanda Martinez Tarran, Fernanda Mengarda, Fernanda Pascoto, Fernanda Rosa de Souza Lessa, Fernanda Silva Damasceno, Fernanda Tavares da Silva, Fernanda Villa, Fernanda Wolf, Fernando Doná Rosa, Fernando Lucas Nogueira Santos, Fernando Moreira Bufalari, Fernando Queiroz, Flavia Capalbo, Flávia Cruz, Flavia Katiuscy de Oliveira, Flavia Mele, Flávia Melo, Flávia Silvestrin Jurado, Flávia Viana Gonçalves, Flavio Sacilotto, Franciele Alves Pereira, Francisco de Assis de Souza Fukumoto, Frederico Emilio Germer, Gabi Mattos, Gabriel Carballo Martinez, Gabriel Dias, Gabriel Farias Lima, Gabriel Guedes Souto, Gabriel Henrique Carneiro de Melo, Gabriel Jurado de Oliveira, Gabriel Malheiros, Gabriel Mazzarotto, Gabriel Morgado Macedo, Gabriel Nelson Koller, Gabriel Pessine, Gabriel Pinaffi Rodrigues, Gabriel Santos Araújo, Gabriel Tavares Florentino, Gabriela Andrade e Brito de Souza Vidal, Gabriela Assis Santos, Gabriela Cabral, Gabriela de Pinho, Gabriela Garcez Monteiro, Gabriela Guimarães, Gabriela Larocca, Gabriela Mafra Lima, Gabriela Maia, Gabriela Morgado, Gabriela Neres de Oliveira e Silva, Gabriela Peres Gomes, Gabriela Senhor, Gabrielle Ferreira Andrade, Geisa Suelyn Bueno Pontes, Geovana Alves da Luz, Gerly Oliveira, Germano Silva, Gilmara P dos Santos, Giovana Lopes de Paula, Giovana Medeiros Salgado, Giovana Valenzi, Giovana Zukauskas, Giovanna Bárbara Lombardi Silva, Giovanna Batalha Oliveira, Giovanna Beltrão, Giovanna Bordonal Gobesso, Giovanna Lusvarghi, Giovanna Nhaiara de Assis, Giovanna Romiti, Giovanni E. B. Zabotto, Gisele Carolina Vicente, Gisele Zorzeto Viani, Giselle de Oliveira Araújo, Gislaine Lemes Molizane Almeida, Giulia Marinho, Giulia Rigon Ortega, Giulia Rinaldis Reato, Giulia Tadei, Giuliana Carneiro Camarate, Glaucea Vaccari, Gláucia Alves, Glaucia R. Gonzaga, Glauco Henrique Santos Fernandes, Glaudiney Moreira Mendonça Junior, Gleice Bittencourt Reis, Gleicy Pimentel Gonçalves, Gleilson José de Sousa Abreu, Gofredo Bonadies, Grace R. Ferreira Cirineu, Grasie Fink, Grasieli Oliveira, Graziela Fraga, Greice Kelly de Souza, Guilherme Adriani da Silva, Guilherme Buzatto, Guilherme Cardamoni, Guilherme Castellini, Guilherme Furutani, Guilherme Garrido Melo, Guilherme Henrique Nakamoto, Guilherme Lemos, Gustavo Bueno, Gustavo Cassiano, Gustavo Ferlin da Silva, Gustavo Gindre Monteiro Soares, Gustavo Lirio Soares, Gustavo Mozer Velasco, Gustavo Pires de Moraes, Gustavo Tenório Pinheiro, Gustavo Willian da Silva Mendes, Gustavo Yrihoshi Pereira.

H-I-J-K-L Hajama., Hanna Sandy, Heber Levi, Helano Diógenes Pinheiro, Helder da Rocha, Helen Nonato Cruz, Helena Faria O. Santos, Helena Hallage Varella Guimarães, Hellen Buckel Caraça, Hellen Cintra, Hellen Hayashida, Helloise Gabrielle da Mota, Heloísa Birsenek de Moraes, Heloísa França Madeira Muzzi, Heloize Moura, Helton Fernandes Ferreira, Heniane Passos Aleixo, Henrique Botin Moraes,

Henrique Carvalho Fontes do Amaral, Henrique de Oliveira Cavalcante, Henrique Luiz Voltolini, Henrique Rebouças, Hevellyn Coutinho do Amaral, Hitomy Andressa Koga, Humberto Fois Braga, Ian e Iran de Moura Santos, Iara Forte, Igor Aoki, Igor Chacon, Igor Vaz Guimarães, Ileana Dafne Silva, Ingrid Orlandini, Iracema Lauer, Irene Bogado Diniz, Isabel Lima, Isabel Vichnevski Telles, Isabela Angelo, Isabela Bréscia, Isabela da Silva Baptista, Isabela Dirk, Isabela Oliveira Vilela, Isabela P Lima, Isabela Pessoa Graziano, Isabela Quilodrán, Isabela Ramires, Isabela Stein, Isabella C V Araújo, Isabella Czamanski, Isabella Junqueira Mesquita, Isabella Lorena da Silva Oliveira, Isabella Porto de Oliveira, Isabella Rosa Martins, Isabelle Miranda da Silva, Isabelly Alencar Macena, Isack Fernandes Pinto, Isadora Araújo, Isadora Cunha Salum, Iully Morgana Pereira, Ivan Coluchi, Ivania, Ivanuze Gomes, Ivone de F. Frajado Barbosa, Izadora Carvalho Teixeira, J. Victor Messias, Jaci Lira, Jacqueline Amadio de Abreu, Jade Rafaela dos Santos, Jade Taietti Silva, Jader Viana Massena, Jair Dantas, Janaina Delboni, Janaína Lopes da Costa, Janaina Maciel Brasil, Janayna Stella, Janine Bürger de Assis, Janine Kuriu Anacleto, Jaqueline Matsuoka, Jaqueline Rodrigues, Jaqueline Soares Fernandes, Jasmine Moreira, Jean Marcel Portilho Santos, Jean Ricardo Freitas, Jefferson Cardoso Oliveira, Jelza Maria Guimarães, Jenifer Taila Borchardt, Jeniffer N. Figueira, Jennifer Folharini, Jennifer Mayara de Paiva Goberski, Jéssica Gubert, Jéssica Kaiser Eckert, Jessica Louise Werner, Jéssica Miranda Teodósio, Jéssica Monteiro da Costa, Jessica Mour, Jessica Rocha, Jessica Rodrigues Ramalho, Jessica Silva de Barros, Jéssica Torres Dias, Jéssica Viana Soares de Lima, Jessika Hoegen, Joana Pereira de Carvalho Ferreira, João Amadeu N Vieira, João Carlos Souza Marques, João Felipe Câmara, João Joel de Oliveira Neto, João Lucas Boeira, João Neto Queiroz Sampaio, Joao Paulo Pacheco, João Paulo Siqueira Rabelo, João Pedro Moretti, João Victor Carneiro, João Vítor de Lanna Souza, Joaquim Geammal Loureiro, Joice Cristina Gregorio, Joice Mariana Mendes da Silva, Joiran Souza Barreto de Almeida, Jonas Juscelino Medeiros dos Santos, Jorge Alves Pinto, Jorge Caldas de O. Filho, José Antonio Assis, José Antonio Feriel Lopez, José Carlos da Silva, Josevaldo Lima, Josiane Santiago, Josiane Terezinha Machado, Josimari Zaghetti Fabri, Jota Rossetti, Joyce Roberta, Júlia Agnês de Souza Amorim, Julia Angeli Santos, Julia de Almeida Prado de Castro Bonafini, Julia de Campos Palma Inoue, Julia Proença Reis, Júlia Razzaboni, Juliana A. H. Pereira Uka, Juliana Bittencourt França, Juliana Costa Maciel Albuquerque, Juliana Cury Rodrigues, Juliana Fernandes de Andrade, Juliana Ferraz Logrado Almeida, Juliana Lemos Santos, Juliana Mourão Ravasi, Juliana Renata Infanti, Juliana Ribeiro, Juliana Salmont Fossa, Juliana Soares Jurko, Juliana Thaís Zanollo, Juliana V Paiva, Juliane Millani, Júlio César Lucci, Julyane Silva Mendes Polycarpo, June Weishaupt, Jussara Oliveira, Jussara Silveira, Kabrine Vargas, Kalane Assis Moura, Kalina Vanderlei Silva,

Karen Cerqueira Martins, Karen Käercher, Karen Kazue Ganda, Karen Leal Matos, Karin Bezerra de Oliveira, Karina Almeida Francisco, Karina Beline, Karina Cabral, Karina Natalino, Karine Xavier, Karla Azevedo Oliveira, Karla Regina Medeiros Lima da Conceição, Karly Cazonato Fernandes, Kássio Alexandre Paiva Rosa, Katherine Soares Costa Monteiro, Kathleen Machado Pereira, Katia Barros de Macedo, Kátia Leite Borges, Katia Miziara de Brito, Katia Regina Machado, Katiuscia Carvalho de Santana, Kecia Santos, Keilla Petrin, Keite A Duarte, Keiti Pires, Keize Nagamati Junior, Kelly C. Correa da Silva, Kely R. Coutinho, Keni Tonezer de Oliveira, Kevynyn Onesko, Kleber Augusto dos Santos Batista, Laila Zucarini, Lais Braga, Laís Carvalho Feitosa, Laís Felix Cirino dos Santos, Laís Fernandes Rocha, Lais Pitta Guardia, Laís Souza Receputi, Landiele Chiamenti de Oliveira, Lara Daniely Prado, Lara Leticia Sebaio Xavier, Lara Maria Arantes Marques Ferreira, Larissa Benvindo de Carvalho, Larissa dos Santos Gutierrez, Larissa Fagundes Lacerda, Larissa Gabrielle Mendes Cavalcante, Larissa Gendorf, Larissa H. Sebold, Larissa Leiko Yamada, Larissa Mendes Politi de Lima, Larissa Peranzi Ferreira, Larissa Wachulec Muzzi, Laryssa Pinheiro, Laura Brand, Laura Gabriele Machado, Laura Nascimento, Laura Pina, Lauro da Silva, Lays Bender de Oliveira, Leandro 2112, Leandro Souza Moura, Leear Martiniano, Léia Viana, Leidyane Bispo, Leila Cardoso, Leiliane Santos, Lelienne Ferreira Alves Pereira Calazans, Lena de Souza, Lenaldo, Leonardo Baldo Dias, Leonardo Fregonese, Leonardo Galvão, Leonardo Macleod, Leonardo Pereira, Leonardo Werneck Siriani Ribeiro, Leonor Benfica Wink, Letícia Alves, Letícia Bernardes, Letícia Bueno Cardoso, Letícia Duarte, Letícia Lopes, Leticia Maria C Santos, Letícia Ohanna Chaves, Letícia Pacheco Figueiredo, Letícia Paixão Wermelinger, Letícia Pombares Silva, Letícia Prata Juliano Dimatteu Telles, Letícia Takahashi Hokari, Letycia Silva Galhardi, Lia Cavaliera, Liana Steinfeld, Lici Albuquerque, Lidia Duarte Vicentini, Lilian Alicke, Lilian Canal Battisti, Lina Machado Cmn, Livia Bianchi, Lívia C V V Vitonis, Lívia Cavalcanti Freire, Livia Marinho da Silva, Loara D'ambrosi Farion, Loen Fragoso, Lorena Andrade dos Santos, Lorena Ricardo Justino de Moura, Lorena Samantha S. Andretto, Lorena Tofolli, Louane Vieira, Louise Fernanda Rodrigues , Louise Vieira, Loyse Ferreira Inácio Leite, Luan Cota Pinheiro, Luana Braga, Luana Evelin Fossile Santos, Luana F de Oliveira, Luana Karem Negreiros dos Santos, Luana Mota Weis, Luana Moura Fé, Luana Muzy, Luana Pereira da Silva, Luc@S Brondani Zan3lla, Lucas Alves da Rocha, Lucas Dias, Lucas dos Santos Martins, Lucas Fernandes Gonçalves da Silva, Lucas Freitas de Figueiredo Andrade, Lucas Landi, Lucas O. Gallette, Lucia Helena Cardoso, Lúcia Monteiro Rodrigues, Luciana, Luciana Araujo Fontes Cavalcanti, Luciana Barreto de Almeida, Luciana Corbetta Reis, Luciana Duarte, Luciana Liscano Rech, Luciana M. Y. Harada, Luciana Maira de Sales Pereira, Luciana Monticelli, Luciana Trindade de Oliveira, Luciana Vieira da Silva, Luciano Jatobá, Luciano O Conspirador, Luciano Prado Aguiar, Lucile da Rosa Pereira, Lucilene Canilha Ribeiro, Lucilene Santos de Sousa, Lucio de Franciscis dos Reis Piedade, Lucio Pozzobon de Moraes, Ludmila Angela Müller, Ludmila Beatriz de Freitas Santos, Luísa de Souza Lopes, Luísa Loureiro, Luisa Lousada Santos, Luisa Mesquita de Morais, Luiz Carlos Gomes Santiago, Luiz Cesar de Mello Fernandes,

Luiz Felipe Benjamim Cordeiro de Oliveira, Luiz Fernando Andrade, Luiz Fernando Cardoso, Luiz Fernando Mercadante dos Santos, Luiz G Mayfair., Luiz Guilherme Alves Alberto, Luiz Melki, Luiz Nazario, Luiz Ricardo Buff de Souza e Silva, Luiza Helena A. Silva, Luiza Melo Araújo, Luiza Nobre, Luiza Pimentel de Freitas, Luíza Reithler Arraes, Luiza Rodrigues Martins, Luma de Oliveira Rambo, Lunox Store, Lygia Barbosa, Lygia Beatriz Zagordi Ambrosio.

M-N-O-P M.b.menezes, Magno Ribeiro, Mahira Maia, Maiara dos Santos Mascarello, Maikhon Reinhr, Maize Daniela, Malu Machado, Manoela Cristina Borges Vilela Sanbuichi, Manoela Viana A. Madureira, Marcela Alves de Castro, Marcela Paula dos S. Alves, Marcela Sachini, Marcela Verginia de Medeiros, Marcella Gualberto da Silva, Marcelle Rodrigues Silva, Marcelo Costa Medeiros, Marcelo Crasso, Marcelo Fernandes, Marcelo Silva Braga, Marcia Avila, Marcia Cristina dos Santos, Marcia Grando Guereschi, Marcia M G Oliveira, Marcia Seabra, Marciane Maria Hartmann Somensi, Márcio de Paiva Delgado, Márcio Souza Serdeira, Marco Antonio da Costa, Marco Antonio de Toledo, Marcos Aurélio de Mato, Marcos Murillo Martins, Marcos Nogas, Marcos Roberto Piaceski da Cruz, Marcos Souza Ferreira, Marcos Vinicius de Oliveira Ferreira, Mari Douglas, Mári Ríbeiro, Maria Alice Tavares, María Amalia Lorenzo Rey, Maria Clara Guarino dos Santos, Maria Clara Peixoto Batista, Maria Clara Silvério de Freitas, Maria Daniella Alves Ramos, Maria Eduarda de Faria Azevedo, Maria Eduarda Luz, Maria Eduarda Maciel, Maria Eduarda Mesquita, Maria Eduarda Miranda Rodrigues da Cunha., Maria Eduarda Ronzani Pereira Gütschow, Maria Elaine Altoe, Maria Eugênia Mesquita Santana, Maria Fabiana Silva Santos Nascimento, Maria Faria, Maria Fernanda Ribeiro, Maria Gabrielle Figueirêdo Xavier, Maria Helena Lima de Oliveira, Maria Helena Mendes Nocetti, Maria Isabel Antunes, Maria Júlia Laurentino, Maria Luiza Baccarin, Maria Luiza Barbosa Correa, Maria Mariana Barros da Silva, Maria Paula Coelho, Maria Sena, Maria Teresa Santos Silva, Mariana da Silva Sousa, Mariana Dal Chico, Mariana de Oliveira Coutinho, Mariana dos Santos, Mariana Miranda Lessa, Mariana Prado Reina, Mariana Reis Marques, Mariana Rocha, Mariana Rosa, Mariana Sampaio Rodrigues de Lima, Mariane de Jesus Souza, Mariane Lilian da Silva, Mariani Escalente de Moura, Marianna Rangel Bortolini, Maria-Vitória Souza Alencar, Marília Almeida, Marília Morais, Marina, Marina Barreiros Lamim, Marina Cabral de Vasconcellos Pettinelli, Marina Lima Costa, Marina Lúcia do Chantal Nunes Castelo Branco, Marina Mendes Dantas, Marina Moraes de Donato, Mario Carlos Carneiro Junior, Mário Jorge Lailla Vargas, Marise Correia, Marisol Bento Merino, Marisol Prol, Mariucha Cáceres Delci, Mariucha Vieira, Marjorie Sommer, Marluce Carvalho Sousa, Marta Libanório Sette, Martha Amaral França, Martha Julia Martins de Souza, Matheus Ceotto, Matheus Correia Bentes, Matheus dos Reis Goulart, Mayara Christinne Policarpo, Mayara Fernandes, Mayara Lucia de Azevedo Dantas, Mayara Neres, Meg Ferreira, Melina Souza, Melissa Barth, Melissa H. S. Maia, Meulivro.Jp, Mia Sodré, Micaella Reis, Michel Goulart da Silva, Michel Sabchuk, Michele Borges Gonçalves, Michele Calixto de Jesus, Michelle Bertolazi Gimenes, Michelle Leite

Romanhol, Michelly Santos, Midiã Ellen White de Aquino, Mih Lestrange, Mike Licious Gbur, Milena Caldas de Souza, Milena Mezacasa, Milene Antunes, Milene Santos, Miller de Oliveira Lacerda, Mireille Pinheiro Moreira Balieiro, Mirela Sofiatti, Mirella Maria Pistilli, Miriam Marques Machado Waltrick, Miriam Potzernheim, Mirna Porto dos Santos, Monica Javara, Mônica Kaori Kido, Mônica Loureiro Baptista, Mônica Mesquita Santana, Mônica Rafaela Pereira de Oliveira, Monick Markic, Monique Calandrin, Monique de Paula Vieira, Monique D'orazio, Monique Karen da Silva Melo, Monique Mendes, Monique Miranda, Montecastros, Morgana Lacerda Dantas, Müh de Áries, Muriele Calvo, Murilo Sibim de Oliveira Martins, Nadabe Souza, Nádia Simão de Jesus, Nadyelle Targino de Lima, Naiara Frota Teixeira, Naila Barboni Palú, Najara Nascimento dos Santos, Natalia Bona, Natalia Cristina Augusto de Oliveira, Natália F. Alves, Natália Fontes, Natalia Fukuda Rocha, Natália Guedes Firmino Uchôa, Natalia Lopes dos Santos, Natália Marquesini, Natalia Noce Natalia Schwalm Trescastro, Natália Wissinievski Gomes, Natasha Faria Alves Pinto, Natercia M. Pinto, Nathalia Borghi, Nathália Carvalho de Araújo, Nathalia de Lima Santa Rosa, Nathália Gerevini Dias, Nathalia Matsumoto, Nathália Rabello, Nathan Diorio Parrotti, Nati Siguemoto, Nayara Oliveira de Almeida, Nayara Santos, Náyra Louise Alonso Marque, Neide Maria Silva Pelissoni, Nelson Kazuyoshi Arakaki, Nicholas Carreia Ribeiro, Nicholas Fernando Laurentino, Nicole Adilles, Nicole Eler, Nicole Führ, Nicole Pedroso Angher, Nicole Pereira Barreto Hanashiro, Nicolly Souza Remor Silva, Nietzscha Jundi Dubieux de Queiroz Neves, Nina Nascimento Miranda, Nina Wargas de Faria Roma Bulcão, Nizia S. Dantas, Núbia Barbosa da Cruz, Ofus Aise, Ohana Fiori, O'hará Silva Nascimento, Olavo Kern, Olga Letícia de Souza Araújo, Os Curingas, Paloma A. R. Cezar, Paloma Kochhann Ruwer, Paloma Lima, Paloma Soares Lago, Pâmela Boato, Pâmela Felix Soriano Lima, Paola Borba Mariz de Oliveira, Patrícia Ana Tremarin, Patricia Castro, Patrícia Fernanda Schuck, Patrícia Ferreira Magalhães Alves, Patrícia Kely dos Santos, Patricia Kerr Demedeiros, Patricia Mass, Patrícia Milena Dias Gomes de Melo, Patrícia Mora Pereira, Patricia Muniz João, Patrícia Nascimento, Patrick de Oliveira Wecchi, Paula Andrade Souza, Paula Azevedo Damasio, Paula de Mello Costa, Paula Scrap Oliveira, Paula Vargas Gil, Paulo Krüger Vaz, Paulo Ribeiro Jr, Pedro Henrique Caires de Almeida, Pedro Henrique Morais, Pedro Jatahy, Pedro Lopes, Pedro Rodrigues Matias, Pietra Vaz, Poliana Lourenço, Poliana Silva Rebuli, Poliane Ferreira de Souza, Polyana de Andrade, Priscila e Paola Barros, Priscila Figueira Boni, Priscila Souza Giannasi, Priscila Vieira Braga, Priscilla Moreira.

Q-R-S-T Quétichupi Banguela, Rafa Serato, Rafael Alves de Melo, Rafael de Carvalho Moura, Rafael Miritz Soares, Rafael Pagliuso Nogueira, Rafael Wüthrich, Rafaela Barcelos dos Santos, Rafaela Perez, Rafaella Kelly, Rafaelle Schutz Kronbauer Vieira,

Raiane Santos Machado, Raimundo L., Raissa Signor, Raphael Riveiro, Raphael Valim da Mota Silva, Raphaela Samartins Fontinele França, Raquel Asche de Paula Rodrigues, Raquel Bonelli, Raquel de Abreu Junqueira Gritz, Raquel Estork, Raquel Gomes, Raquel Nardelli Ribeiro Preter, Raquel Pedroso Gomes, Raquel Ribeiro da Silva, Raquel Samartini, Raquel Uyeda Bonfante, Raquel Vasconcellos Lopes de Azevedo, Raul Morais de Oliveira, Rebeca Azevedo de Souza, Rebeca Melissa da Silva, Rebekah Kathleen Regina Andrade de Souza, Regina Kfuri, Reginaldo Hilário Gabarrão, Rejane Lopes Cesário de Azevedo, Renan Machado, Renan Matos de Lima, Renan Ramos da Silva, Renata A. Cunha, Renata Alessandra Firmino Wanderley, Renata Asche Rodrigues, Renata Bertagnoni Miura, Renata Bezerra Onofre, Renata Cabral Sampaio, Renata de Araújo Valter Capello, Renata de Lima Neves, Renata Fernandes Caetano de Oliveira, Renata Lisa Maeda, Renata Oliveira do Prado, Renata Russo, Renata Santos Costa, Renata Torres, Renato Drummond Tapioca Neto, Renato F Martins, Ricardo Fernandes de Souza, Ricardo Mota, Rita de Cássia de C. Miranda Neto, Rita Pontes, Rivaldo Brito Serra, Roberta Oliveira, Roberto da Silva Rocha Junior, Robson Mistersilva, Robson Muniz de Souza, Rod Gomes, Rodney Georgio Gonçalves, Rodrigo Araujo, Rodrigo Arco e Flexa, Rodrigo Benck, Rodrigo Bobrowski, Rodrigo Bonfim, Rodrigo Naimayer dos Santos, Rodrigo Peres Lopes Domiciano, Rodrigo Silveira Rocha, Roger Israel Feller, Rogério Correa Laureano, Rogério Duarte Nogueira Filho, Rogério Lagos, Ronald Robert da Silva Macêdo, Ronaldo Barbosa Monteiro, Ronaldo Ribeiro Melo Junior, Roney Belhassof, Roni Tomazelli, Rosana Silva dos Santos, Rosea Bellator, Rosy Moreira, Rozana O G Moreira, Rs Carone, Ruan Oliveira, Ruth Danielle Freire Barbosa Bezerra, S. Guerra, Sabrina Homrich Morán, Sabrina Lira Lima, Sabrina Porfírio, Sabrina Vidigal, Safira Cataldi, Saionara Junges, Salete de Lima, Sálua Rodrigues Melo, Samanta Ascenço Ferreira, Samanta Moretto Martins, Samara Oda, Samia Schiller, Samuel José Casarin, Samuel Roque Domingos, Sandra Eduarda Leoncio, Sandra Marques Fernandes, Sandra Parejo Martin, Sandro Costa Nunes Junior, Sandro Schmitz dos Santos, Sanndy Victória Franklin, Sara Marie N. R., Sarah Nascimento Afif, Sarah Silveira, Sebastião Alves, Sérgio Abi-Sáber Rodrigues Pedrosa, Sérgio Simka, Sheila Barrancos, Sheron Alencar, Silmara Helena Damasceno, Silvana Chiorino Cruz, Silvana Pereira da Silva, Silvia Massimini Felix, Sofia Dominguez, Sônia de Jesus Santos, Soren Francis, Stefania Dallas G B Almeida, Stefânia Dallas Garcia de Btito Almeida, Stella Noschese

Teixeira, Stephania de Azevedo, Stephanie Almeida Luz, Stephanie Azevedo Ferreira, Stephanie Rosa Silva Pereira, Stephanie Skuratowski, Sueli Yoshiko Saito, Suellen Chaves, Suellen Jumes, Susan Appilt, Susie Cardoso, Suzane Cruz, Taciana Souza, Tácio R. C. Correia, Taís Castellini, Taís Coppini Pereira, Taissiane Bervig, Talita M Sansoni, Talita Villa Barbosa, Talitaemy, Talles dos Santos Neves, Tânia Borel, Tania Maria Florencio, Tássia de Oliveira, Tatiana Catecati, Tatiana Lagun Costa, Tatiana Oshiro Kobayashi, Tatiana Petersen Ruschel, Tatiana Rocha de Souza, Tatiana Xavier de Almeida, Tatiane de Araújo Silva, Taynara Jacon, Taysa Oliveira Cazelli, Tereza, Terezinha de Jesus Monteiro Lobato, Thaianne Zambrzycki Holler de Oliveira, Thainá Bertozzi Marcatto, Thainá Souza Neri, Thais Aline Dante Cavichioli, Thais Cardozo Gregorio da Silva, Thaís Costa, Thaís Fernanda Luiza, Thais Guero Fernandes, Thais Martins Alves, Thais Menegotto, Thais Messora, Thais Pires Barbosa, Thais Rocha, Thais S G Ferreira, Thais Sereno Furtado, Thais Silva de Jesus, Thais Terzi, Thaise Gonçalves Dias, Thaise Moreno Galo Guilherme, Thaissa Rhândara Campos Cardoso, Thaizy Simplicio, Thales Leonardo Machado Mendes, Thales Lima de Afonseca, Thalya Pereira, Thalyta do Pilar Pereira Nette, Thamyres Cavaleiro de Macedo Alves e Silva, Thamyris Saori, Tharsila Tom, Thayná Braga Moraes, Thayná Oliveira Santana, Thayna Rocha, Thaynara Albuquerque Leão, Thays Cordeiro, Theyziele de Souza Chelis, Thiago Augusto, Thiago Bertolucci, Thiago Massimino Suarez, Thiago Oliveira, Thiara Venancio, Thiemmy Almeida, Thuane Munck, Tiago Batista Bach, Tiago Lacerda Queiroz Carvalho, Tiago Troian Trevisan, Trícia Nunes P. de A. Lima, Tuísa Machado Sampaio.

U–V–W–X–Y–Z Úrsula Antunes, Úrsula Lopes Vaz, Vagner Ebert, Valeska Ramalho Arruda Machado, Valquíria Vlad, Valter Costa Filho, Vamberto Junior, Van Spala, Vanessa Akemi Kurosaki (Grace), Vanessa Araujo Adolpho Santos, Vanessa Ingrid Pessoa Cavalcante, Vanessa Matiola, Vanessa Queiroz Trevisan, Vanessa Ramalho Martins Bettamio, Vera Dulce F. Carvalho, Verena Farias, Verônica Meira Silva, Verônica Rovigatti, Verônica Valadares, Vicente Castro, Victor Hugo J. G. Praciano, Victor Hugo Zanetti Tavares, Victor Otani, Victória Albuquerque Silva, Victória Correia do Monte, Victória Elisa B de Sousa, Victoria Malatesta, Victória Meschini, Vilamarc Carnaúba, Viller Ribeiro dos Santos, Vincenzo Augusto Zandoná, Vinícius Dias Villar, Vinicius Oliveira, Vinícius Rodrigues Queiroz, Virgílio Moreira, Virgínia Maria de Melo Magalhães, Viriato K. Dubieux Netto, Vitor Bouças, Vitor Coelho Pereira da Silva, Vitor Silos, Vitória Catarina de Vargas, Vitória Esteves, Vitória M. T. Rufino, Vitória Maria de Almeida, Vitória Nazaré Ferreira Fulco, Vitória Rugieri, Vivi Kimie, Vivi Maurey, Vivian Landim, Vivian Osmari Uhlmann, Vivian Ramos Bocaletto, Vivian Van Dick Rizzo Bortolozzo, Viviane Lopes Costa, Viviane Tavares Nascimento, Viviane Vaz de Menezes, Viviane Ventura e Silva Juwer, Walkiria Nascente Valle, Washington Rodrigues Jorge Costa, Wellington Silva Paiva, Wenndel Domingues, Weslianny Duarte, Weverton Oliveira, Weyboll Rocha Weimer, William Hidenare Arakawa, Willian Hazelski, Wilma Suely Reque, Wilson Neto, Xislene de Oliveira de Vasconcelos, Yasmim Yukari, Yeddi Cremasco, Yu Pin Fang (Peggy), Yudi Ishikawa, Yulia Amaral, Yvana Nerino da Silva Santos. ☀

LUNOX STORE

APOIADOR MASTER

Livraria Online no Japão

A Lunox Store acredita que livros são mais do que apenas um volume transportável composto por páginas. Para nós, representam refúgio, terapia, paixão, conhecimento e muito mais. É por isso que decidimos trazer para o Japão livros em português, para que, mesmo do outro lado do mundo, os brasileiros que aqui residem possam ter acesso a isso também.

www.lunoxstore.com
Instagram: @_lunoxstore